Knaur

Von Hans-Jörg Uther herausgegeben außerdem erschienen:

Die schönsten Märchen von Himmel und Hölle
Die schönsten Märchen von Müttern und Töchtern
Die schönsten Weihnachtsmärchen
Die schönsten Märchen von Sonne, Mond und Sternen
Die schönsten Märchen vom Heilen
Die schönsten Märchen von Elfen und Feen
Die schönsten Märchen von Liebe und Sehnsucht
Die schönsten Märchen vom Essen und Trinken
Großmutters schönste Märchen

Über den Herausgeber:

Prof. Dr. Hans-Jörg Uther, geboren 1944, gehört zu den bekanntesten Märchenexperten Deutschlands. Er lehrt an der Universität Essen Literaturwissenschaft und ist tätig in der Redaktion der »Enzyklopädie des Märchens«, einer Arbeitsstelle der Göttinger Akademie der Wissenschaften. Die Reihe »Die Märchen der Weltliteratur« betreut er als Herausgeber. Er ist Mitherausgeber der internationalen Zeitschrift »Fabula«, Autor zahlreicher Beiträge zur Erzählforschung und hat bedeutende Märchen- und Sagensammlungen veröffentlicht, darunter eine vierbändige kommentierte Ausgabe der Grimmschen »Kinder- und Hausmärchen«.

Die schönsten Märchen von schlauen Katzen und listigen Katern

Zusammengestellt und herausgegeben von
Hans-Jörg Uther

Knaur

Besuchen Sie uns im Internet:
www.knaur.de

Vollständige Taschenbuchausgabe 2001
Droemersche Verlagsanstalt Th. Knaur Nachf., München

Umschlaggestaltung: ZERO Werbeagentur München
Satz: Ventura Publisher im Verlag
Druck und Bindung: Clausen & Bosse, Leck
Printed in Germany
ISBN 3-426-61778-1

2 4 5 3 1

INHALT

DIE TIERE GEHEN ZUR BEICHTE

Es war einmal eine Frau, die hatte eine Katze. Die Frau sammelte Milch und sammelte so lange, bis sie einen großen Topf gefüllt hatte. Die Katze kam und stieß den Topf um mitsamt der Milch.

»Ich Ärmste«, jammerte die Katze, »was soll ich nun anfangen, wie soll ich Verzeihung erlangen für diese Sünde? Was wird da anderes helfen, ich will gehn, meine Sünden wiedergutzumachen!«

Die Katze ging fort, um zu beichten, und geriet in den Wald; da kam ihr der Hase entgegen, der wünschte ihr einen guten Tag: »Sei gegrüßt, Gevatterin, wohin gehst du?«

»Sei selbst auch gegrüßt! Wohin ich geh? Ich lebte bei einer Frau, die Frau sammelte Milch, füllte einen ganzen Topf, ich Ärmste stieß ihn um, und nun gehe ich zur Beichte.«

»Ah, zur Beichte! Dann laß mich auch mitgehn!«

»Was hast du denn verbrochen?«

»Ich räumte im Hafer eines Wirtes auf; ein Hahn kann da jetzt dem andern zujodeln!«

»In diesem Falle komm nur mit!« Sie gingen und gingen, da begegnete ihnen der Fuchs: »Seid gegrüßt, Katze und Hase, wohin eilt ihr?«

»Zur Beichte eilen wir!«

»Wirklich zur Beichte! Was bedrückt denn euch das Herz?«

»Ich stieß meiner Hausfrau die Milch um!«

»Ich fraß einem Wirt den Hafer weg.«

»Oh, Gevatterchen, laßt mich auch mitgehn! Mein Herz

ist mir auch schwer, ich traf auf eine große Herde Gänse und biß allen den Hals durch!«

»Komm nur mit!« Da gingen sie nun zu dreien, sie gingen und gingen; da kam ihnen der Wolf entgegen:

»Wünsche einen guten Tag, Gevatterchen, wohin geht ihr so zu dreien?«

»Wir gehn zur Beichte, haben viel verbrochen. Ich stieß meiner Hausfrau die Milch um.«

»Ich fraß einem Wirt den Hafer weg.«

»Ich biß Gänsen den Hals durch.«

»Dann laßt mich auch mitgehn; es war eine prächtige Kuh, die riß ich nieder.«

Sie gingen nun zu vieren, da kam ihnen der Bär entgegen; der wollte auch mit: »Es war ein herrlicher Hengst, dem habe ich den Garaus gemacht.« Da gingen sie nun alle und kamen zu einem großen tiefen Grabe, und über das Grab hinweg lag eine Stange. Die Katze sagte: »Wer auf der Stange über das Grab kommt, der hat seine Sünden gutgemacht.«

Die Katze machte selbst den Anfang und war hinüber wie der Wind. Der Hase ihr nach, fiel aber in das Grab. Dann schritt der Fuchs hinüber: bis zur Hälfte kam er, da glitt er hinein. Der Wolf kletterte auf die Stange: er schlug mal mit dem Schwanz, da lag er schon drin. Der Bär versuchte auch sein Glück, doch hatte er kaum die Vordertatzen auf der Stange, da war er schon auf die anderen gefallen mitsamt der Stange.

So lebten sie nun einige Zeit im Grabe, da fing der Hunger an, sie zu plagen. Was nun beginnen? Der Fuchs half aus der Verlegenheit: »Wir wollen singen! Wer die leiseste Stimme hat, den fressen wir auf.«

Prächtig! Sie fingen an zu singen: Der Bär brüllte so auf, daß der Sand von den Wänden rieselte, der Wolf heulte, daß die anderen taub wurden; was konnte neben ihnen der Hase mit seinem Gepiepse! Der Hase wurde verspeist. Der Fuchs hatte überhaupt den Mund nicht aufgetan, er hörte zu und gab das Urteil ab, wie die Stimmen der andern geklungen hatten. Mit dieser Nahrung lebten sie einige Tage, da stellte sich wieder das alte Übel ein: der Hunger. Sie fingen wiederum an zu singen. Der Bär brummte wohl so, daß der Boden erzitterte, doch die Stimme des Wolfes ist schriller: der Bär wurde verspeist. Der Fuchs, das schlaue Tier, fraß, soviel er nur konnte, außerdem stopfte er noch von des Bären Eingeweide unter seinen Sitz.

So lebten sie wiederum einige Tage, da fing der Wolf an zu jammern: »Füchschen, Gevatterchen, der Magen knurrt, ich möchte was zum Fressen!«

»Wie soll ich dir helfen, ich selbst fresse schon meine eignen Eingeweide!« Mit diesen Worten holte er unter seinem Sitz des Bären Darm heraus und verspeiste ein Stückchen.

»Füchschen, Brüderchen, laß mich auch davon schmecken!«

»Meinetwegen, Onkelchen, ich geb dir vom eignen Körper, das wirst du mir nicht vergessen!« Der Fuchs gab dem Wolf ein Endchen vom Darme, und jener verschlang es gierig – der Fuchs wollte nichts mehr geben und sagte: »Nimm von den deinigen!«

Der Wolf hatte an der Speise Geschmack gefunden; er fing an, die eigenen Gedärme herauszureißen, und endete auf der Stelle. Der Fuchs blieb allein nach und verspeiste den Wolf; er saß und saß; wie lange aber willst du ohne Essen sitzen! Was nun anfangen?

Da sah der Fuchs: ein Star hüpfte am Rande des Grabes; er fing an, dem Star zu drohen: »Hör einmal, Star! Sieh zu, daß du mich aus dem Grabe schaffst, sonst fress' ich deine Jungen bis auf das letzte!«

»Aber wie soll ich dich herausschaffen?«

»Hol Ästlein, wirf Reisig!« Der Star schleppte und schleppte, daß ihm die Augen quollen, bis das Grab gefüllt war und der Fuchs hinauskonnte. »Hör du, Star, gib mir was zu fressen, sonst fress' ich deine Jungen!«

»Wo soll ich was hernehmen?«

»Sieh, da geht eine Mutter mit ihrem Sohn zur Taufe, die trägt in einer Schale Kuchen. Flieg ihnen um den Kopf, immer um den Kopf, dann legt die Mutter den Kuchen nieder und geht eine Rute schneiden.«

Der Star flog und flog, die Frau ging, eine Rute zu schneiden, um den Star zu jagen; unterdessen besorgte der Fuchs den Kuchen. »Hör du, Star, schaff mir zu trinken, sonst fress' ich deine Jungen!«

»Wie soll ich das anfangen?«

»Sieh, da fährt ein Mann zur Hochzeit, ein Faß Bier hat er auf dem Wagen; flieg um den Zapfen des Fasses, der Mann schlägt nach dir und schlägt zugleich den Zapfen heraus.«

Der Star flog um den Zapfen, der Mann scheuchte ihn mit der Peitsche und schlug den Zapfen heraus: das Bier strömte im Bogen hervor wie nur je aus dem Spundloch; der Fuchs pumpte sich den Magen voll, nahm sich auch den Kopf voll.

»Hör du, Star, jetzt schaff mir, worüber ich lachen kann, sonst fress' ich deine Jungen!«

»Aber wie soll ich das machen?«

»Sieh mal, da drischt ein Vater mit seinem Sohn; flattre

um den Kopf des Vaters, nur immer um den Kopf des Vaters; der Sohn langt nach dir mit dem Dreschflegel, schlägt dabei dem Vater um die Ohren – dann hab ich zu lachen genug.«

Der Star flatterte um den Kopf des Vaters, der Sohn wollte ihn vertreiben und versetzte dabei dem Vater einen gesalzenen Hieb: der Fuchs klatschte vor Freude mit den Tatzen und lachte so, daß ihm der Magen zitterte.

»Hör du, Star, jetzt sieh zu, daß ich springen kann!«

»Aber wie soll ich das machen?«

»Wir wollen aufs Gut! Da wart ich hinter dem Zaun, du gehst hinein und rufst: ›Laßt die Windhunde los, die Windhunde laßt los, der Fuchs ist hinter dem Zaun!‹ Dann kann ich springen, soviel das Herz nur begehrt.«

Sie gingen beide aufs Gut, der Fuchs blieb hinter dem Zaun, der Star rief die Windhunde heraus. Die kamen alle mit Gesaus und Gebraus und fingen an, dem Fuchse nachzujagen; sie jagten und jagten, doch ohne Erfolg: Der Fuchs verschwand wie der Wind und rettete sich in seine Höhle. In der Höhle fragte er seine Füße: »Was tatet ihr zu meiner Rettung?«

»Wir gruben, wir gruben, damit der Fuchs davonkäme.«

»Aber ihr Hinterfüße, was tatet ihr?«

»Wir sprangen, wir sprangen, damit der Fuchs davonkäme.«

»Aber ihr Augen?«

»Wir wiesen getreulich den Weg, damit der Fuchs davonkäme.«

»Aber du, Nase, was tatest du?«

»Ich schnupperte, ich roch, damit der Fuchs in seine Höhle käme.«

»Aber ihr Ohren?«

»Wir hörten nur und hörten, woher Gefahr käme.«

»Nun, und du, Schwanz?«

»Ich schlug an die Bäume, ich zerrte am Gesträuch, damit man den Fuchs finge.«

»Aha, also das tatest du! Da hast du, Hund, friß den Schwanz auf!«

Der Fuchs steckte den Schwanzbüschel aus der Höhle, da wartete auch gerade ein Hund, der schnappte zu, fraß den Schwanz und auch den Fuchs.

Kätzchen und Katerchen auf Reisen

Ein Kätzchen und ein Katerchen gingen mal auf die Reise. Da waren wohl viele Sträuche, aber ein Strauch war ganz besonders hoch, und das Katerchen sagte: »Kätzchen, du hast kleinere Füße und bist leichter; klett're du hinauf!«

»Oh nein!« sagte das Kätzchen. »Katerchen, Du hast große Füße; Du kannst dich besser festhalten; klett're du hinauf!«

Und so stritten sie sich hin und her, bis endlich das Katerchen sagte: »Gut! Denn geh ich rauf!« Und damit ging es auf den hohen Strauch und bis in die oberste Spitze – aber die brach ab, und mein Katerchen fiel so herunter, daß es gleich an der Seit' (tot) war und sich nicht mehr rühren konnte.

Jetzt weinte das Kätzchen, was es konnte. Es ließ sein liebes Katerchen ins Haus tragen und in die Kammer legen und setzte sich dann neben den toten Kater und weinte immerzu.

Mit eins klopfte es an die Tür. Da rief das Kätzchen seiner Köchin zu; sie möchte doch mal nachsehen, wer da klopfe!

Und sieh! Da stand ein Fuchs vorm Haus; der fragte nach der Frau Kätzin.

Die Köchin sagte:

»Die sitzt in der Kammer,
Treibt großen Jammer –
Ihr lieber Herz-Kater ist tot.«

»Fragen Sie, ob sie vielleicht mich zum Manne nehmen will!«

Die Köchin meldete das ihrer Frau; als die aber hörte, daß es ein Fuchs war, sagte sie: »Laß er gehen, der Langschwanz! Der Gänsefresser! – ist nicht so wie mein sel'ger Mann –, bracht' mir manchmal 'ne fette Maus.«

Nun dauerte es nicht lange, da kam ein Bär an. Als er anklopfte, rief die Frau der Köchin zu: sie möchte doch mal nachsehen, wer da klopfe!

Und als die Köchin die Haustür aufmachte, fragte der Bär nach der Frau Kätzin.

Die Köchin sagte:

»Die sitzt in der Kammer,
Treibt großen Jammer –
Ihr lieber Herz-Kater ist tot.«

»Fragen Sie, ob sie vielleicht mich zum Manne nehmen will!«

Die Köchin meldete das ihrer Frau; als die aber hörte, daß es ein Bär war, sagte sie: »Laß er geh'n, der Patschfuß! Der Pferdefresser! Ist nicht so wie man sel'ger Mann – bracht' mir manchmal 'ne fette Maus.«

Bald darauf klopfte es zum dritten Male, und diesmal war es ein Kater. Die Frau sagte der Köchin: Sie möchte doch mal nachsehen, wer da klopfe!

Und als die Köchin die Haustür aufmachte, fragte der Kater nach der Frau Kätzin.

Die Köchin sagte:

»Die sitzt in der Kammer,
Treibt großen Jammer –
Ihr lieber Herz-Kater ist tot.«

»Fragen Sie, ob sie vielleicht mich zum Manne nehmen will!«

Die Köchin meldete das ihrer Frau; sofort rief die: »Laß er 'reinkommen!«

Und dann befahl sie:

»Köchin, kehr aus, feg aus,
wirf den toten Kater zum Fenster hinaus!«

»Der Himmel stürzt ein!«

Es war einmal eine alte Frau, die hatte einen Kater. Eines Tages gingen beide in den Wald, um Sprengwedel zu schneiden. Als die Alte einen Birkenbaum niederbog, fiel ein Blatt herunter und dem Kater gerade auf den Schwanz. Der Kater fing an zu schreien: »Alte Mutter! Alte Mutter! Der Himmel stürzt ein! Laß uns laufen!«

»Laufe nicht, mein Katerchen, er stürzt nicht ein.«

Wieder fiel ein Blatt dem Kater auf den Schwanz. Der Kater schreit wieder: »Alte Mutter, alte Mutter! Der Himmel stürzt ein! Laß uns laufen!« und reißt aus.

Er begegnete einem Hasen. »Hase – Hase! Laß uns laufen, der Himmel stürzt ein!«

»Wer hat dir das gesagt?«

»Ich selbst habe es gesehen, auf meinen Schwanz ist er herabgefallen.«

Und sie fingen an zu laufen.

Sie begegneten dem Fuchs. »Fuchs – Fuchs! Laß uns laufen, der Himmel stürzt ein!« – »Und wer hat dir das gesagt, Katerchen?«

»Ich selbst habe es gesehen; auf meinen Schwanz ist er gefallen.«

Und sie fingen alle an zu laufen.

Sie begegneten dem Wolf. »Wolf – Wolf! Laß uns laufen, der Himmel stürzt ein!«

»Und wer hat euch das gesagt?«

»Ich selbst habe es gesehen; auf meinen Schwanz ist er gefallen.« Und wieder rissen sie aus.

Sie begegneten dem Bären. »Bär – Schwäh'r! Laß uns laufen, der Himmel stürzt ein!«

»Und wer hat das gesagt?«

»Ich selbst habe es gesehen; auf meinen Schwanz ist er gefallen.« Und wieder rissen sie alle aus.

Sie liefen zusammen in den Wald und fanden ein kleines Häuschen und gingen hinein. Nun wollten sie alle gern essen, aber es war nichts da. Sie dachten hin und her und beschlossen, das Elentier heranzulocken.

»Jetzt wollen wir uns alle verstecken«, sagten sie, »und wenn das Elentier kommt, wollen wir über es herfallen und es zerreißen.«

Nun kletterte der Fuchs auf den Ofen; der Kater sprang auf die Hühnerstangen; der Hase schlüpfte unter den Besen; der Wolf kroch hinter den Ofen und der Bär in den Ofen hinein. Alle versteckten sich, und es war niemand da, zu gehen und das Elentier einzuladen.

Da sprang der Fuchs vom Ofen herab und ging zu dem Elentier und sagte: »Elch, Elch, komm zu Mittag; wir haben allerlei Fleisch gekocht und gebraten.« Dann kam der Fuchs zurück und kletterte wieder auf den Ofen.

Nun kam auch das Elentier. Sobald die Tür aufging, fielen sie über es her, wie sie sich verabredet hatten; aber der Fuchs drehte sich bei dem hastigen Springen vom Ofen das Genick aus; der Kater brach beim Springen von der Stange den Fuß; der Hase stieß sich beim Hervorkriechen unter dem Besen die Augen aus; der Wolf brach, als er hinter dem Ofen hervorkroch, die Rippen und der Bär beim Herauskriechen aus dem Ofen das Rückgrat. Das Elentier aß sie nun selbst alle auf und ging satt und wohlgemut nach Hause.

Warum Hund und Katze einander feind sind

Ein Mann und eine Frau hatten einen goldenen Ring. Das war ein Glücksring, und wer ihn besaß, hatte immer genug zu leben. Sie wußten es aber nicht und verkauften den Ring für wenig Geld. Kaum war der Ring aus dem Haus, da wurden sie immer ärmer und wußten schließlich nicht mehr, woher sie genug zum Essen nehmen sollten. Sie hatten auch einen Hund und eine Katze, die mußten mit ihnen Hunger leiden. Da ratschlagten die Tiere miteinander, wie sie den Leuten wieder zu ihrem alten Glück verhelfen könnten. Schließlich fand der Hund einen Rat.

»Sie müssen den Ring wiederhaben«, sagte er zur Katze.

Die Katze sprach: »Der Ring ist wohlverwahrt in einem Kasten, wo niemand dazu kann.«

»Fange du eine Maus«, sagte der Hund. »Die Maus soll den Kasten aufnagen und den Ring herausholen. Sag ihr, wenn sie nicht wolle, so beißest du sie tot, dann wird sie's schon tun.«

Dieser Rat gefiel der Katze, und sie fing eine Maus. Nun wollte sie mit der Maus zu dem Haus, wo der Kasten stand, und der Hund ging hinterdrein. Da kamen sie an einen großen Fluß. Und weil die Katze nicht schwimmen konnte, nahm sie der Hund auf den Rücken und schwamm mit ihr hinüber. Die Katze trug die Maus zu dem Haus, wo der Kasten stand. Die Maus nagte ein Loch in den Kasten und holte den Ring heraus. Die Katze nahm den Ring ins Maul und kam zurück zu dem Strom, wo der Hund auf sie wartete und mit ihr hinüberschwamm. Dann gingen sie miteinander nach Hause, um den Glücksring ihrem Herrn und ihrer Frau zu bringen.

Der Hund konnte aber nur auf der Erde laufen; wenn ein Haus im Wege stand, so mußte er immer drum herum. Die Katze aber kletterte hurtig über das Dach, und so kam sie viel früher an als der Hund und brachte den Ring ihrem Herrn.

Da sagte der Herr zu seiner Frau: »Die Katze ist doch ein gutes Tier, der wollen wir immer zu essen geben und sie pflegen wie unser eigenes Kind.«

Als nun der Hund zu Hause ankam, da schlugen und schalten sie ihn, weil er nicht auch geholfen habe, den Ring wieder heimzubringen. Die Katze aber saß beim Hund und schnurrte und sagte nichts. Da wurde der Hund böse auf die Katze, weil sie ihn um seinen Lohn betrogen, und wenn er sie sah, jagte er ihr nach und wollte sie packen.

Seit jenem Tage sind Hund und Katze einander feind.

Der listige Holzhauer

Einmal sah ein Holzhauer, während er im Wald beschäftigt war, einen Marder laufen. Gleich setzte er ihm mit seiner Axt nach. Aber der dumme Tropf konnte ihn, so sehr er auch rannte, nicht fangen und verirrte sich noch dazu – das hatte er jetzt. Er irrte also hin und her, es wurde dunkel, und so mußte er, ob er nun wollte oder nicht, auf einen Baum klettern, einen dichtwipfeligen Baum, und dort oben übernachten (am Boden zu schlafen wagte er nicht, dort hätte er von irgendeinem Tier gefressen werden können). Nun mochte es kurz vor Tagesanbruch sein, da hörte er unter sich ein heftiges Gezänke. »Wer zum Henker tut euch da was zuleide?« Er schaut hin und sieht: ein Löwe, ein Windhund, eine Katze, ein Adler, eine Ameise, ein Hahn, ein Sperling und eine Fliege sind auf einen gefallenen Elch gestoßen und schreien einer lauter als der andere: »Ich will ihm den Grabgesang singen!«

»Nein, ich will ihm den Grabgesang singen!«

Nun war es wunderbar, daß auf einmal alle dem Elch gut Freund gewesen sein wollten. Die Fliege habe ihr Leben lang beim Elch hinterm Ohr gesessen, der Windhund sei dann und wann mit ihm um die Wette gelaufen, die Ameise und der Adler hätten in seiner nahen Nachbarschaft gewohnt, die Katze sei mit der Frau des Elchs gut bekannt gewesen, und der Hahn, der wundert sich bloß und ruft in den Haufen: »Verwandtschaft her, Verwandtschaft hin, aber ich habe die schönste Stimme!«

Der Holzhauer horcht und horcht im Wipfel der Tanne, was wohl dabei herauskommen werde, da hat ihn einer erspäht und ruft: »Komm du und schlichte unseren Streit, wer singen soll und wer nicht.«

Der Holzhauer klettert hinunter, besinnt sich eine Weile, und dann sagt er: »Was kann ich euch da sagen, ich selbst muß singen, sonst bekommen wir den Elch nicht unter die Erde.«

»Das ist richtig, das ist wie eine Bestimmung!« rufen sie alle wie aus einem Munde. Und für seinen klugen Schiedsspruch will ihn noch jeder gut belohnen: jeder werde ihm von seiner Kraft abgeben; sobald er etwas brauche, solle er nur des einen oder anderen gedenken, sogleich werde er die Gestalt eines Löwen oder einer Fliege oder auch eines Windhundes oder Hahnes annehmen können.

Gut, der Holzhauer sang dem Elch das Grablied, daß der ganze Wald erklang. Dann verwandelte er sich in einen Löwen und machte sich schnell aus dem Wald davon. Am Waldesrand begegnete er dem Schweinehirten, der Arme weinte bitterlich.

»Was fehlt dir, mein Junge?«

Ja, was solle er machen, der Teufel werde in kürzester Zeit alle seine Schweine auffressen.

»Ei, was du sagst, wie hat er dich denn so in seine Gewalt bekommen?«

»Ja, ich bin nicht schuld daran, der König selbst ist schuld.« Er hatte sich vor einigen Tagen hier im Wald verirrt und wußte keinen Ausweg. Da habe sich, Gott weiß woher, ein fremder Herr eingefunden und sich erboten, ihn aus dem Wald zu führen; aber zuvor müsse er ihm versprechen, ihm jeden Tag ein Schwein zu geben, und wenn es mit den Schweinen zu Ende wäre, die Königstochter, sein eigenes Kind. Schau, jetzt werde er die Schweine fressen und dann noch Schwiegersohn des Königs werden. Natürlich wollte der König einen solchen Schwiegersohn nicht einmal sehen; er habe versprochen, jedem, wer es auch sei, seine Tochter zur Frau zu geben, wenn er nur den Unhold umbrächte.

»So, so! Dann wird man wohl versuchen müssen, den Schweinefresser in die Hände zu bekommen. Ich selbst bin ja zum Schwiegersohn des Königs geradezu wie geschaffen, darum keine Sorge!«

Er geht zum König und spricht sich aus. Der König ist einverstanden, er sollte also statt des Jungen die Schweine hüten. Gut. Er hütet sie den ersten Tag, nun geht es gegen Abend, da ist auch der Teufel zur Stelle, packt ein Schwein und verschwindet mit ihm in den Wald. Da ruft mein Holzhauer schnell, schnell die übrigen Schweine nach Hause, verwandelt sich in einen Windhund und läuft auf einem Umweg dem Teufel entgegen. Wie sie sich treffen, sagt der Teufel: »Guten Abend, Windhund, schau, was ich für eine schwere Last zu schleppen habe!«

»Schwer oder nicht, davon zu sprechen ist jetzt keine Zeit; hinter sieben Wäldern, im achten, will sich eben ein Vogt erhängen und kriegt es nicht fertig, es fehlt ihm an Mut; lauf lieber hin und such den festzukriegen, was willst du dich mit dem dummen Schwein abrackern?«

»Liebes Hündchen, ist das wirklich wahr? Dann muß ich eilen, Brüderchen; hier, halte das Schwein ein Weilchen, gleich bin ich zurück. Und gelingt es mir, sollst du das halbe Schwein haben.«

Der Teufel lief davon, der Windhund verwandelte sich wieder in einen Holzhauer und führte sein Schwein unversehrt heim.

Am nächsten Tag gegen Abend kam der Teufel ganz verdrießlich angelaufen und packte sich wieder ein Schwein. Aber der Holzhauer nahm die Gestalt eines Adlers an, flog im Bogen jenem entgegen und fragte verwundert: »Eßt denn Ihr, Herr, heute Schweinefleisch?«

»Was bleibt mir denn anderes übrig, Väterchen Adler, manchmal müssen wir vor Hunger sogar Stricke kauen und Eisenwerk schlingen.«

»Ach geh mir, du Tor! Drüben in der anderen Welt hörte ich eben ein Kind schreien, eine Rabenmutter hat ihr Kleines ertränkt, lauf lieber, das zu verschlingen.«

»Wie, ist das wirklich wahr?«

Riß der Teufel in aller Eile eine Eiche mitten auseinander, zwängte das Schwein wie in eine Zwicke hinein und rannte keuchend in die andere Welt. Der Holzhauer aber holte sich das Schwein aus der Eiche und ging hohnlachend heim.

Am dritten Abend hütete der Holzhauer lange die Schweine, ohne daß der Teufel sich zeigte, und doch stand schon der Abend vor der Tür. Trieb also seine Schweine in den Stall ein und dachte: »Wenn nur der Taugenichts nicht in der Nacht kommt! Ich muß als Hahn auf der Stange bleiben und ihn erwarten!« Und wirklich, um Mitternacht erschien der Teufel ganz ausgehungert und machte sich an der Stalltür zu schaffen. Aber da stimmte der Hahn seinen Gesang an, und der Teufel stob davon, ohne auch nur einen Laut von sich zu geben.

Aber meinst du wohl, daß solch ein Bösewicht ohne Raub abziehen wird? Kein Gedanke! Wie er am Königsschloß vorbeikam, riß er die Königstochter mir nichts, dir nichts aus dem Bett, und nun war der Schade noch größer.

»Daß dich der Henker!« wütete der König am anderen Morgen. Aber der Holzhauer tröstete ihn: »Das hat nichts zu sagen, Väterchen, laßt mich nur machen!«

Und so begibt sich der Holzhauer auf den Berg (dort war der Teufel mit dem Mädchen hineingefahren), findet dort ein winzig kleines Loch, nimmt die Gestalt einer Ameise an, setzt sich rittlings auf ein Sandkörnchen und fährt in die Tiefe. Unten angelangt, kommt er auf eine große Fläche. Schnell entschlossen, verwandelt er sich in eine Fliege und fliegt geradewegs ans jenseitige Ende. Dort angekommen, sieht er ein kristallenes Schloß, und die Königstochter sitzt am Fenster und weint. Er nimmt wieder die Gestalt des Holzhauers an und gibt sich zu erkennen. Aber das Mädchen ist in tausend Ängsten und klagt: »Ach Gott, ach Gott, wie bist du hierhergeraten? Kommt mein Herr heim, so zerreißt er dich.«

Und wirklich, bald war der Teufel leibhaftig da. Aber der Holzhauer verwandelt sich in einen Löwen und fällt über den Teufel her. Hei, das gab einen Kampf! Haut- und Fleischfetzen flogen nur so durch die Luft, aber der Löwe fraß den Teufel mit Haut und Haaren auf.

Da freute sich die Königstochter und der Holzhauer natürlich auch. Nur eine Schwierigkeit blieb noch übrig: Wie sollten sie an die Oberwelt gelangen? Sie dachten her und hin, da kam der Königstochter ein Gedanke in den Sinn, sie habe, als sie in den Büchern des Teufels blätterte, gefunden, daß sich in dem und dem Baum ein diamantenes Ei befände, wenn man das an die Oberwelt brächte, würde dies ganze kristallene Schloß emporsteigen.

Gut, gleich verwandelt sich mein Holzhauer in einen Sperling, fliegt auf den Baum, nimmt das Diamantei aus dem Nest und bringt es herunter. Soweit war es wieder gut, aber wie nun mit dem Ei aus der Unterwelt hinaufkommen?

»Halt«, fällt dem Mädchen wieder ein, »der Teufel hat hier einen Türhüter, und der mag in dieser Welt keine Katzen leiden: findet er eine, so wirft er sie auf die Oberwelt; versuch es damit.« Gut, der Holzhauer verwandelt sich in eine Katze, nimmt das Ei in den Mund und kriecht vor die Füße des Türhüters. Kaum hat der Türhüter sie gesehen, da lockt er sie an:

»Skiz, Skiz, du Aas!«, packt sie am Schwanz und trägt sie die große, lange Treppe hinaus. Er trägt und trägt sie lange Zeit, dann kommt ein eisernes großes Tor, das schließt er auf, gibt der Katze noch einen Fußtritt und wirft sie hinaus genau auf den Berg, auf dem er vorgestern als Ameise hineingeschlüpft war.

Soweit wären wir also. Aber kaum hatte die Katze sich wieder in den Holzhauer verwandelt und das Ei auf den Boden gelegt, da hob sich das kristallene Schloß mitsamt der Königstochter empor und kam auf dem Gipfel des Berges zum Vorschein.

Danach heiratete der Holzhauer die Königstochter und verlebte in seinem kristallenen Schloß glückliche Tage.

Der Hahn, der Hund und die Katze

Es war eine Mutter, die hatte einen Sohn. Der Junge war böse und aufsässig. Sie schickte ihn immer fort, um Abfälle und Reisig für sie an den Ufern des Flusses zu suchen, und eines Tages brachte der Junge ein winziges Hündchen heim, das er gefunden hatte. Darauf meinte die Mutter zu ihm: »Wir schlagen uns kaum durch bei all unserer Armut, und du bringst noch einen Hund an.«

»Mach dir nichts draus, Mutter«, sagte er zu ihr, »er soll mein Kamerad werden.«

Einige Tage darauf schickte sie ihn wieder aus, und da

brachte er auch noch ein Kätzchen an, das er gefunden hatte. Als sie davon erfuhr, machte sie ihm die gleichen Vorwürfe, und er gab ihr die gleiche Entgegnung, daß es sein Kamerad werden sollte. Einige Tage darauf schickte sie ihn wieder aus, und da brachte er ein Hähnchen an, das er ebenso gefunden hatte. Darauf sagte sie zu ihm: »Endlich hast du etwas gebracht, was uns mehr nützen kann.«

»Ja, Mutter«, sagte er, »wenn es groß ist, essen wir es auf, aber ich sage dir heute schon, daß der Kopf mir gehören soll.«

Als dann das Hähnchen groß geworden war, schlachteten sie es, wie es üblich ist. Als man die Hühnersuppe auftrug, erfüllte die Mutter, was er verlangt hatte, und gab ihm den Kopf. Der Kleine steckte den Schädel, welcher übrigblieb, nachdem er das Fleisch abgegessen hatte, in die Tasche. Als er allein war, klopfte er den Schädelknochen mit einem Stein entzwei, und heraus kam ein dreieckiges Kernlein, welches, wie er natürlich gleich merkte, zauberkräftig war.

Der Junge entwickelte sich mit seinen ungefähr siebzehn Jahren auch schon zum Mann und dachte daran, von daheim fort und auf Abenteuer auszuziehen. Aber bevor er wegging, machte er eine Kette für den Hund und schärfte der Mutter ein, ihn loszulassen, wenn er anfinge, an der Kette zu zerren. Darauf bat er das Zauberkernlein: »Kernlein, bringe mich mit der Kraft, die Gott dir verliehen hat, in die schönste Stadt, die es gibt.«

Im gleichen Augenblick verschwand er dort und tauchte in einer Stadt, welche »Schönes Licht« hieß, auf. Darauf bat er das Kernlein noch einmal, und zwar um den größten Kaufladen, dem kein anderer gleichkäme. Dorthin strömten alle Leute der Stadt, auch alle Vornehmen, denn es gab das Feinste und das Allerbeste. In dem Ort gab es einen Millionär, der drei Töchter hatte, und diese bekamen einmal im Monat Erlaubnis, ihre Einkäufe zu erledigen. Und als sie von diesem Kaufhaus und Ladengeschäft erfuhren, gingen sie dorthin, um zum ersten Male ihre Einkäufe dort zu tätigen. Sie kamen überaus zufrieden mit ihren Einkäufen heim, weil sie dort so feine Dinge gefunden und sich in den Besitzer des Kaufladens, den Jüngling, verliebt hatten. Die Älteste hieß Rosalba, die zweite, die nach ihr kam, Marisol, und die Jüngste hieß Estrella. Nun stritten die drei Mädchen, weil sie sich nicht einig werden konnten, welche von ihnen den Jüngling heiraten sollte. Der Jüngling hatte sich in Estrella verliebt und wartete verzweifelt auf den Zeitpunkt, an dem die Mädchen wieder die Ausgangserlaubnis vom Vater haben würden. Als der Monat um war, erhielten sie wiederum die Erlaubnis, einkaufen zu gehen. Da offenbarte er schon Estrella seine Neigung und sagte ihr auch, wie gerne er sich mit ihr in Verbindung setzen würde. Sie erwiderte, das sei recht schwierig, denn der Vater sei sehr streng und sehr heikel, und dies um so mehr, da er ihn nicht kenne. Er entgegnete, das sei das wenigste, auf ihre Antwort nur habe er gewartet. Sie sagte ihm, ihr sei es freilich recht. Darauf machte er es wiederum mit seinem Zaubermittel möglich, die Freundschaft des Vaters dieses Mädchens zu erlangen. Und sehr bald waren sie die engsten Freunde, und er brauchte ihm nicht einmal etwas von dem, was vorgefallen war, zu sagen, denn er selber trug ihm die Hand seiner Töchter an, nämlich diejenige, die er erwählen wollte. Darauf wurde alles vereinbart, auch der Tag, an dem sie heiraten wollten. Da wies das Mädchen den Verlobten darauf hin, daß es einen Diener hätte, den es mit in die Ehe nehmen müßte.

Er erwiderte, es wäre ihm recht. Es war ein verfluchter Neger, den die Eltern als Sklaven aufgezogen hatten. Sie vermählten sich. Wunderschön war die Hochzeit, und überaus glücklich lebten sie zusammen. Aber dann sprach der Neger alle Tage zu seiner Herrin: »Mir scheint, daß mein Herr ein Zaubermittel hat, denn er kauft niemals Waren ein, und jeden Tag sieht man im Kaufhaus eine größere Auswahl.«

Und sie sagte zu ihm: »Was redest du da, dummer Neger!«

Und er verharrte in seiner Arglist und Bosheit, paßte den Schlaf seines Herrn ab und durchsuchte ihm die Taschen, und da er die Gewohnheit hatte, das Kernlein in der Westentasche zu tragen, fand es der Neger. Als er es in den Händen hielt, sprach er: »Dies hier ist mein, und jetzt gehe ich mit meiner kleinen Herrin fort!«

Und er verlangte, daß es sie auf eine Insel versetze, auf der niemand sie ausfindig machen könnte.

Als der Jüngling am anderen Tag zu sich kam, sah er, daß er allein war; er schickte Boten ins Haus seines Vaters, des Vaters seiner Frau, und ließ nach ihr fragen, und der ganze Ort suchte bis zur Verzweiflung nach dem Mädchen, welches verschwunden war. Man begann, den Jüngling anzuklagen, daß er es und den Neger umgebracht hätte. Man versiegelte sein Geschäft, nahm ihn fest und gab ihm eine Frist von acht Tagen, während der das Mädchen auftauchen mußte, wenn nicht, sollte er auf dem Platz im Herzen der Stadt erschossen werden.

Just als das geschah, gebärdete sich der Hund zu Hause bei der Mutter verzweifelt, und auch die Katze lief vor dem Hause hin und her und miaute, und die arme Alte führte nicht aus, was der Sohn ihr eingeschärft hatte, bis es ihr eines Tages einfiel und sie sich auf das besann, was der Sohn ihr aufgetragen hatte. Sie ging hin und machte dem Hund die Kette ab. Der Hund schüttelte sich und sah die Katze an. Dann rannten die beiden zusammen los, was die Lungen hergaben, rannten Tag und Nacht, weil die Zeit schon sehr weit vorgerückt war, und kamen der Insel gegenüber an. Sie mußten das sehr bewegte Meer überqueren, um auf die Insel gelangen zu können. Sie überlegten dort, wie sie das anstellen sollten, die Katze fürchtete sich vor dem Wasser. Dann bedachte sich der Hund und nahm sie auf den Rücken, und sie durchquerten es, bis sie auf die Insel hinaufkonnten. Dort hatte der Neger den allerschönsten Palast. Damit die Katze in das Zimmer, ins Schlafzimmer der beiden, hineinkonnte, mußte sie eine List anwenden, denn es war schon Nacht. Zufällig hatten sie nämlich eine Katze, die sie sehr verwöhnten, und als die fremde Katze draußen zu miauen begann, öffneten sie das Fenster ein wenig, da sie glaubten, es wäre die eigene. So konnte die Katze dem Neger das Zaubermittel entwenden und kehrte überaus zufrieden zum Hund zurück, weil sie die Rettung für den Herrn brachte. Und beide kamen ans Meeresufer und überlegten dort, wie sie den Kern hinüberbringen könnten, ohne ihn einzubüßen. Darauf sprach der Hund zur Katze: »Tu ihn in dein Maul, aber verliere ihn nicht, denn wenn er ins Meer fällt, dann werfe ich dich auch hinein.«

So taten sie und begannen die Seefahrt. Da, wo das Meer am schlimmsten wogte, riß die Katze vor Schrecken das Maul auf, und der Kern fiel ins Wasser. Als sie beim anderen Ufer herauskamen, hatte die Katze nichts. Darauf verurteilte der Hund sie zum Tode, wenn sie den Kern nicht beibrächte. Schon kam der Tag herauf, schon waren die Fischer dabei, das Netz einzuziehen. Verzweifelt lief die Katze, kam beim ersten Fischer an, sah alle Fische durch, keiner hatte ihn. Noch verzweifelter lief sie weiter und kam bei einem anderen Fischer an. Bei jenem dort fand sie den Fisch, der ihn hatte. Sie bat den Fischer darum, den Fisch aufreißen zu dürfen. Der Fischer begriff nicht, was vorging; er erlaubte es, sie holte ihr Kernlein heraus, bedankte sich bei ihm und rannte fort. Sie kam beim Hund an und sagte zu ihm: »Hier bringe ich es an.«

Und sie brachen mit noch größerer Schnelligkeit auf, denn dies war der letzte Tag, der ihrem Herrn übrigblieb. Sie schafften es, daß sie bei der Zelle anlangten, bevor der Tag endete. Und nun überlegten sie draußen, wie sie hineinkommen könnten. Zu der Zeit, in der die Wachleute dabei waren, sich für die schwere Nacht einen Braten zu rösten, kam die Katze miauend näher.

»Guck mal«, sagte der eine zum anderen, »da kommt ein Kätzchen. Lassen wir es hinein, hier gibt es soviel Ratten.« Und sie ließen es ein. Es gelangte glücklich bis zu seinem Herrn und strich miauend um seine Füße. Aber weil er verzweifelt und voller Überdruß war, störte ihn die Ankunft der Katze recht sehr. Die Katze strich weiter miauend dort umher, bis sie die Tasche gefunden hatte, in der er das Kernlein mit sich zu führen pflegte, und sie kam herzu und warf es ihm da hinein. Und schlüpfte wiederum nach draußen. Sie traf sich mit dem Hund, und sie zogen sich aus dem Ort zurück, um zu schlafen und auszuruhen.

Am anderen Tag kam die Stunde heran, die man für die Erschießung festgesetzt hatte, aber er bemerkte nicht, daß er sein Zaubermittel in der Tasche hatte, und war noch immer verzweifelt. Die Stunde kam, und man führte ihn auf den Platz. Glücklicherweise wurde der Vater des Mädchens aufgehalten, so daß einige Minuten mehr verstrichen. Und in der Hoffnungslosigkeit, die er fühlte, steckte der Jüngling, ohne zu wissen, warum, die Hand in die Tasche und berührt da ein kleines Ding, und es wird ihm, als sei die Seele in den Körper zurückgekehrt, und gleich darauf prüft er nach, ob es das wirklich ist oder nicht, und es war es. Als dann der Vater des Mädchens kam, sagte der ihm, er sollte um die letzte Gnade bitten.

»Das einzige, was ich begehren will, ist, daß man das schamlose Geschöpf von Eurer Tochter in genau dem Zustand herbeischaffe, in dem es sich befindet.«

Der reiche Mann geriet in Zorn, was die Worte sollten, die er ihm da entgegenschleuderte.

»Doch«, sprach der andere, »ich will, daß meinem Verlangen stattgegeben wird, denn aus Rücksicht für Euch will ich es nicht unterlassen.«

Darauf erwiderte der Reiche, welcher glaubte, es sei barer Unsinn, was er redete, und sagte zu ihm: »Tu, was du willst.«

Darauf sprach er in seinem Herzen zum Kernlein: »Kernlein, bring sie mit der Kraft, die Gott dir verliehen hat, herbei!«

Da die reichen Leute die Gewohnheit haben, bis zehn Uhr zu schlafen, waren jene beiden noch nicht aufgestanden, und so ließ das Kernlein sie mitten auf dem Platz erscheinen: der Neger und sie in tiefem Schlaf umschlungen. Wie groß war das Erstaunen des ganzen Ortes, als man diesen Vorfall miterlebte! Der Vater glaubte es noch nicht, er ging hin und hob die Decke auf und gab der Tochter einen Fußtritt, als er erkannte, daß sie es war; er wollte vor Scham versinken und fragte den Jüngling, was er jetzt verlangte.

»Statt meiner soll man den Neger erschießen, und Ihr sollt Eure Tochter an Euch nehmen, denn ich ziehe mich für immer zurück.«

So geschah es, und er nahm Abschied vom Ort und ging fort, um sich mit seinem Hund und der Katze zusammenzutun – denn nun war er sich klar darüber, daß es die Katze gewesen, die nachts zu ihm gekommen war. Bald trafen ihn Hund und Katze, die ihm beide entgegenkamen. Er erbat von seinem Zaubermittel, daß es ihn heim zur Mutter brächte, um sie um Verzeihung zu bitten und um bis zu ihrem letzten Lebenstage bei ihr zu bleiben. Dort in der Heimat äußerte er seine letzte Bitte an das Zauberkernlein, es möchte ihm einen Palast geben, in dem er mit seiner Mutter leben könnte. Der Hund und die Katze verabschiedeten sich darauf von ihm und sprachen: »Jetzt, wo wir Euch wohlbehalten verlassen, Herr, ziehen wir uns zurück.«

So machten sie es. Er blieb bei der Mutter wohnen und lebte glücklich, so daß ich glaube, bis zum heutigen Tag hat er sein Auskommen.

MÓIRÍN

Es war einmal vor langer Zeit eine arme Witwe. Wenn das der Fall war, so war es oft und kommt auch wieder vor. Diese hier hatte drei Töchter, von denen zwei schon erwachsene junge Frauen waren, die dritte aber noch kleiner und jünger. Ihr hatten sie den Namen Móirín gegeben. Sie mußte täglich die Ziegen weiden, die der alten Frau gehörten.

Die Mutter nun liebte Móirín viel zärtlicher als irgendeine andere der Töchter, und diese hegten deswegen Neid und Groll gegen die Jüngste sowohl wie gegen die Mutter. War diese nicht zu Hause, dann zankten sie mit der kleinen Schwester und schlugen sie. Die Mutter bekam das heraus. Es bekümmerte und betrübte sie tief. Allabendlich, wenn Móirín mit den Geißen heimkehrte, sah sie die Mutter weinen. Sie glaubte, daß die Schwestern sie ebenfalls schlecht behandelten. So hatten die beiden ein trauriges Leben und konnten sich nicht erinnern, je einmal ein freundliches Wort von den zwei älteren Mädchen bekommen zu haben. Diese wünschten, daß die alte Frau, ihre Mutter, stürbe und ihnen nicht mehr im Wege stünde.

Eines Tages beratschlagten sie, wie sie sie umbrächten. Es kam dazu, daß sie einen großen Kessel voll Wasser aufs Feuer setzten. Als die alte Mutter fragte, zu welchem Zweck sie das taten, antworteten sie, es geschehe, um sie zu waschen. Als das Wasser kochte, ergriffen sie die arme alte Frau und stießen sie hinein. Dann ließen sie den Kessel zugedeckt, bis sich Blut und Fleisch von ihren Knochen gelöst hatten. Darauf nahmen sie die Knochen heraus und versteckten sie hinten im Gärtchen beim Haus.

Am Abend kehrte Móirín mit den Geißen heim. Als sie eintrat, sah sie ihre Mutter nicht wie gewöhnlich in der Ecke sitzen. Sie blickte sich rings im Haus um, entdeckte aber keine Spur von ihr.

»Wo ist die Mutter?« fragte sie ihre beiden Schwestern.

»Das wissen wir doch nicht!« erwiderten sie. »Vor langer Zeit ging sie aus, irgendwohin.«

Móirín aß nun Abendbrot. Dann eilte sie gleich wieder hinaus, um nach der Mutter auszuschauen. Aber sie konnte sie weder unten noch oben, weder hinten noch vorn entdekken. Sie ging wieder ins Haus, um nochmals die Schwestern nach der Mutter zu fragen. Sie antworteten ihr barsch, daß sie es nicht wüßten und daß es ihnen gleich sei. Móirín fing an zu weinen und sagte, sie hätten der Mutter etwas Böses angetan. Sie gaben ihr zur Antwort, sie sollte lieber schweigen; es wäre möglich, daß sie mit ihr sonst dasselbe machten. Aus den Worten, die sie fallenließen, schloß Móirín, daß die Mutter grausam behandelt worden war. Sie ging überallhin, um nach ihr zu suchen. Und endlich, ganz zuletzt, da fand sie die von den Schwestern versteckten Knochen an der betreffenden Stelle. Nun zweifelte sie nicht mehr, daß dies die Knochen der Mutter waren. Sie las all die kleinen Knochen in ihre Schürze und trug (vom Erzähler vergessen, daß sie dort schon waren) sie hinunter ins Gärtchen am Haus. Und dort weinte sie sich aus. Dann verwahrte sie sie. Kein Tag verging, an dem sie nicht den Ort aufsuchte und bei den Knochen Tränen vergoß. Eines Tages, als sie auch wieder getrauert hatte und die Knochen fortlegen wollte, sah sie plötzlich an deren Stelle in der Schürze ein junges Kätzchen liegen. Sie erschrak. Aber das Kätzchen sagte zu ihr: »Hab keine Angst. Ich tu dir nichts zuleide, ich will dir nur Gutes tun. Und nun«, sprach es weiter, »komm mit mir! Hier bei deinen Schwestern ist deines Bleibens nicht. Sie könnten dir auch Schlimmes zufügen wie deiner Mutter.«

Beide machten sich auf den Weg. Als sie die Stadt lange

hinter sich hatten, gelangten sie an das Haus eines Edelmannes.

»Hier sind wir!« sprach das Kätzchen. »Geh in das Haus jenes Edelmannes und verdinge dich dort als Magd, was für Lohn sie dir auch geben. Du wirst die Arbeit eines Aschen- oder Entenmädchens zu verrichten haben. Wenn du Rat brauchst, komm hierher, da wirst du immer welchen finden. Jedenfalls stelle dich diesen kommenden Freitag hier ein.«

Móirín ging und verdingte sich im Haus des Edelmannes als Magd. Sie hatte die Asche auszuziehen und nach den Enten zu sehen. Sie tat schnell ihre Arbeit und stellte sich gut an. Jeder im Haus war freundlich zu ihr, besonders auch die andere Dienerschaft. Denn sie war gefällig und tat, was man ihr auftrug, wenn sie ihre Arbeit fertig hatte. So verging die Zeit bis zum Freitag. Da machte sie sich auf den Weg, um das Kätzchen zu treffen. Es erwartete sie schon an der Stelle, wo sie sich getrennt hatten.

»Nun?« fragte das Kätzchen. »Wie gefällt dir deine Stelle?«

»Gut «, erwiderte Móirín, »sehr gut.«

»Nun also«, begann das Kätzchen, »morgen wird hier in der Nähe Markt sein und jeden zweiten Sonnabend darauf. Der Platz dazu ist ein großer, umfriedeter Anger mit Torwegen. Die Hausbewohner hier werden morgen allesamt zu Markte ziehen. Dich wird man daheim lassen, um das Haus zu hüten. Wenn sie nun ein Weilchen fort sein werden, kehrt der junge Herr noch einmal zurück und fragt nach seinen Handschuhen, die er vergessen hat. Er wird dir sagen, du sollst sie ihm geben. Nimm ein hübsches weißes Tuch, und dann gib sie ihm. Und wenn dies alles geschehen ist, komm zu mir!«

Alles traf so ein. Móirín ging ins Haus und besorgte ihre gewohnte Arbeit, die Asche und die Enten. Als der Sonnabend kam, machten sich die Hausbewohner für den Markt zurecht und brachen auf. Nur die arme Móirín blieb zurück. Der junge Edelmann war erst kurze Zeit fort, da kehrte er noch einmal zurück. Er hatte seine Handschuhe vergessen. Als er ins Haus trat, sprach er: »Ach, Móirín, ich vergaß meine Handschuhe. Sieh doch, ob du sie für mich finden kannst.«

»Ja gewiß«, sagte sie, ging hin und holte ein hübsches weißes Leinentuch. Darein wickelte sie die Handschuhe und reichte sie ihm.

»Das ist nett von dir, Móirín«, sagte er, stieg aufs Pferd und ritt zum Markt. Als er ein Weilchen fort war, begab sie sich zum Kätzchen.

»Nun?« fragte dies. »War alles, wie ich es dir sagte?«

»Ja, genauso!«

»Und tatest du alles, wie ich dich hieß?«

»Ja.«

»Gut!« sprach das Kätzchen, ging hin, zog eine Binse aus einem in der Nähe liegenden Bündel und schuf daraus ein wunderschönes Kleid in Silberfarbe und alles, was zum Anzug sonst noch gehörte, vom Kopf bis zu den Füßen. Das Kätzchen befahl dann Móirín, die Sachen anzulegen, nahm eine zweite Binse und schuf daraus ein falbes Roß. Das war so schnell, daß es den vorausjagenden Wind einholte und nie vom Wind eingeholt werden konnte. Móirín mußte nun aufs Pferd steigen. Das sollte sie zum Markte bringen und wieder heim, ohne eine Führung.

»Nimm nun den Weg zum Marktanger, und wenn du wieder ans Tor zurückkommst, wird dich der junge Herr dort erwarten und sagen: ›Darf ich fragen, woher Ihr kommt?‹ Antworte ihm: ›Aus Handschuhstadt!‹ und komm unverzüglich heim! Ich will inzwischen das Haus bewachen, bis du zurück bist.«

So geschah es. Móirín stieg auf, ritt fort und kam zum Markt. Als sie quer darüber ritt, blickte jeder auf sie hin. Keiner wußte, wer diese hübsche, vornehme Frau war. Besonders beobachtete sie der junge Herr, wie sie zum Tor hereinritt und wieder hinaus. Er versäumte nicht, vor ihr am Tor zu sein und sie, als sie hindurchritt, zu fragen: »Woher kommt Ihr, wenn ich fragen darf?«

»Aus Handschuhstadt!«

Und fort war sie! Der junge Edelmann sprang aufs Pferd und setzte ihr nach, um mehr von ihr zu erkunden. Doch das war umsonst. Sie war ihm aus den Augen, noch ehe er zu Pferd saß.

Móirín kam heim. Das Kätzchen erwartete sie und fragte, ob alles so ausgefallen wäre, wie es am Morgen vorhergesagt hatte. Móirín sagte ja. Das Kätzchen nahm ihr Pferd und Kleider ab und befahl ihr, wieder die alten Sachen anzuziehen. Keinem sollte sie verraten, daß sie auf dem Markte gewesen war.

Jetzt kehrten Diener und Herrschaft zurück. Der junge Edelmann war sehr niedergeschlagen, daß zwischen ihm und der vornehmen Jungfrau auf dem Markt keine Unterhaltung zustande gekommen war. Die Dienerschaft kam zu Móirín und berichtete ihr: »Ach, Móirín, wer heute nicht auf dem Markt war, der versäumte etwas!«

»Was denn?« fragte sie.

»Wirklich«, sagten sie, »heut war die schönste und feinste

Dame dort, die je ein Mensch sah, und keiner kann's sagen, wer sie war und woher sie kam. Und der junge Herr ließ kein Auge von ihr, solange sie da war!«

»So, wirklich«, meinte Móirín, gleichgültig gegen ihr Gespräch.

»Hör, Móirín«, sagten sie, »du mußt nächsten Sonnabend zum Markt und sie sehen. Eins von uns kann an deiner Stelle das Haus hüten.«

»Ich gehe sicher nicht hin«, antwortete Móirín. »Ich habe kein Verlangen nach eurem Markt.«

Jeder ging nun seiner Wege und seiner Arbeit nach, bis der Sonnabend herankam. Móirín hatte nicht vergessen, am Freitag das Kätzchen aufzusuchen. Es sagte: »So steht die Sache. Alle ziehen morgen wieder zu Markt und überlassen dir die Sorge fürs Haus. Der junge Herr wird diesmal die Sporen vergessen und danach umkehren. Tu alles wie am letzten Sonnabend und komm dann zu mir!«

So geschah es. Alle gingen zu Markt, nur nicht Móirín. Der junge Herr war kaum ein Stück vom Haus fort, so merkte er, daß er seine Sporen vergessen hatte. Er kam zurück und sagte zu Móirín: »Ach, Móirín, ich vergaß meine Sporen. Sieh doch, ob du sie finden kannst, sei so gut.«

»Gern«, sagte sie, suchte danach, nahm ein hübsches weißes Linnentuch, tat die Sporen darein und gab sie ihm. Er ritt nun zum Markt, und sie begab sich zum Kätzchen.

»Nun?« fragte dies. »Traf alles ein, wie ich gesagt hatte?«

»Ja, genauso «, antwortete Móirín.

»Und tatest du, was ich dir auftrug?«

»Ja.«

»Gut«, sagte das Kätzchen, ging zu einem Haufen Binsen,

zog eine heraus und verwandelte sie in Gewänder, die noch viel schöner waren als die vom vergangenen Sonnabend. »Nun zieh sie an!«

Und Móirín tat das gern! Das Kätzchen lief abermals zu dem Bündel und zog eine zweite Binse heraus. Davon machte es wieder ein falbes Roß. Das Kätzchen hieß Móirín aufsteigen und zum Markt reiten. Sie sollte sich verhalten wie am vergangenen Sonnabend. »Der junge Herr wird dir wieder am Tore begegnen und dich fragen: ›Woher seid Ihr, wenn ich fragen darf?‹ Sage ihm: ›Aus Sporenstadt!‹ und eile fort.«

Móirín tat alles folgsam. Noch ehe sie auftauchte, schauten alle Augen nach ihr aus. Jeder wollte sehen, ob die vornehme Jungfrau vom vergangenen Sonnabend wiederkäme. Wer da nun alles aufpassen mochte oder nicht – jedenfalls blickte sich auch der junge Edelmann nach ihr um. Und bald sahen sie auch, daß eine vornehme Frau auf das Markttor zukam. Sie schien ihnen noch schöner zu sein als am vorigen Sonnabend. Sie ritt quer über den Markt hinweg. Und als sie wieder durchs Tor hindurchkam, verfehlte der junge Edelmann nicht, vor ihr dort zu sein, um sie anzureden: »Woher seid Ihr, wenn es erlaubt ist zu fragen?«

»Aus Sporenstadt!« war die Antwort.

Und fort war die Schöne und seinen Augen entschwunden. Er gab sich die größte Mühe, sie einzuholen und mehr von ihr zu erkunden. Doch umsonst. Er bekam sie nicht mehr ein.

Móirín kehrte nach Hause zurück. Sie war schnell wieder da, und das war leicht für sie. Das Kätzchen wartete schon, nahm ihr Pferd und Kleider ab wie am Sonnabend zuvor. Es befahl Móirín, zu schweigen und ruhig ihrer Arbeit nachzugehen. Am nächsten Freitag sollte sie sich wieder bei ihm einstellen.

Die Zeit verging, bis die Dienerschaft vom Markt heimkehrte. Sie kamen auf Móirín zu: »Nein, Móirín!« riefen sie. »Wer heute nicht auf dem Markt war, hat etwas versäumt! Eine vornehme Dame war wieder da. Noch schöner war sie als letzten Sonnabend! Nächstesmal mußt du hin, ob du willst oder nicht. Eine von uns bleibt dann für dich hier und hütet das Haus.«

»Wirklich, ich gehe nicht«, antwortete Móirín. »Mich verlangt gar nicht danach. Ein Mädchen wie ich ist auch kein schöner Anblick, zerlumpt wie ich bin! Redet mir nicht zu. Damit habt ihr kein Glück.«

Da ließen sie die Móirín allein. Sie war ja so eigensinnig! Jeder ging seiner Arbeit nach, bis die Woche um war und der Freitag kam. Móirín suchte wie gewöhnlich das Kätzchen auf. Dies erzählte ihr, es würde alles so kommen wie am letzten Sonnabend. Nur morgen würde der junge Herr seine Peitsche vergessen. Sie sollte sie ihm reichen wie die Handschuhe und Sporen und dann wieder zu ihm hinkommen, nachdem er fort sei.

Móirín kehrte heim und tat ihre Arbeit bis zum Sonnabend. Alle außer ihr zogen zum Markt. Sehr bald kam auch der junge Herr wieder zurück und hatte die Peitsche vergessen. »Ach, Móirín, sieh doch zu, ob du meine Peitsche finden kannst. Sei so gut!«

Móirín ging, nahm wieder ein Tuch und reichte ihm die Peitsche darin. Er ritt fort, und sie ging zum Kätzchen.

»Tatest du alles, was ich dir geheißen?«

»Ja.«

»Gut«, sprach das Kätzchen, lief zu einem Haufen Binsen, zog eine heraus und brachte Gewänder, die waren von Regenbogenfarbe. Móirín mußte sie anziehen. Das Kätzchen nahm eine zweite Binse, und wieder hatte es daraus das falbe Roß geschaffen.

»Nun steig auf«, sagte das Kätzchen, »begib dich zum Markt. Nimm wieder den Weg über den Anger. Und wenn du am Tor herauskommst, erwartet dich schon der junge Edelmann. Fragt er dich, woher du kommst, so sage ihm: ›Aus Peitschenstadt!‹ Er hat sich vorgenommen, heute nicht von dir zu weichen, ohne bessere Kunde erlangt zu haben. Er wird versuchen, deinem Roß in die Zügel zu fallen. Doch das wird ihm mißlingen. Statt dessen aber wird er deinen Fuß fassen und deinen Schuh in der Hand behalten. Beachte das nicht weiter, sondern kehre so schnell wie möglich heim. Ich werde dich erwarten.«

So geschah alles. Móirín begab sich zum Markt, und bei ihrer Ankunft blickte jeder auf sie. Alle meinten, das wäre die allerschönste Frau, die sie je sahen. Besonders der junge Edelmann ließ kein Auge von ihr, wie sie über den Markt dahinritt. Er verfehlte nicht, sie am Tor zu erwarten. Er drängte sich dicht an sie heran und fragte: »Woher seid Ihr, wenn's erlaubt ist zu fragen?«

»Aus Peitschenstadt«, erwiderte sie im Weiterreiten.

Indem sie zum Tore hindurchsprengte, versuchte er ihrem Pferde in die Zügel zu fallen. Das gelang ihm nicht, sondern statt dessen hatte er ihren Fuß gefaßt und ihr den Schuh abgezogen. Sie entschwand und ließ ihn mit dem Schuh zurück. Er betrachtete ihn und sprach: »Ich gelobe mir, keine andere Frau zu heiraten als diejenige, der dieser Schuh paßt!«

Móirín kam heim. Das Kätzchen erwartete sie und fragte: »Fiel alles aus, wie ich's gesagt habe?«

»Ja, genauso!« antwortete Móirín. Wie sonst nahm ihr das Kätzchen Pferd und Kleider ab. Die Zeit verging, die anderen kehrten heim. Die Dienerschaft eilte zu Móirín.

»Nein, Móirín!« riefen sie. »Heut versäumtest du etwas für allezeit.«

»Was denn?«

»Ach«, sagten sie, »heute war die schönste Frau auf dem Markt, die je ein Menschenauge erblickte. Und gerade als sie zum Tore hinausritt, versuchte der junge Herr ihr in die Zügel zu fallen. Aber das mißlang ihm, und statt dessen zog er ihr den Schuh ab. Und den hat er nun.«

»Meiner Treu! Was er wohl davon hat!« meinte Móirín achtlos und ging der Arbeit nach, die ihr aufgetragen war. So war alles ganz gut gegangen.

Am nächsten Tag ließ der junge Edelmann ausrufen, alle jungen Mädchen der Umgegend sollten herbeikommen. Er wollte sehen, ob irgendeiner von ihnen der Schuh paßte. Die wollte er dann heiraten. Er setzte auch einen bestimmten Tag zu der Probe fest. So geschah es: Nur fünf oder sechs von ihnen kamen immer auf einmal. Sie hatten sich für den Tag vorbereitet. Einige hatten sich die Zehenspitzen abgeschnitten, andere die Hacken abgeschabt. Mit Móirín aber tat man folgendes: Man steckte sie in eine Truhe; denn da sie nur Lumpenkleider anhatte, wollte man sie nicht in dem Aufzuge sehen lassen. Das wäre für alle Hausbewohner eine Schande gewesen.

Bei der allgemeinen Anprobe stellte es sich im Verlaufe des Tages heraus, daß der Schuh für alle Frauen, die kamen, zu klein war. Als eine Weile vergangen war, hüpfte das Kätzchen auf die Truhe und rief:

»Miau! Miau!
Móirín in der Truhe
Paßt der Schuh genau!«

»Prügelt die elende Katze dort!« sagte jemand zu den Leuten des Hauses. Man schlug sie, und sie sprang von der Truhe.

Als wieder jemand den Schuh anprobierte, sprang sie auf die Truhe und rief:

»Miau! Miau!
Móirín in der Truhe
Paßt der Schuh genau!«

»Haut sie, die jaulende Katze!« sagte jemand. Der Katze wurde ein Tritt versetzt, und sie flüchtete in eine Ecke.

Die letzte der Frauen versuchte den Schuh anzuziehen. Aber vergeblich. Er war ihr zu klein. Indem sprang die Katze wieder auf die Truhe und rief:

»Miau! Miau!
Móirín in der Truhe
Paßt der Schuh genau!«

»Haut sie durch, die greuliche Katze dort!« sagte jemand zu den Hausbewohnern.

»Nein, tut das nicht!« sagte der Edelmann. »Ich höre der

Katze schon eine ganze Weile zu. Vielleicht hat sie recht. Bringt einmal Móirín her und probiert ihr den Schuh an!«

Die Truhe wurde geöffnet.

»Komm her, Móirín! Versuche du, den Schuh anzuziehen!«

Sie tat es. Aber es war ihr unangenehm. Sie schämte sich in ihren schlechten Kleidern vor den fremden Leuten. Aber sie hatte kaum den Fuß in den Schuh gesteckt, so saß er ihr wie angegossen. Jeder wunderte sich, daß er ihr paßte, und sehr viele junge Mädchen beneideten sie.

»Nun, Móirín«, sprach der junge Edelmann, »dich will ich zur Frau haben, und ich schenke dir den Schuh. Und ihr alle«, wandte er sich an die anderen, »geht nur nach Hause!« Und so geschah es.

Am nächsten Morgen wollte der junge Edelmann, daß ihn Móirín begleitete. Sie sollten verheiratet werden.

»Wartet ein Weilchen«, bat sie. »Ich muß mich vorbereiten. Ich denke, in den alten Kleidern darf ich doch nicht mit Euch zur Hochzeit gehen.«

»Ich weiß nicht, ob du etwas anderes hast«, meinte der junge Edelmann.

»Oh, ich habe ein paar hübsche Kleider«, sagte sie, »und ich glaube, sie dienen mir.«

Nun ging Móirín zum Kätzchen. Es gab ihr zuerst die Schühchen: »So, hier!« sagte es. »Jetzt kannst du zu deiner Hochzeit!«

»Ja«, sagte Móirín.

»Mag es dir wohl ergehen«, sprach das Kätzchen. »Ich freue mich, daß du endlich zu Glück und Wohlstand kommst.« Damit lief das Kätzchen zum Binsenhaufen, zog eine Binse heraus und machte daraus das Kleid, das Móirín am letzten Sonnabend getragen hatte, das wunderschöne regenbogenfarbige. Móirín mußte es anziehen, und das Kätzchen zog noch eine Binse heraus und gab ihr das falbe Roß. »Und nun, Móirín«, sprach das Kätzchen, »weißt du, wer ich bin?«

»Nein, sicher nicht«, sagte Móirín.

»Ich bin deine Mutter. Und von heute ab wirst du mich nie wiedersehen. Aber ich werde dir vielleicht noch beistehen, ohne daß du es merkst. Ich werde dir zwei Kräfte lassen, ehe ich von dir scheide. Dein Fingerhut wird täglich Honig tropfen und die Vogelschar dir täglich ein Lied singen. Und hier, das falbe Roß und jenes Kleid schenke ich dir.«

Dann hieß sie Móirín aufs Roß steigen und sich zum Haus des jungen Edelmannes begeben. »Denn«, meinte sie, »er wird schon auf dich warten.«

Das Kätzchen wünschte ihr dann Heil und Segen, und Móirín nahm voll Trauer und Tränen Abschied. Sie ging und fand den jungen Edelmann schon bereit. Als er sie kommen sah, riß er die Augen auf vor Staunen. Er hatte nicht gemeint, daß Móirín die Frau war, der er an jenem Tage den Schuh ausgezogen hatte. Und jetzt, da er sie in derselben Kleidung und Ausrüstung erblickte, fielen ihm die Antworten jener vornehmen Fremden ein, die sie ihm bezüglich der Handschuhe, der Sporen und der Peitsche gegeben hatte. Nun wußte er, sie und Móirín waren dieselbe. Da war er glücklich. Sie gingen zusammen hin und ließen sich trauen. Dann kehrten sie heim und waren froh und glücklich fast das ganze Jahr hindurch. Da aber hörten Móiríns Schwestern, wie gut es ihr ging, und sie wurden von Neid erfüllt. Sie ließen sich nahe dem Ort, wo sie wohnte, nieder, aber sie hatten nichts Gutes mit ihr im Sinn.

Die Zeit verging. Und Móirín kam in die Wehen. Sie schickte an ihre Schwestern eine Botschaft. Die älteste von ihnen kam und ließ die Hebamme rufen. Der junge Edelmann sagte zur Schwägerin, er wolle auf der Wiese auf und ab gehen und warten, bis sie ihm Nachricht geben würde.

Móirín brachte einen hübschen Knaben zur Welt. Aber die Schwester kam und sagte der Hebamme, sie hätte das Kind irgendwie falsch behandelt. Und dann bestach sie die Geburtshelferin, um den anderen sagen zu können, das Kind sei tot. Darauf ging die Schwester hin zum Edelmann. Er fragte, was sie für Botschaft brächte. »Ganz gute«, gab sie zur Antwort, »nur das Kind ist tot.«

»Das schadet ja nichts«, meinte er. »Solange es der Mutter gutgeht, ist mir das gleichgültig. Nehmt nun das Kind fort und bestattet es.«

Die Schwester kehrte zurück und nahm das Kind, ohne daß es jemand sah. Nun war das Haus nahe am Meer gelegen, und da warf sie das Kind ins Meer. Eine Woche später ging sie heim.

Móirín war sehr bekümmert um das tote Kind. Ihr Mann versuchte sie aufzuheitern und sagte, statt bekümmert und traurig zu sein, sollte sie dankbar sein, daß sie gesund sei.

Nun geschah es, daß Móirín nach geraumer Zeit abermals in die Wehen kam. Die Schwester verfehlte nicht zu kommen und ließ auch die Hebamme rufen. Móirín bekam wieder einen Knaben, und die Schwester bestach die Frau wie beim ersten Mal. Wie damals wartete der junge Edelmann draußen auf der Wiese auf Botschaft. Als die Schwester zu ihm trat und er sie fragte, wie es ginge, sagte sie: ganz gut, aber das Kind sei tot. Wieder meinte er, das bekümmere ihn nicht, solange es seiner Frau gutginge. »Und«, fuhr er fort, »nehmt das Kind fort und schafft es an einen stillen Ort!«

Darauf kehrte die Schwester zu Móirín zurück, nahm das Kind, ohne daß es jemand im Haus merkte, und warf es auch ins Meer.

Als Móirín wieder gesund war, kehrte die Schwester nach Hause zurück.

Soweit ging alles gut, bis Móirín abermals in die Wehen kam, und die Schwester verfehlte auch nicht, sich wieder einzustellen. Um nun die Geschichte kurz zu machen: sie und die Hebamme verübten dieselbe Tat wie zuvor, und das dritte Kind ward ins Meer geworfen gleich den anderen. Als der Edelmann die Nachricht erhielt, es sei tot, war er nicht verwundert. Er sagte nur, da wäre nichts zu machen, und da es der Mutter gutginge, sei es ihm auch gleichgültig.

Als die Schwester merkte, daß es ihr mißlang, den Mann und Móirín zu entzweien, überlegte sie, was sie noch versuchen könnte. Sie blieb eine Woche lang dort, bis Móirín aufstand und ziemlich wiederhergestellt war. Dann sagte sie eines Tages zu ihr: »Ich führe dich hinaus, und wir gehen unten am Meere spazieren. Das wird dir guttun.«

»Ja, mir ist's recht«, sagte Móirín, und beide machten sich auf den Weg zum Meere hinunter. Sie wandelten an der Küste entlang. Da trat die Schwester neben sie auf die Landseite, stieß sie gegen die Schulter und warf sie in die See hinab. Danach lief sie wie entsetzt von diesem Erlebnis zum Edelmann und rang klagend die Hände.

»Was ist dir?« fragte er.

»O weh!« rief sie. »Ich wandelte mit der Schwester längs der Küste, bis wir auf die Klippe von Cordal kamen. Wir blickten ins Meer hinunter. Ein Schwindel packte sie, oder irgend etwas befiel sie, und sie stürzte in die See.«

Der Edelmann und alle, die ihm helfen wollten, eilten zur Klippe. Sie nahmen Boote und Kähne und suchten alles ringsum ab. Vergeblich! Von Móirín war nichts zu entdekken, sie war weder lebendig noch tot zu finden. Da mußten sie es aufgeben und heimkehren. Der Edelmann war unglücklich und voller Verzweiflung. Aber die Schwester ging nach Hause und war sehr mit sich zufrieden, daß mit Móirín ein Ende gemacht war.

Es verging nun eine lange Zeit. Der Edelmann wurde ganz verstört von Unruhe. Da kam es ihm in den Sinn, ob er nicht besser täte, wieder zu heiraten. Er schickte der Schwester, die Móirín gepflegt hatte, Botschaft und ließ anfragen, ob sie gewillt sei, ihn zu heiraten. Sie gab wie zögernd ihr Jawort und sagte, sie wolle ihn heiraten wegen seiner großen Liebe zu Móirín. Er führte sie nun als seine Frau heim.

Die Sache schien soweit ganz gut. Einige Tage waren vergangen. Da ging einer der Knechte des Edelmanns ans Meer hinab. Und da erblickte er mitten auf dem Meere die Frau. Sie hielt ein Kind an der Brust, während zwei andere Knaben bei ihr Bälle übers Meer hinschleuderten. Der Bursche staunte. Die Frau aber sprach ihn an:

»Ach Knecht, du bester, den je einer hatte, sag mir's:
Tropft deiner Herrin Fingerhut Honig?
Singen die Vögel ihr Lieder?«

»Die Vögel singen ihr keine Lieder«, sprach er, »und meiner Herrin Fingerhut tropft nicht Honig.« Ehe er Zeit hatte, noch mehr hinzuzufügen, entschwanden sie seinem Blick. Er begab sich heim und berichtete seinem Herrn, was er soeben erlebt hatte. Er wiederholte auch die Worte der Frau.

»Ach, sei doch vernünftig«, sprach der Herr. »Dich haben irgendwelche Fieberphantasien befallen.«

Am nächsten Tag geschah es, daß der Knecht denselben Weg ging. Und da erblickte er Frau und Kinder an derselben Stelle wie am Tag zuvor. Wieder stellte ihm die Frau jene Fragen, und der Knecht gab ihr die gleiche Antwort. Dann entschwanden sie seinem Blick. Er begab sich heim und berichtete seinem Herrn, was er gesehen und gehört hatte. »Und«, fügte er hinzu, »ich sah nie jemanden, der Móirín so ähnlich war wie diese Frau.«

»Ach, schweig und gebrauche deinen Verstand, du Tor!« sagte sein Herr.

Der Knecht ging seiner gewohnten Arbeit nach und kam am dritten Tag an dieselbe Stelle am Strande. Da erblickte er abermals die Frau mit den Kindern draußen auf dem Meere wie die beiden Tage vorher. Wieder redete sie ihn an und stellte jene zwei Fragen, und er gab die gleiche Antwort. Dann kehrte er heim und erzählte seinem Herrn, was er gesehen und gehört hatte. »Und«, sagte er, »ich schwör's beim heiligen Buch: es war Móirín.«

»Nun«, sagte der Herr, »vielleicht sahst du wirklich etwas. Ich will dich dorthin begleiten, wo du Frau und Kinder erblicktest.«

Er eilte hinab. Als er sie sah, wußte er genau: es war Móirín! Sie begrüßte ihn. Da nahm er ein Boot oder irgendein

Fahrzeug und fuhr ins Meer hinein. Er zog seine Frau und seine drei Söhne aus dem Wasser und brachte sie an Land. Auf dem Heimweg fragte er Móirín, wie es kam, daß sie nicht ertrunken war. »Und«, fragte er, »sind denn hier deine drei Kinder, von denen mir gesagt war, sie seien tot, wieder ins Leben zurückgekehrt?«

»Ja«, sagte sie. »Ich habe dir eine lange Geschichte zu erzählen, von Anfang bis zu Ende. Sie ist zu lang für den Weg. Zu anderer Stunde erzähle ich dir alles.«

»Ich will nicht nach Hause, bis du es mir erzählt hast.« Da begann sie und erzählte ihm alles, wie die Schwestern sie behandelt hatten, als sie noch zu Hause war, wie sie ihre Mutter schrecklich umgebracht hatten, und zuletzt von dem Kätzchen. »Nun weiß ich«, sagte sie, »meine Schwestern haben mich immerwährend verfolgt, bis mich die eine oben von der Klippe ins Meer hinabstieß.«

»Halt!« rief er. »Was sagst du da? Deine Schwester stürzte dich ins Meer, wahrhaftig?«

»Ach, es ist so, wirklich«, sagte Móirín, »und meine Söhne vor mir, die alle drei lebten und –«

»Oh! Oh!« rief er. »Warte eine Weile. Ich bleibe keine Sekunde fort von dir.« Und er eilte ins Haus. Móirín meinte schon, er sei wahnsinnig geworden, und fürchtete, er könnte unterwegs etwas anstellen.

Im Hause angelangt, befahl er, die Schwester zu fesseln und ins Meer zu stürzen, von derselben Klippe, von der sie Móirín warf. Zugleich befahl er, die andere Schwester holen zu lassen und mit ihr dasselbe zu tun. Denn er befürchtete, auch sie könnte ihnen noch Unheil zufügen. Man tat nach seinem Befehl.

Dann kehrte er zurück zu seiner Frau und seinen drei Söhnen und holte sie heim.

Nicht lange, so verbreitete sich das Gerücht über Móirín und ihre zwei Schwestern in der ganzen Gegend, und als die Hebamme von dem Schicksal der beiden Schwestern Móiríns hörte, verließ sie, so schnell wie sie konnte, die Gegend und wurde dort nie mehr gesehen, nicht lebendig und nicht tot.

Und von da an lebte der Edelmann mit Móirín gesund und glücklich, ohne Kummer und Herzeleid. Und nie wurde er müde zuzuhören, wenn Móirín erzählte, wie sie und ihre drei Söhne im Meere gerettet wurden.

Die Katze, der Hahn und die Leiter

Es waren einmal drei Brüder; der älteste hieß Yvon, der zweite Goulven und der jüngste Guyon. Ihre Mutter war tot, und so baten sie ihren Vater, jedem von ihnen sein Erbe zu geben; denn sie wollten ausziehen, um in der Welt ihr Glück zu suchen.

»Ich bin gern einverstanden«, sagte der Greis, »aber ihr wißt, daß wir nicht reich sind: eine Katze, einen Hahn und eine Leiter, das ist alles, was ich Euch geben kann.«

»Nun gut, dann laßt uns mit Strohhalmen losen«, antworteten die drei Brüder, »um zu sehen, was jedem von uns zufällt.« Das taten sie, und so bekam Yvon die Katze, Goulven den Hahn und Guyon die Leiter.

Jeder nahm seine Habe, und sie machten sich auf den Weg. Ihr Vater begleitete sie bis zu einem nahen Kreuzweg; von dort führten vier Wege in entgegengesetzte Richtungen, und nachdem sie verabredet hatten, sich über Jahr und Tag an der gleichen Stelle wiederzutreffen, sagten sie einander Lebewohl, und jeder schlug einen anderen Weg ein. Der Greis nahm den vierten Weg und kehrte allein nach Hause zurück.

Yvon, dem die Katze zugefallen war, gelangte auf seinem Wege an die Meeresküste. Lange ging er am Ufer entlang, ohne irgendeine Behausung zu finden. Seine Katze und er mußten mehrere Tage lang von Muscheltieren, besonders von Miesmuscheln und Schüsselschnecken, leben, welche die Katzen ganz besonders gern haben. Schließlich gelangten sie an eine Mühle, in deren Nähe, hoch auf einem Felsen, sich die Mauern und Türme eines Schlosses erhoben. Yvon ging in die Mühle hinein, seine Katze im linken Arm haltend. Dort sah er vier Männer in Hemdsärmeln, mit Stöcken bewaffnet und sehr beschäftigt, Mäuse zu jagen, die überall umhersprangen und eine wahre Plage waren, weil sie die Säcke zernagten, um das Mehl zu fressen.

»Wegen einer solchen Kleinigkeit rackert Ihr Euch so ab!« rief Yvon ihnen zu.

»Was, eine Kleinigkeit? Siehst du denn nicht, daß diese verfluchten Tiere, wenn wir sie machen ließen, was sie wollen, das Korn und das Mehl fressen würden, so daß wir dem Hungertod preisgegeben wären?«

»Nun, ich habe hier ein Tierchen« – und er wies auf seine Katze –, »welches ganz allein und in weniger als einer Stunde bessere Arbeit leisten kann als Ihr vier zusammen in einem ganzen Jahr; es würde Euch schnell von Euren Mäusen befreien.«

»Das Tierchen, was du da hast? Du willst wohl spaßen; es sieht aber auch keine Spur böse aus. Wie wird es denn genannt?«

»Es heißt die gnädige Frau Katze. Wollt Ihr sie arbeiten sehen?«

»Ja, laß mal sehen, was sie leisten kann.«

Yvon ließ seine Katze los, die hungrig war. Die Mäuse, die keine Furcht vor ihr hatten, da sie noch nie eine Katze gesehen hatten, beeilten sich gar nicht, in ihre Löcher zu springen, und die Katze richtete ein furchtbares Blutbad an. Die vier Männer sahen ihr höchst erstaunt zu, und in weniger als einer Stunde war die ganze Mühlentenne mit toten Mäusen übersät. Überall lagen ganze Haufen davon. Die Männer mit den Stöcken und der Müller konnten sich von ihrem Staunen gar nicht erholen. Einer von ihnen lief schnell ins Schloß und sagte zu dem Schloßherrn: »Gnädiger Herr! Kommt schnell in die Mühle! Ihr könnt dort etwas sehen, was Ihr noch nie in Eurem Leben gesehen habt!«

»Was denn?« fragte der Herr.

»Dort ist ein Mann, wir wissen nicht, aus welchem Lande; der hat ein kleines Tier, das ganz sanft aussieht, und doch hat es im Nu alle Mäuse umgebracht, gegen die wir mit so großer Mühe Euer Korn und Euer Mehl verteidigen.«

»Ich wünschte, es wäre wahr!« rief der Schloßherr.

Und er lief in die Mühle, und als er sah, was die Katze geleistet hatte, sperrte er zuerst vor Verwunderung Mund und Nase auf. Dann, als er in Yvons Arm den Urheber dieses Blutbades, die Katze, sah, die satt und ruhig mit halb geschlossenen Augen schnurrte wie ein Spinnrad, das von der Hand einer Spinnerin gedreht wird, sagte er: »Und dieses Tier, welches so friedlich und sanft aussieht, hat so tapfer gearbeitet?«

»Ja, gnädiger Herr, dies ist das Tier«, erwiderten die vier Männer, welche die Stöcke immer noch in der Hand hielten.

»Welch ein Schatz, ein solches Tier! Ach! wenn ich es doch haben könnte! Wollt Ihr es mir verkaufen?« fragte er Yvon.

»Gern«, erwiderte Yvon, während er der Katze den Rücken streichelte.

»Wieviel wollt Ihr dafür haben?«

»Sechshundert Taler mit Unterkunft und guter Pension für mich in Eurem Schloß, denn meine Freundin, die Katze, würde nicht gut arbeiten, wenn ich nicht bei ihr bliebe.«

»Einverstanden! Schlagt ein.«

Und sie gaben sich die Hand darauf.

Da lebt also Yvon im Schloß, hat den ganzen Tag nichts zu tun als zu essen, zu trinken, spazierenzugehen und von Zeit zu Zeit nach seiner Katze in der Mühle zu sehen. Er war der Freund des Schloßherrn geworden, und auch dessen Tochter war ihm zugetan, denn Yvon war ein hübscher Bursche. Seine Beziehungen zu dem jungen Fräulein wurden sogar sehr intim, und er bekam von ihr alles, was er wollte, sogar Gold und Edelsteine. Aber der Augenblick kam, da er es für vorsichtiger hielt, zu verschwinden, und so entfloh er eines Nachts, ohne ein Wort zu sagen, und nahm das beste Pferd aus den Ställen des Schlosses, um ihn und alles, was er dem alten Schloßherrn entwendete, zu tragen.

Machen wir uns also seinetwegen keine Sorgen mehr, da sein Glück gemacht ist, und sehen wir jetzt, was aus Goulven mit seinem Hahn geworden ist.

Nachdem sie lange unterwegs waren und weiter und weiter gegangen waren, kam Goulven schließlich in ein Land, wo es keine Hähne gab. Eines Abends, als die Sonne unterging, kam er, zum Umfallen müde, an ein schönes Schloß und klopfte an das Tor.

»Was wollt Ihr?« fragte ihn der Pförtner.

»Ich bitte um Unterkunft für die Nacht für mich und meinen kleinen Gefährten.«

»Kommt nur herein«, sagte der Pförtner zu ihm, »Ihr sollt ein Obdach haben; denn mein Herr hat ein gutes Herz.«

Goulven aß in der Küche mit der Dienerschaft; dann legte er sich im Stall bei den Stallknechten und Fuhrleuten schlafen. Seinen Hahn behielt er bei sich.

In diesem Lande mußte man jeden Morgen den Tag suchen; das beschäftigte die Gemüter so sehr, daß Goulven vom Heuboden, wo er sich mit seinem Hahn befand, folgende Unterhaltung zwischen den Stallknechten und den Fuhrleuten hörte: »Morgen früh werden wir wieder große Mühe haben, den Tag zu suchen. Schmieren wir gut die Achse, damit der Karren leichter rollt und nicht wieder zerbricht wie neulich, denn es sind schon genug Karren zerbrochen und genug Pferde krepiert, und der Herr ist unzufrieden und sagt, wir richteten ihn zugrunde.«

»Ja, schmieren wir gut die Achse, bevor wir schlafen gehen.«

Goulven war ganz erstaunt von dem, was er hörte, und da der Herr und die Diener, als sie den Hahn betrachteten, ihm gesagt hatten, daß ihnen ein solcher Vogel noch nie vorgekommen sei, kam ihm der Gedanke, Nutzen daraus zu ziehen, und er rief den Stallknechten und Fuhrleuten zu: »Strengt Euch nicht so an und macht Euch keine Sorgen, Freunde; ich übernehme die Arbeit.«

»Ihr wollt es ganz allein übernehmen, den morgigen Tag zu suchen?«

»Ja, ich und mein Gefährte.«

»Aber, Unglücklicher, wenn Ihr ihn nicht mitbringt oder wenn Ihr auch nur zu spät kommt, läßt Euch der Herr sofort aufhängen!«

»Laßt uns nur machen, sage ich Euch, geht ruhig schlafen.«

Daraufhin gingen die Stallknechte und die Fuhrleute schlafen, ohne den Karren zu schmieren und ohne die gewöhnlichen Vorbereitungen zu treffen.

Gegen drei Uhr morgens krähte der Hahn auf dem Heuboden.

»Was ist denn das?« riefen die Fuhrleute und die Stallknechte, die von dem Krähen wach wurden; denn das hatten sie noch nie gehört.

»Es ist nichts«, erwiderte Goulven, »laßt Euch nicht stören; mein Gefährte sagt nur, daß er jetzt ausziehen wird, um den Tag zu suchen.«

Da schliefen sie wieder ein.

Gegen vier Uhr krähte der Hahn von neuem, und da wachten sie wieder auf und riefen: »Was ist los? Was ist denn das schon wieder?«

»Es ist mein Gefährte, der Euch ankündigt, daß der Tag da ist«, erwiderte Goulven, »steht auf und seht nach!«

Und sie standen auf und sahen, daß der Tag wirklich gekommen war, ohne daß sie ihn hätten suchen müssen, worüber sie sich sehr wunderten. Sie eilten schnell zu ihrem Herrn, um es ihm anzukündigen: »Herr, wenn Ihr wüßtet …«

»Was denn? Was ist geschehen, daß Ihr mich so früh weckt?«

»Ihr wißt doch, Herr, der Fremde, dem Ihr diese Nacht mit seinem Tierchen, welches er Hahn nennt, Obdach gewährt habt?«

»Na, und? Was hat er gemacht?«

»Was er gemacht hat? … Also, dieses kleine Tier, das nach gar nichts aussieht, ist stärker als alle Pferde zusammen und könnte Euch viele Unkosten und uns viel Mühe ersparen. Stellt Euch vor, daß es uns heute morgen den Tag gebracht hat, das Tierchen ganz allein, ohne Pferde und ohne Karren, während wir ruhig schliefen.«

»Das ist ja nicht möglich! Ihr macht Euch über mich lustig.«

»Dennoch ist nichts wahrer, als was wir Euch sagen, und es hängt nur von Euch ab, Euch davon zu überzeugen: behaltet den Mann und sein Tierchen im Schloß und wacht mit uns die nächste Nacht!«

»Nun, dann sagt ihm, er möge bei uns bleiben, damit ich mir das auch einmal ansehen kann.«

Und sie sagten dem Mann mit dem Hahn, er möge mit seinem Tierchen dort bleiben. Als es Abend war, gingen die Diener, die Stallknechte und die Fuhrleute nach dem Abendessen schlafen wie gewöhnlich, und Goulven stieg mit seinem Hahn wieder auf den Heuboden, nachdem er ihnen gesagt hatte, sie brauchten sich um nichts zu sorgen und er wolle es wieder übernehmen, den Tag zur rechten Stunde zurückzubringen.

Gegen drei Uhr morgens kam auch der Herr in den Stall; er hatte sich nicht schlafen gelegt; denn er wollte selbst sehen und hören, was da geschah. Der Hahn krähte zum ersten Male auf dem Heuboden.

»Was ist denn das?« fragte der Herr.

»Das ist mein Gefährte, der jetzt losgeht, um den Tag zu suchen«, erwiderte Goulven, »laßt Euch nicht stören und wartet ruhig ab; er wird bald zurück sein.«

Um vier Uhr krähte der Hahn von neuem.

»Warum hat der Hahn gekräht?« fragte der Herr wieder.

»Weil er gerade zurückkehrt und uns den Tag mitbringt«, erwiderte Goulven; »öffnet die Tür und geht hinaus; da werdet Ihr sehen.«

Der Herr ging hinaus aus dem Stall und sah, daß der Tag wirklich da war, ganz rosig und wohlgemut – es war im Monat Mai –, und ohne daß die Pferde und die eisenbeschlagenen Karren ihn geholt hätten. Der Herr war aufs höchste verwundert und konnte sich vor Staunen gar nicht fassen. Er rief Goulven und sagte zu ihm: »Die Karren, die mir zerbrochen werden, die Pferde, die mir krepieren, weil sie jeden Morgen den Tag holen müssen, sind mein Verderb; wenn du mir dein Tierchen verkaufen willst, würdest du mir einen großen Dienst erweisen; wieviel willst du dafür haben?«

»Tausend Taler«, erwiderte Goulven, »und außerdem will ich im Schloß bleiben bei guter Nahrung und Kleidung und keiner anderen Arbeit als Spazierengehen, wohin ich Lust habe.«

»Einverstanden«, sagte der Schloßherr.

Also lebte Goulven im Schloß und war der glücklichste Mensch; er hatte den ganzen Tag nichts zu tun als zu essen, zu trinken, zu schlafen und spazierenzugehen. Der Hahn seinerseits verfehlte niemals, den Tag zurückzubringen, sobald die Stunde gekommen war, und man war sehr zufrieden mit seinen Diensten.

Zugleich machte Goulven der Tochter des Schloßherrn den Hof, denn sie hatte ein Auge auf ihn geworfen, weil er ein schöner Bursche war; da er aber mit ihr verfuhr, wie wir es schon bei Yvon gesehen haben, so ergriff auch er die Flucht, als er merkte, daß es an der Zeit war, und außer den tausend Talern, die er für seinen Hahn bekommen hatte, nahm er noch schöne Geschenke mit, die er von dem Schloßfräulein erhalten hatte, und er lud alles auf das beste Pferd des herrschaftlichen Stalles.

Von den drei Brüdern haben sich also schon zwei gut aus der Not geholfen, der eine mit seiner Katze und der andere mit seinem Hahn. Sehen wir jetzt, was aus dem dritten, Guyon, geworden ist, dem Burschen mit der Leiter.

Nachdem er lange gegangen war, immer geradeaus, seine Leiter auf der Schulter tragend, und schon weit fort von seiner Heimat war, stand er eines Tages vor einem schönen Schloß, das nach allen Seiten von hohen Mauern, Gestrüpp und Dornen umgeben war. An einem Turmfenster sah er eine junge Dame von auffallender Schönheit. Er blieb stehen, um sie zu betrachten. Sie lächelte ihn an, und schon begannen sie eine Unterhaltung. Die Dame teilte ihm mit, daß ihr Gatte, der Schloßherr, nicht zu Hause sei. Er wäre schrecklich eifersüchtig und halte sie in diesem Turm gefangen, mit einer Dienerin als einziger Gesellschaft, auch erlaube er ihr nicht, irgendeinen Besuch zu empfangen. Sie langweilte sich sehr in ihrem Turm und wollte gern hinaus, aber der Herr hatte die Schlüssel mitgenommen, und bis zu seiner Rückkehr mußte sie hinter Schloß und Riegel bleiben; er sollte am folgenden Tag nach Hause kommen.

»Ich könnte schon ohne Schlüssel zu Euch gelangen, wenn Ihr es erlaubt«, sagte Guyon.

»Wie das? Es sei denn, Ihr verwandelt Euch in einen Vogel! In dieses Schloß kann kein anderer Mann hinein als mein Gatte, und wenn es doch jemandem gelänge, hineinzukommen: hinaus käme er nicht lebendig.«

»Das wollen wir doch einmal sehen«, sagte Guyon.

Und er lehnte seine Leiter an den Turm. Ach! sie war zu kurz! Aber die Dame und ihre Dienerin reichten ihm Vorhänge hinunter, und so konnte er zu ihrer großen Freude zu ihnen gelangen. Er verbrachte dort die ganze Nacht. Am folgenden Morgen, in aller Frühe, ging er auf dem gleichen Wege, wie er gekommen war, wieder hinaus. Da er die junge Dame und ihre Dienerin gut unterhalten hatte – solches war ihnen noch nie vorgekommen –, füllten sie ihm, bevor er ging, die Taschen mit Gold, Juwelen und Diamanten.

Als Guyon so in aller Ruhe, mit seiner Leiter über der Schulter, weiterzog, begegnete ihm der Edelmann, welcher gerade heimkehrte. Er sagte im Vorbeigehen zu Guyon: »Ihr scheint schwer zu tragen zu haben und seht müde aus, guter Mann.«

»Es geht«, erwiderte Guyon.

Und so ging jeder in seiner Richtung davon.

Sobald der Herr im Schloß angelangt war, beeilte sich

seine Gattin, die ganz ahnungslos war und nie zuvor einen anderen Mann als ihren Gatten aus der Nähe gesehen hatte, ihm alles zu erzählen. Und der Schloßherr geriet in furchtbaren Zorn. »Wie ist er in den Turm hineingekommen?«

»Mit einem Werkzeug, das er eine Leiter nannte.«

»Und er hat hier die ganze Nacht mit Euch verbracht?«

»Ja, und er hat uns gut unterhalten, und bevor er fortging, haben wir ihm die Taschen mit Gold, Juwelen und Diamanten vollgestopft.«

»Ah! Du Unglückselige, was sagst du mir da? Dem, der mich zum Hahnrei gemacht hat, auch noch mein Gold und meine Diamanten zu geben!« Und er trampelte vor Wut und raufte sich die Haare.

»Ich setze ihm nach, und wehe, wenn ich ihn erwische!«

»O bitte, tut ihm nichts an«, sagte die Frau, die nicht begriff, warum ihr Gatte so zornig war.

Dieser nahm das beste Pferd aus seinem Stall, und fort ging es, in größter Eile, hinter Guyon her.

Guyon aber, der sich schon gedacht hatte, daß er verfolgt werden würde, blickte sich von Zeit zu Zeit um, und als er den Verfolger bemerkte, befand er sich gerade vor einem Haus mit einem Schieferdach, das am Wegrand lag, und so lehnte er seine Leiter an das Haus, stieg auf das Dach und begann, die Schiefern hinunterzuwerfen wie ein Dachdecker, der ein altes Dach ausbessert. Vor dem Haus angelangt, hielt der Herr sein Pferd an und wandte sich an Guyon: »He! Dachdecker! Hast du hier nicht einen Mann vorübergehen sehen, der eine Leiter auf der Schulter trug?«

»O ja, gnädiger Herr, er ist vor einem Augenblick hier vorbeigekommen.«

»In welcher Richtung ist er gegangen?«

»Geradeaus; da, ich kann ihn noch von hier aus sehen; kommt einen Augenblick herauf, dann könnt Ihr ihn auch sehen.«

Und Guyon stieg vom Dach hinunter, und der Herr stieg vom Pferd ab und auf das Dach hinauf. Kaum war er oben, da nahm Guyon die Leiter weg, stieg auf das Pferd und galoppierte davon, während der Herr auf dem Dach fluchte und tobte.

Genau nach Ablauf eines Jahres und eines Tages fanden sich die drei Brüder, auf schönen Pferden reitend und wie Edelleute gekleidet, am Kreuzweg ein, von dem sie ausgezogen waren. Ihr Vater wartete schon auf sie.

Alle drei waren reich geworden mit der Katze, dem Hahn und der Leiter, und sie verheirateten sich reich und ließen drei schöne Schlösser bauen, für jeden eins, und ein viertes, noch schöner als die anderen, für ihren alten Vater.

Die Katze und der Löwe

Weil der Löwe alt geworden war, schlief er mit offenem Maul. Da aber die Mäuse in sein Maul kamen und die zwischen seinen Zähnen sitzenden Fleischreste herausholten, fand er keine Ruhe. Daher rief er eine Katze zu sich und sprach: »Komm und bleib bei mir fünf bis zehn Tage! Bring die Mäuse um und friß sie!«

Die Katze setzte sich zum Löwen und blieb bei ihm. Sie

fand Ruhe und hatte für nichts zu sorgen. Das beste Fleisch und Essen waren vorhanden. Jetzt dachte die Katze: Diese Ruhe darf nicht so leicht aufgegeben werden. Daher beschloß sie, die Arbeit auszudehnen und die Mäuse, statt zu fangen und zu fressen, zu erschrecken und zu verjagen. Denn die Aufgabe, sie zu fangen und zu fressen, ist die Sache von zwei Tagen. Aber es war sehr nötig, diese Überlegung vor dem Löwen zu verheimlichen. Jeden Abend, wenn sie zum Essen zusammenkamen, brachte die Katze die Sprache auf die Mäuse und erzählte, daß sie, obwohl sie die Mäuse tötete, sie nicht zur Strecke gebracht hätte. Dauernd klagte sie über die Menge der Mäuse. So machte sich die Katze diesen Platz zu einem Nest und Heim.

Eines Tages gebar die Katze dort Junge. Sie ernährte die Jungen mit viel Fleisch und Milch und führte ein ruhiges Leben. Inzwischen verging die Zeit. Die Jungen wurden groß und kamen nun in die Lage, für sich selbst arbeiten und sorgen zu können.

Wenn die Jungen die Mäuse anfallen und sie fangen wollten, sprach die Katze immer: »Wenn ihr sie auffreßt, werden wir unser Brot und Heim verlieren. Hütet euch also, sie zu fangen und zu töten, jagt ihnen nur Schrecken ein und laßt sie laufen.« Solchen Rat erteilte sie den Jungen.

Eines Tages hatte der Löwe die Katze irgendwohin geschickt. Die unerfahrenen Jungen, die nicht auf die guten Worte und Ermahnungen ihrer Katzenmutter hörten, fielen die Mäuse an und vernichteten innerhalb von ein bis zwei Tagen alle Mäuse, die es gab, vollständig.

Als die Mutter von dem Ort, wohin sie gegangen war, zurückkehrte, da sah sie, daß keine Mäuse mehr da waren, und verstand die schlimme Lage. In dem Gedanken an die Gefahr, fortgejagt zu werden, suchte sie die Mäuse überall. Aber keine Maus war zu sehen. Was sollte sie machen? Sie versammelte ihre Jungen bei sich. Nachdem sie ihnen die Sache richtig erklärt hatte, ermahnte sie diese, sie sollten, wenn der Löwe schlief, in sein Maul hineingehen, ihn aber nicht kratzen. Als aber eines der Jungen einmal die zwischen den Zähnen des Löwen sitzenden Fleischreste fraß, stach es ihn mit seinen Krallen. Da erwachte der Löwe und sprang auf. Auf seine Frage sagte die Katze: »In deinen Mund sind die Mäuse gekommen; sie haben diese vertrieben.«

Beim zweitenmal zermalmte der Löwe eins von den Katzenjungen. Da begann die Katze Angst zu bekommen. Andauernd verbreitete sie in der Nachbarschaft die Nachricht, lud die Mäuse ein und gab ihnen ihr Wort, daß sie ihnen nichts zuleide tun würde. Aber nicht eine von den Mäusen, die wußten, daß sie damals dort gefangen worden waren, kam dorthin. Als der Löwe sah, daß nun keine Mäuse mehr da waren und die Katze ihm etwas vormachen wollte, jagte er sie fort. Als die Katze sich entfernte, sagte sie zum Löwen: »Wir hatten uns aneinander gewöhnt. Die unerfahrenen Jungen haben sich eingemischt … So ist es geschehen. Vergib, wenn ich etwas gegen dich verschuldet habe! Wenn wir am Leben bleiben, sehen wir uns wieder.«

DIE KATZE UND DER TIGER

Man sagt: Die Katze ist der Onkel des Tigers. Wie dem auch sei, eines Tages sah der Tiger seinen Onkel, die Katze. »Aber Onkel«, fragte der Tiger, »weshalb bist du so klein?«

Die Katze antwortete: »Wenn du in die Hand des Menschenkindes geraten wärest, wüßtest du es!«

»Dann zeig mir doch mal ein Menschenkind!«

»So folge mir!«

Unterwegs weidete eine Büffelherde.

»Onkel, sind das Menschenkinder?«

»Was bedeuten denn schon diese? Ein einziges kleines Menschenkind treibt und jagt hundert davon vor sich!«

Als sie weitergingen, trafen sie eine Herde Pferde. »Onkel, sind das Menschenkinder?«

»Was bedeuten denn schon diese? Die Menschenkinder steigen auf sie und reiten.«

Nachdem sie eine Strecke weitergewandert waren, trafen sie auf eine Kamelherde. »Onkel, sind das Menschenkinder?«

»Ein Kind stellt einen Zug von zehn bis fünfzehn von ihnen zusammen und leitet und führt sie.«

Nach langer Wanderung stiegen sie auf einen Berg. Dort trafen sie einen Holzfäller. Die Katze erklärte dem Holzfäller, was sich zugetragen und was sie mit dem Tiger erlebt habe. Der Holzfäller sprach zum Tiger: »Steck deine Füße in diese Holzspalte und mach sie auseinander.«

Als der Tiger seine Füße in die Spalte gesteckt hatte, zog

der Holzfäller schnell das Eisen, mit dem er die Spalte geöffnet hatte, heraus. Die Füße des Tigers waren tüchtig in die Spalte des Holzes eingeklemmt. Der Holzfäller steckte seine Pfeife an und trat vor ihn. Die Katze aber kletterte auf eine Tanne.

Da rief der Tiger ihr zu: »Onkel, ob man mich freiläßt, wenn ich so groß bin wie du?«

Darauf antwortete die Katze: »Das weiß ich nicht! Miau.«

Der heuchlerische Kater

In längst vergangener Zeit lebte ein Anführer einer Mäuseschar mit einer Umgebung von fünfhundert Mäusen, und es gab damals einen Kater namens Agnidsha. In seiner Jugendzeit tötete dieser, wo er wohnte, in der Umgegend alle Mäuse. Als er aber zu anderer Zeit alt geworden mit seiner Überlegenheit keine Mäuse mehr fangen konnte, dachte er: »Früher habe ich in der Jugendzeit durch meine Überlegenheit Mäuse fangen können. Weil ich jetzt dazu nicht mehr imstande bin, muß ich irgendeine List anwenden, so daß ich sie verzehren kann.« Er fing an, heimlich Mäuse zu suchen. Bei diesem Suchen erfuhr er, daß es eine Schar von fünfhundert Mäusen gebe. Als er an einer von dem Mäuseloche nicht sehr entfernten Stelle trughafte Bußübung ausübte, sahen die Mäuse, als sie hin- und herliefen, ihn mit frommer Haltung stehen. Aus der Entfernung fragten sie ihn: »Onkel, was machst du?«

Der Kater antwortete: »Da ich in meiner Jugend viel gesündigt habe, tue ich jetzt, um dies auszugleichen, Buße.« Die Mäuse meinten, er habe nun das sündhafte Leben aufgegeben, und es entstand in ihnen aus dem Glauben erwachsenes Zutrauen. Als sie nun täglich, nachdem sie ihren Kreis gemacht hatten, in das Loch zurückkehrten, packte der Kater immer die letzte der Mäuse und fraß sie auf. Als aber nun die Schar immer kleiner wurde, dachte der Anführer: »Da meine Mäuse an Zahl abnehmen, dieser Kater aber gedeiht, muß es irgendeine Ursache dafür geben.« Er fing deshalb an, den Kater zu betrachten; als er ihn dick und behaart sah, dachte er: »Ohne Zweifel hat der Kater die Mäuse getötet, deshalb muß ich die Sache ans Tageslicht bringen.« Als er nun aus einem Versteck sorgfältig achtgab, sah er, wie der Kater die letzte Maus fraß, und, näher herbeitretend, sprach er aus sicherer Entfernung den Vers: »Da des Onkels Körper zunimmt, meine Schar dagegen abnimmt und wer Früchte und Wurzeln ißt, nicht dick und dichtbehaart werden kann, ist dies keine aufrichtige Buße, sondern nur des Vorteils wegen; dadurch, daß die Zahl der Mäuse abnimmt, hast du, Agnidsha, Gedeihen.«

Die Katze, die Maus und der Spatz

Es waren einmal eine Maus und ein Spatz. Diese führten bei der Katze Klage. Die Maus sagte zur Katze: »Dieser Spatz steigt von seinem Baum nicht herab. Frage ihn, warum!«

Da sprach der Spatz selbst: »O Katze, warum kommt die Maus nicht aus ihrem Loch? Frage sie, warum!«

Da sagte die Katze: »Nun, Spatz, steig doch herab! Maus, komm doch heraus! Ich möchte euch beiden etwas sagen!«

Der Spatz saß auf der einen Seite, die Maus auf der anderen Seite. Als sie so dasaßen, fraß sie die Katze und schmatzte dabei. Seitdem kann die Katze keinen Spatz und keine Maus mehr ruhig ansehen.

Die Hochzeit des Katers

In alter Zeit lebte einmal ein Kater. Als er das Heiratsalter erreicht hatte, machte er sich von zu Hause auf, um sich eine Frau zu suchen. Wie er so seines Weges ging, begegnete er einer Füchsin, und er sagte zu ihr: »Guten Morgen, Füchsin!«

»Möge es dir wohl ergehen!« antwortete die Füchsin und fragte ihn: »Wohin des Wegs, mein Kleiner?«

»Ich will mich verheiraten, Füchsin. Und du, wohin willst du?«

»Auch ich will mich verheiraten, mein Kleiner. Da wär's doch am besten, wenn wir uns nähmen.«

Und so taten sie es auch. Sie gingen in das Haus der Füchsin und verbrachten dort die erste Nacht.

Am nächsten Morgen stand die Füchsin, die ja nun eine junge Braut war, nach altem Brauch in der Frühe auf und lief durch den Wald, um für ihren Mann, den Kater, irgend etwas zu fressen zu suchen. Unterwegs stieß sie auf drei Kameraden, die gerade Fleisch untereinander teilten, und sie sagte zu ihnen: »Du, schneller Wolf, und du, großer Bär, und du, braver Eber, ich bitte euch alle drei, gebt mir Armen etwas von eurem Fleisch ab, denn ich habe zum Glück einen Mann gefunden, aber nun habe ich nichts zu fressen für ihn, nicht einen Bissen, den ich ihm unter den Schnurrbart schieben könnte.«

Sie antworteten ihr: »Bring deinen Mann her, Füchsin, wir wollen ihn sehen.«

Die Füchsin ging ihren Mann holen, die drei aber fingen an, sich untereinander zu beraten: »Vielleicht ist das irgendein großes Untier. Es wäre besser, wenn wir uns irgendwo versteckten.«

Und so taten sie es auch: Der Eber versteckte sich hinter einem Baumstumpf im Laub, der Wolf im Gestrüpp, der Bär aber kletterte auf eine Tanne.

Als die Füchsin zum Kater zurückkam, sagte sie zu ihm: »Komm mit, ich hab was! Wenn wir aber zum Wolf, zum Bären und zum Eber kommen, dann sträub ordentlich deine Haare und spring herum wie ein quirliges Eichhörnchen, damit sich die drei ein bißchen vor dir fürchten!«

Als sie sich nun näherten, bemerkten die drei sogleich den Kater und wunderten sich, was das für einer war, wie er seine Haare sträubte und wie verrückt er herumsprang.

Da hob der Eber seinen Kopf ein bißchen aus dem Laub hervor, um ihn besser zu sehen. Dabei blieb ihm aber ein Blatt am Auge hängen, und als der Eber es wegwischen wollte, raschelte er mit dem Laub. Das bemerkte der Kater, und weil er glaubte, das sei eine Maus, sprang er darauf zu und dem Eber mit den Krallen in die Augen. Der Eber sprang wie besessen zur einen Seite und der Kater, der sich auch erschreckt hatte, zur anderen. Der Eber aber machte, daß er fortkam, und rief dem Wolf zu: »Bloß weg, Wolf! Siehst du nicht, wir sind verloren!«

Und der Eber und der Wolf suchten das Weite, der Kater aber vor lauter Angst – hinauf auf die Tanne.

Als der Bär ihn bemerkte, dachte er, jetzt käme die Reihe an ihn, und vor lauter Angst fiel er von der Tanne und brach sich alle Knochen.

Die Füchsin und der Kater aber waren gesund und munter und fraßen nun die fremde Beute.

Es kommt einmal die Zeit, daß auch der Größte vor dem Kleinen zittert und Angst vor ihm hat.

Zwei Katzen und ein Brot

Es waren zwei Katzen, die fanden ein Brot, und sie stritten, wie sie wohl am besten teilen könnten. Da kam der Affe dazu. Dem lief das Wasser im Mund zusammen, als er das Brot sah, und er denkt bei sich: »Das will ich haben«, und sagte: »Wenn ihr euch nicht einig werdet, so kann ich euch wohl behilflich sein. Nichts einfacher als das. Ich werde euch je zwei gerechte Teile auswiegen.« Sagte es und war verschwunden.

Im Nu kam er mit einer Waage zurück und begann das Brot zu teilen. Erst biß er von der einen Hälfte ab und dann auch von der anderen Hälfte. Und immer war es so, daß ein Teil schwerer als der andere war. So biß er wieder von der einen Hälfte und dann von der anderen Hälfte ab und so fort. Und als von dem Brot fast nichts mehr übrig war, da sagten die Katzen: »Gib uns unser Brot wieder zurück, wir wollen es uns selbst teilen.«

Da erwiderte der Affe: »Der Rest, den geb ich nicht zurück, der ist der Lohn für meine harte Arbeit.« Sagte es und stopfte sich den letzten Bissen in das Maul. Und die Katzen bereuten ihren Streit.

Maus und Katze

In der Nähe eines Dorfes lebte eine Maus. Die schlich sich eines Tages in die Vorratskammer eines Bauernhauses.

Als die Katze die Maus gewahr wurde, lief sie hinter ihr her und verfolgte sie.

Die Maus sprang, so schnell sie konnte, um ihr Leben zu retten. Sie eilte aus dem Dorf hinaus zu ihrem Mauseloch; denn dort war sie sicher. Doch bevor sie ins Mauseloch hineinschlüpfen konnte, hatte die Katze sie eingeholt, packte ihren Schwanz und riß ihn ab.

Die Maus rannte in ihren Bau – ohne Schwanz –, aber mit Schreck – und leckte sich ihre Wunde.

Die Katze saß draußen, leckte voller Genuß an dem Mäuseschwanz und überlegte sich, wie sie die Maus herauslocken könnte. Sie machte süß: »Mau, mau«, und sagte: »Ich wollte doch nur mit dir spielen. Du warst zu ungestüm und bist zu schnell weggelaufen. Deshalb brach dir der Schwanz ab. Komm doch zu mir heraus, ich möchte nur mit dir ein wenig plaudern.«

Die Maus kannte die hinterhältige Redensart der Katzen und sagte: »Nein, nein, du willst mich nur fressen. Ich komm nicht aus dem Loch!«

Da sagte die Katze: »Mau, mau, ich will nur mit dir spielen, komm schon heraus!«

Als ihre Überredungskünste nichts halfen, sagte die Katze zur Maus: »Gute Maus, ich habe immer noch deinen Schwanz in der Pfote. Möchtest du den nicht wenigstens zurückhaben? Ich klebe ihn dir wieder an den Rücken.«

Da sagte die Maus: »Nein, Katze, zu höflich von dir. Es ist besser, ohne Schwanz alt zu werden, als mit Schwanz im Katzenbauch zu landen!«

Der Kater und seine Gesellen

Ein Alter hatte einen Kater, der ihm immer Fische stahl und ihm den Käse wegfraß. Der Alte wird böse, packt den Kater, steckt ihn in einen Sack und ruft einen Jungen herbei. Dem gibt er zwei Geldstücke und sagt zu ihm: »Ertränke diesen Kater, denn ich habe von ihm genug.«

Der Junge gehorcht. Aber der Sack war nicht gut. Als der Kater das Meer sieht, zerbeißt er den Sack, beißt auch den

Jungen und läuft durch das Loch davon. Der Kater kehrt nicht mehr nach Hause zurück. Er zieht durch die Welt und begegnet einem Esel. Er fragt ihn: »Wohin gehst du, Esel?«

»Ich gehe durch die Welt«, sagt er, »das Leben verdrießt mich. Man ruft mich oft zu einer Hochzeit. Man braucht entweder Wasser oder Holz. Man läßt mich wohl riechen, aber zu essen gibt man mir nichts. Dafür prügelt man mich noch! Da machte ich mich auf die Beine und gehe nun durch die Welt.«

»Laß uns zusammen gehen!« Sie gehen weiter und treffen einen Hammel. Sie sagen zu ihm: »Wohin gehst du?«

Er sagt: »Man brachte mich in die Stadt. Man zog mir die Kleider von vorn und von hinten ab. Da machte ich mich auf die Beine und lief davon.«

»Laß uns zusammen gehen«, sagen sie.

Und sie treffen einen Hahn. Sie fragen ihn: »Wohin willst du, Federbusch?«

»Mich trug die Wirtin mit dem Kopf nach unten und mit gebundenen Beinen in die Stadt, und ich ging von Hand zu Hand, und man handelte um einen Zwanziger und die Hälfte. Ein Mann band mir die Beine los und legte mich auf den Boden. Da flog ich auf und lief davon«, sagte der Hahn.

»Komm mit uns!«

Sie gehen weiter und finden ein Ei. »Wohin, kleines Weißchen?«

»Mich hat eine Henne in die Welt gesetzt. Die Wirtin trug mich in die Stadt, und dort griff man mit den Händen nach mir: von einem Ohr zum anderen, von einem Auge zum anderen, meinen ganzen Bauch hat man durchgeschaukelt. Einer legte mich auf den Boden, drehte mich herum, und ich – lief davon!« erzählt das Ei.

»Laß uns zusammen gehen«, sagen die anderen.

Sie gehen und gehen und werden unterwegs durstig. Sie müssen ihren Durst löschen. Da kommen sie zu einem Tümpel und beginnen zu trinken.

Der Hahn trinkt sich zuerst satt und hält dann Wache. Als das Ei am Tümpel ist, kommt ein Wolf vorbei.

»Mach dich bereit, Hammel, da kommt ein Wolf. Er wird dich auffressen!« sagt der Hahn.

Der Hammel vereinbart mit dem Wolf folgendes: »Hör zu, Wolf, du wirst mich auffressen. Damit ich den Tod nicht sehe und du deine Zähne nicht stumpf machst, mach dein Maul weit auf, und ich werde geradeaus in deinen Bauch rennen.«

Der hungrige Wolf macht sein Maul weit auf, und der Hammel geht zurück, geht ungefähr drei, vier Schritte zurück, nimmt einen Anlauf und stößt dem Wolf die Hörner ins Maul – und so tötet er den Wolf.

Der Hahn sagt: »Wir brauchen das Wasser und auch die anderen, die hier vorbeikommen werden. Wenn wir den Wolf hierlassen, wird das Wasser verderben. Wer wird den Wolf tragen?«

Der Esel drehte seinen Rücken hin. Und sie luden den Wolf auf den Esel und gingen weiter durch den Wald. Sie gingen und gingen, und schon wurde es dunkel. Da bemerkten sie ein kleines Licht und gingen ihm entgegen. Und sie kamen zu dem Licht. Da war ein Haus mit hohen Fenstern bis zum Dach. Als sie ankamen, ging der Esel vor die Tür, schüttelte sich und warf den Wolf über die Schwelle des Hauses.

Sie hörten Geschrei und Gesang im Haus, man stößt mit Wein an. Der Hahn sagt: »Wir machen hier eine Leiter, damit wir sehen, wer darin ist.«

Und sie stellten sich so auf: unten war der Esel, auf ihm der Hammel, der Kater auf dem Hammel, das Ei auf dem Kater, der Hahn auf dem Ei, so daß der Hahn durch das Fenster ins Haus sah. Der Hahn schaut hinein und sagt: »Zwölf Männer sind darin, sie sitzen am Tisch und essen und trinken. Wir aber sind hungrig und durstig.«

»Wie können wir sie erschrecken?« sagt der Hahn. »Laßt uns ganz laut Musik machen, einen großen Lärm, laßt uns schreien, so gut wir können.«

Sie begannen – der Esel: io-io-io-io, der Hammel: be-beeee, der Kater: mniau, mijauuu-u, das Ei platzte, der Hahn: kukuriku, kukurikuuu.

Das war ein großer Lärm. Vor soviel Lärm erschraken die da drinnen. Sie öffneten die Tür und sehen den Wolf. Da liefen alle aus dem Haus, die Gesellen des Katers aber in das Haus hinein. Sie aßen und tranken sich satt.

Der Hahn sagt: »Es wäre eine Sünde, so eine Wohnung und solch einen Reichtum zu verlassen. Hier wollen wir bleiben, solange wir leben.«

Dann befahl er: »Du, Keulenträger, stell dich hinter die Tür. Wer immer hereinkommt – schlage mit deinen Keulen auf ihn ein. Und du, mit den gespreizten Hörnern, stell dich in die Ecke. Wer immer kommt – stoß sie ihm in die Brust. Und du, Mieze, spring auf den Tisch, und wer immer hereinkommt – auf den spring los und kratze ihm die Augen aus. Und du, kleines Weißchen, geh in die Asche. Wenn es nötig ist, dann platze und verräuchere das ganze Haus. Ich aber gehe auf die Balken. Ich werde von den Balken aus befehlen.«

Die Leute aber, die hinausgerannt waren, begannen sich zu besprechen: »Was für ein Wunder! Wir sind vor dem Geschrei erschrocken und haben nichts gesehen als einen Wolf vor der Tür. Laßt uns einen zum Haus schicken, der nachsehen soll, was das war.«

Es fand sich auch einer. Es war der Jüngste und Stärkste. Er war fünfundzwanzig Jahre alt, und er schaute von der Tür aus hinein.

Da schlägt einer mit zwei Keulen auf ihn los. Und einer rennt ihm aus der Ecke entgegen und stößt ihn in die Brust, so daß er umfällt. Und einer mit scharfen Krallen greift nach seinen Augen und will sie ihm auskratzen. Und das kleine Weißchen platzt und verräuchert das Haus. Und einer ruft vom Balken: kukuriku, kukuriku …

Nur mit großer Mühe kam er davon und ging zu den Seinen. Sie fragen ihn, was es da gibt. »Ich will da nie mehr hin. Ich habe noch nicht einmal hineingeschaut, da schlägt schon einer mit zwei Keulen auf mich los. Aus der Ecke kommt einer, stößt mir seine gespreizten Hörner in die Brust und wirft mich auf die Erde. Und einer mit scharfen Nägeln stürzt sich auf mich; fast hätte er mir die Augen ausgekratzt. Und einer knallt aus der Asche los und verräuchert das ganze Haus. Und einer schreit von oben, vom Balken: ›Haltet ihn, haltet ihn, bis ich herunterkomme.‹ Da gehe ich nie mehr hinein.«

So kehrten auch die anderen nie mehr zurück. Und der

Kater und seine Gesellen blieben bis in ihr Alter und zu ihrem Tod dort.

Der Hahn fegte immer den Tisch, und die Krümel warf er den Ameisen hin. So schloß er mit ihnen Freundschaft.

Der Esel krepierte vor Alter. Da sammelt der Hahn die Brotkrümel vom Tisch in ein Taschentuch, trägt sie zum Ameisenhaufen und ruft ihren König herbei. Da kommt eine Ameise mit großem Kopf und Flügeln. Der Hahn bittet sie um ihr ganzes Heer, denn sein Freund wäre ihm gestorben, und man müsse ihn begraben. Der König befiehlt es und schickt das Heer hin. Da kommt eine Unmenge von Ameisen herbei, eine Unmenge Tierchen. Jede packt den Esel an einem Haar, und so ziehen sie ihn weit vom Haus weg.

Im Alter krepierte auch der Hammel. Da geht der Hahn wieder zum Ameisenhaufen und bittet den Herrn, ihm das Heer zu schicken. Und der Ameisenkönig schickt es ihm. Sie ziehen auch den Hammel weg.

Vor Alter starb auch der Kater. Wieder rief der Hahn die Ameisen zu Hilfe. Ihn zogen sie leicht aus dem Haus heraus, denn er war klein.

Das Ei vernichtete sich im Alter selbst in der Asche.

Dann kam ein großer Habicht und fraß den Hahn auf. Und so blieb das Haus leer.

Die Ameise, die Maus und der Kater

Es waren einmal eine Ameise und eine Maus. Die Ameise hatte gearbeitet und Korn gesammelt, es war ziemlich viel. Der Winter kommt, und es wird kalt. Was tun? Die Maus hatte nichts zu essen, sie geht zur Ameise und verlangt ein Maß Korn. Die Ameise sagt: »Ja, aber wenn der Frühling kommt, mußt du dieses Korn zurückgeben.«

Die Maus gibt ihr Wort, das Korn zurückzugeben.

Im Frühling macht sich die Ameise auf und geht zu der Maus: »Warum gibst du mir nicht das Korn zurück?«

Die Maus sagte: »Ich habe keins«, sagte sie, »ich habe kein Korn. Geh weg, verschwinde! Geh weg von meinem Haus.«

Die Ameise kehrt zurück. Eines Tages, nachmittags, sagte sie: »Ich werde noch mal hingehen.«

Als sie hingekommen ist, sagte sie: »Gibst du mir das, was ich dir geliehen habe, oder nicht?«

»Verschwinde«, sagte die Maus zu ihr, »wenn ich einen Stock nehme, mache ich Brei aus dir.«

Die Ameise geht weg. Wie sie geht, trifft sie den Kater. Der Kater fragte die Ameise: »Warum bist du so bekümmert?«

»Ja«, sagte sie, »wie soll ich nicht bekümmert sein«, sagte sie. »Heutzutage ist es schwer, Gutes zu tun. Ich habe einer Maus Gutes getan. Im Winter, da hatte ich ihr ein Maß Korn gegeben, weil sie ohne Essen war, und jetzt gibt sie mir nichts zurück. Und darüber hinaus wollte sie mich auch noch prügeln.«

Der Kater sagte: »Komm morgen hin. Du rufst sie, und ich komme von hinten dorthin, und die Sache wird geregelt.«

Die Ameise geht langsam hin und ruft sie. Als die Maus sie sah, so bekümmert, nahm sie einen Stock und sagte zu ihr: »Ich habe dir doch gesagt, du sollst nie mehr hierherkommen, denn, bei Gott! dir werde ich's jetzt zeigen!«

Der Kater sprang und versperrte der Maus das Loch – tak! Als die Maus sich umschaute, sah sie, daß der Kater ihr das Loch versperrt hatte. Der Kater fragte sie: »Ja aber, was habt ihr miteinander?«

»Oh! Schon gut, ich hatte der Ameise gesagt, sie soll mit dem Sack herkommen, um das zu holen, was ich von ihr ausgeliehen habe, und sie kam ohne Sack – da hat sie mich geärgert!«

»Haha!« sagte der Kater, »das Ausgeliehene wirst du zurückgeben!«

Der Hund und die Katze

Der Hund und die Katze wollten dem Hausherrn nicht anders dienen als um Fleischkost. Der Hausherr war freilich zuerst dagegen, als er aber schließlich einsah, daß der Handel sonst nicht zustande kommen werde, gab er nach und unterzeichnete mit ihnen einen Vertrag, worin er sich verpflichtete, dem Hunde und der Katze einmal täglich Fleisch zu geben. Die Katze nahm den Vertrag an sich, brachte ihn in den Dachraum und band ihn dort an einen Querbalken.

Die Mäuse fanden den Kontrakt und zerknabberten ihn in lauter kleine Stückchen. Nachher, als der Hund und die Katze zum Hausherrn gingen, um von ihm das versprochene Fleisch zu verlangen, da wünschte er den Vertrag einzusehen; weil aber weder der Hund noch die Katze ihn vorzeigen konnten, ließ sie der Hausherr das Fleisch nicht einmal riechen.

Schließlich entbrannte zwischen dem Hund und der Katze ein Streit. Der Hund verlangte, die Katze solle den Vertrag herbeischaffen, denn ohne das hatten sie auch nicht einen Mundvoll Fleisch zu erhoffen. Weil aber die Katze den Vertrag auf keine Weise herbeischaffen konnte, so wurde seit jenem Tage der Hund zum schlimmsten Feind der Katze. Da nun die Katze trotz ihres Mutes dem Hunde nichts anhaben konnte, so begann sie die Mäuse zu verfolgen, weil sie den Vertrag zerrissen hatten.

Das Kätzchen auf Dovre

Es war einmal ein Mann, oben in Finnmarken, der hatte einen großen weißen Bären gefangen, den wollte er dem König von Dänemark bringen. Nun traf es sich so, daß er gerade am Weihnachtsabend zum Dovrefjeld kam, und da ging er in ein Haus, wo ein Mann wohnte, der Halvor hieß. Den bat er um ein Nachtquartier für sich und seinen Bären.

»Ach, Gott helf mir!« sagte der Mann, »wie sollt' ich wohl

jemandem Nachtquartier geben können! Jeden Weihnachtsabend kommen hier so viele Trolle, daß ich mit den Meinigen ausziehen muß und selber nicht einmal ein Dach über dem Kopfe habe.«

»Oh, ihr könnt mich deswegen immer beherbergen«, sagte der Mann, »denn mein Bär kann hier hinter dem Ofen liegen, und ich lege mich in den Bettverschlag.«

Halvor hatte nichts dagegen, zog aber selbst mit seinen Leuten aus, nachdem er zuvor gehörig für die Trolle hatte zurichten lassen: Die Tische waren besetzt mit Reisbrei, Stockfischen, Wurst und was sonst zu einem herrlichen Gastschmaus gehört.

Bald darauf kamen die Trolle an. Einige waren groß, andre klein, einige langgeschwänzt, andre ohne Schwanz; und einige hatten ungeheuer lange Nasen, und alle aßen und tranken und waren guter Dinge. Da erblickte einer von den jungen Trollen den Bären, der unter dem Ofen lag, steckte ein Stück Wurst an die Gabel und hielt es dem Bären vor die Nase. »Kätzchen, magst du auch Wurst?« sagte er. Da fuhr der Bär auf, fing fürchterlich an zu brummen und jagte sie alle, groß und klein, aus dem Hause.

Das Jahr darauf war Halvor eines Nachmittags so gegen Weihnachten hin im Wald und haute Holz für den Heiligen. Denn er erwartete wieder die Trolle. Da hörte er es plötzlich im Walde rufen: »Halvor! Halvor!«

»Ja«, sagte Halvor.

»Hast du noch die große Katz?« rief's.

»Ja«, sagte Halvor, »jetzt hat sie sieben Junge bekommen, die sind noch weit größer und böser als sie.«

»So kommen wir niemals wieder zu dir!« rief der Troll im

Walde. Und von der Zeit an haben die Trolle nie wieder den Weihnachtsbrei bei Halvor auf Dovre gegessen.

Die tüchtige Katze

Es war ein Häusler, der hatte zwei Kinder, Sohn und Tochter. Da starben der Vater und die Mutter. Und da sollten die Kinder das Erbe aufteilen, denn sie konnten nicht in dem kleinen alten Haus bleiben; der Reichtum, der bestand aus einer Kuh und einer Katze. Da wurde das Mädchen verdrießlich, denn sie sollte nur die Katze als ihren Anteil bekommen.

»Ärgere dich nicht«, sagte die Katze, »denn du hast das Beste bekommen.«

So machten sie sich auf die Wanderschaft, die Geschwister, aber jedes in eine andere Richtung. Der Junge zog mit seiner Kuh los, und die Katze und das Mädchen gingen in eine andere Richtung. Als sie nun eine Weile gewandert waren, das Mädchen und die Katze, kamen sie zu einem Königshof. Dabei bekam der Prinz sie zu sehen, und sie war überaus schön, das Mädchen. Und da fragte er sie, woher sie käme. Da war die Katze gleich zur Hand: »Sag, daß du von dem und dem Schloß bist!«

Und so geschah es dann, daß sie miteinander verheiratet wurden, das Mädchen und der Prinz, und die Katze lehrte sie alles, so daß sie sehr fein war, und was man ihr zeigte, davon hatte sie viel mehr und alles viel feiner in ihrem Schloß. Und so meinte die Königin, daß sie wirklich sehr fein war. Da mußte sie für die Prinzessin ein Bett herrichten, und da nahm sie zwei, drei Halme und legte sie zwischen die Federbetten. Am Morgen fragte die Königin: »Hast du in der Nacht gut gelegen und geschlafen?«

»Nein, das war, als hätte ich auf großen Baumstämmen gelegen!«

Die Katze hatte sie das gelehrt. Zu Hause in ihrem Schloß, sagte sie, da liege sie viel besser.

Am Abend danach, als die Königin für die Prinzessin das Bett herrichtete, nahm sie drei, vier Erbsen und legte sie zwischen die Federbetten. Am Morgen fragte die Königin, ob sie gut geschlafen habe.

»Nein«, sagte sie, »es ist, als ob ich auf großen Steinen gelegen hätte!«

»Sie muß aber wirklich schrecklich fein sein!« sagte die Königin.

Dann sollten der Prinz und die Prinzessin wegfahren und sich das große Schloß ansehen. Als sie ein Stück gefahren waren, geht die Katze voraus. Da traf sie auf eine ganze Menge schönes Vieh, und da sagte die Katze zu dem, der dabei war und das Vieh hütete: »Nach mir kommen jetzt ein paar Leute dahergefahren. Wenn sie fragen, wem die prächtigen Tiere hier gehören, so sage, sie gehören der neuen Prinzessin!«

Als der Prinz die schönen Tiere sah, da fragte er: »Wem gehören die schönen Tiere, die hier auf der Weide sind?«

»Die gehören der neuen Prinzessin«, sagte der Hüter.

Da fuhren sie weiter. Die Katze vornweg! Dann kamen sie zu einer Stelle, wo überaus schönes Getreide stand. Da waren Leute und mähten. Da sagte die Katze zu ihnen: »Es kommt jetzt ein Prinz gefahren. Wenn er fragt, wem das schöne Getreide gehört, so sagt: ›Das gehört der neuen Prinzessin!‹«

Als der Prinz kam, fragte er, wem das Getreide gehört. Ja, es gehörte der neuen Prinzessin. Da fuhren sie weiter, und die Katze lief wieder voraus.

Nun war da ein großes, schönes Schloß. Dort wohnte ein großer Riese. Als nun die Katze zu dem Schloß kam, da war der Riese ausgegangen und hatte die Tür verschlossen.

»Jetzt wäre es gut, wenn ich eine Ameise wäre!« sagte die Katze. Da wurde sie zu einer Ameise und kroch durch das Schlüsselloch und sah sich das Schloß an. Nun war der Riese weggegangen, und er konnte nicht anders ausgehen als nach Sonnenuntergang; nun war es Nacht. So ging die Zeit dahin, bis es gegen Sonnenaufgang ging. Da kam der Riese mit großen Schritten.

»Jetzt wäre es gut, wenn ich ein Brotklumpen wäre!« sagte die Katze. Und da steckte ein runder Brotklumpen im Schlüsselloch. Der Riese kam und wollte aufschließen, aber er brachte den Schlüssel nicht in das Loch hinein. Da fing die Sonne an hell zu werden. Und da rief die Katze: »Ach, was für ein schönes Mädchen da im Osten!«

Das wollte der Riese sehen. Als er die Sonne erblickte, da zersprang er. Die Katze schaffte den Riesen aus dem Weg, und dann kamen der Prinz und die Prinzessin, und der Prinz hatte noch nie etwas gesehen, was dem Schloß gleichkam.

Und so war die Geschichte zu Ende.

Das Mädchen als Soldat

Es war einmal ein Mann, der hatte drei Töchter. In ihrem Dorf wurde eine Versammlung abgehalten, und man warf das Los. Es traf den Vater, und er mußte daher unter die Soldaten gehen. Er kam nach Hause und sagte: »Liebe Töchter, das Los hat mich dazu bestimmt, Soldat zu werden!«

Da sprach die älteste Tochter: »Väterchen, erlaube mir, für dich unter die Soldaten zu gehen!«

»Was denkst du dir, Töchterchen? Kannst du denn als Soldat dienen?«

»Ach, Väterchen, es wird schon gehen!« Und sie nahm das Gewehr, den Tornister und den Mantel mit und wanderte fort. Und wie sie so ihres Weges ging, kam ihr ein Hase entgegen. Da erschrak sie und kehrte heim.

Nun sprach die zweite Tochter: »Väterchen, laß mich für dich in den Dienst ziehen!« Sie zog die Stiefel und die Kleider an, schnallte den Tornister um und ging fort. Da kam ihr ein Wolf entgegen. Sie erschrak und kehrte um.

Dann sagte die dritte Tochter: »Väterchen, laß mich für dich dienen gehen!«

»Die beiden Ältesten haben es versucht und Furcht gehabt, da wirst du dich ganz und gar in Schrecken jagen lassen!«

»Macht nichts, Väterchen; vielleicht erschreck ich mich auch nicht!« Sie nahm die Flinte, den Ranzen und den Mantel mit und wanderte fort. Da kam ihr ein Bär entgegen. Sie lud das Gewehr, gab Feuer und schoß ihm einen Finger ab, wickelte ihn in ein Tuch und steckte ihn in die Tasche. Dann zog sie für den Vater in den Dienst.

So viele Jahre sie auch diente, immer lebte sie mit den Kameraden in Eintracht, und niemand kam darauf, daß sie eine Frau war. Eines Tages marschierten sie in ein Dorf und bezogen ihre Quartiere. Da sprach die Hausfrau zu einem der Kameraden: »Hör mal, Soldat! Das ist doch wohl eine Frau, die da mit dir zusammen dient?«

»Nein«, antwortete der Soldat, »es ist ein Mann.«

»Wir wollen sie auf die Probe stellen«, sagte die Wirtin, »nimm mal ein wenig Heu und steck es ihr ins Bett; unter einer Frau wird es schwarz, aber unter euch bleibt es grün.« So tat der Soldat, und dann legten sie sich schlafen. Früh am Morgen stand die Tochter auf und kehrte ihr Heu um. Der Soldat aber sagte zur Hausfrau: »Nichts ist dabei herausgekommen, das Heu ist bei ihr genau so wie bei mir!«

»Na, dann wart nur, wir wollen die Badestube heizen. Geht beide zusammen ins Bad!« Und sie schickte die beiden ins Bad. Als sie hineingegangen waren, zog sich der Soldat aus, aber die Tochter sagte zu ihm: »Ach, wir haben ja die Seife vergessen! Lauf und hole sie!« Der Soldat ging ins Quartier und kam mit der Seife zurück, da war sein Kamerad aber schon fertig mit Baden. »He, Bruder! Ich hab lange auf dich gewartet und derweil schon gebadet!« Der Soldat kam zurück und sagte: »Ach, Wirtin, während ich nach der Seife lief, hat er sich schon fertig gebadet!«

Danach bekamen die Soldaten ihren Abschied, und die Tochter wanderte in die Heimat zurück. Sie kam nach Hause; der Vater begrüßte sie und war sehr froh: »He, Mütterchen! Wie ist dir der Dienst bekommen?«

»Gut, Väterchen!«

»Wie bist du denn beim Regiment angelangt?« fragte er.

»Ich ging so meines Weges, und da kam mir ein Bär entgegen, dem hab ich einen Finger abgeschossen. Hier ist er!«

Da sprach der Vater: »Das ist mein Finger!« Also hatte er sich in einen Bären verwandelt und sie erschreckt.

Die Tochter saß nun daheim, plauderte mit dem Vater und erzählte ihm vom Dienst. Ihr Kamerad aber, der mit ihr zusammen im Dienst gewesen war, hatte sich in eine Katze verwandelt, stand unter dem Fenster und miaute. Da sagte der Vater: »Meine Liebe, mach das Fenster auf und laß die Katze herein!« Die Tochter öffnete das Fenster; die Katze aber packte die Tochter, nahm sie auf den Rücken und trug sie davon. Und als die Katze das Mädchen über die Oka trug, zog es einen Ring vom Finger, warf ihn in den Fluß und sprach: »Wird mein Ring einst mit grünem Gras bewachsen, dann will ich die Schwiegereltern kennen, dich aber meinen Gatten nennen.«

Und er heiratete sie, und sie kamen zu seinem Vater. Die Schwiegereltern waren freundlich zu ihr, doch sie kümmerte sich nicht um sie. Da begann die Schwiegermutter, sie an die Arbeit zu treiben, und befahl ihr: »Marsch, in den Wald, und scher die grauen Schafe!« Ihre grauen Schafe waren aber Wölfe. Die Tochter machte sich auf in den Wald, doch ihr Mann sprach zu ihr: »Mein liebes Herz! Sie schickt dich nicht, Schafe zu scheren, sondern Wölfe!« Sie ging nun in den Wald, setzte sich auf eine Eiche und rief:

»Ach, ihr Wölfchen,
Ach, ihr Grauen!

Versammelt euch, kommt alle zu mir,
Tut eure Wolle ins Körbchen hier!«

Die Wölfe liefen zusammen und taten ihre Wolle in den Korb aus Birkenrinde, und sie brachte die Wolle heim; doch die Schwiegermutter dachte im stillen: »Ach, dieser Nichtsnutz, nicht einmal die Wölfe fressen sie auf!« Und dann befahl sie: »Marsch, du Galgenstrick, du Nichtsnutz! Hier hast du einen Melkeimer; melk meine schwarzbraunen Kühe!« Ihr Mann aber sagte wieder: »Mein liebes Herz! Sie schickt dich nicht, Kühe zu melken, sondern Bären.« Sie ging nun in den Wald, setzte sich auf eine Eiche und rief:

»Ach, ihr Bärchen,
Ach, ihr Guten!
Versammelt euch, kommt alle zu mir,
In einen Eimer melkt euch hier!«

Sie kamen herbei und molken den ganzen Eimer voll. Die Tochter ging heim und stellte den Melkeimer auf die Bank. Die Schwiegermutter aber sagte wiederum: »Ach, dieser Galgenstrick, dieser Nichtsnutz! Nicht einmal die Bären fressen sie auf!« Und dann befahl sie: »Geh zu meiner Schwester und bitte sie um einen Weberkamm!« Der Mann aber sagte zu ihr: »Mein liebes Herz, sie schickt dich nicht zu ihrer Schwester, sondern zur Baba-Jaga! Hier hast du ein Stück Butter, einen Kamm, eine Bürste und Steinchen! Gib die Butter dem Kater, er wird dir dafür den Weberkamm geben.«

So wanderte sie nun dahin. Da stand ein Hüttchen mitten auf dem Felde auf Hühnerfüßchen, auf Spindelbeinchen. Sie kam heran und klopfte ans Fenster. Die Baba-Jaga fragte: »Wer ist da?«

»Tantchen, gib Mütterchen einen Weberkamm!«

»Komm herein, liebe Nichte, setz dich her; ich will gehen und den Weberkamm holen!« Sie lief aber fort, um ihre Zähne zu schleifen. Da warf die Tochter dem Kater die Butter hin, und der Kater sprach: »Spuck auf die Schwelle; dein Speichel wird für dich antworten!« Sie spuckte auf die Schwelle, steckte den Weberkamm der Baba-Jaga zu sich und lief fort. Doch die Baba-Jaga schliff und schliff ihre Zähne. »Nichte, bist du da?« Der Speichel antwortete: »Ich bin hier, Tantchen, ich bin hier!« Endlich hatte die Baba-Jaga ihre Zähne scharf geschliffen, ging in die Hütte, aber die Nichte war nicht mehr dort. »Wo ist denn die Nichte?« fragte sie den Kater.

Und der Kater antwortete: »Ich weiß nicht.«

Da setzte sich die Baba-Jaga auf ihren eisernen Mörser, trieb ihn mit einem eisernen Stößel an und machte sich auf die Verfolgung. Schon hatte sie sie fast erreicht. Da warf jene die Bürste hinter sich, und auf einmal entstand dichtes Schilfrohr! Die Baba-Jaga fing an, mit den Zähnen das Rohr zu durchbeißen, und mähte es ganz ab. Wieder eilte sie ihr nach. Da warf jene den Kamm hin, und es entstand mit einemmal ein Birkenwäldchen! Die Baba-Jaga fällte aber das ganze Wäldchen mit den Zähnen, setzte sich wieder auf den eisernen Mörser und trieb ihn mit dem eisernen Stößel an. Und wieder jagte sie ihr nach. Da warf jene die Steinchen aus. Plötzlich entstand ein Fluß. Die Baba-Jaga warf sich hinein und trank; sie trank und trank, bis sie zerplatzte, die Baba-Jaga.

Nun brachte die Tochter den Weberkamm nach Hause und legte ihn auf die Bank. Da sprach die Schwiegermutter: »Ach, so ein Galgenstrick, ach, so ein Nichtsnutz! Weder fressen sie die Wölfe, noch fressen sie die Bären, noch frißt sie die Baba-Jaga! Marsch, du unnütze Frau, geh mit deinem Mann und fang Fische!« Kaum waren sie in den Fluß gestiegen und hatten mit dem Fischefangen begonnen, als sie ihren Ring herausfischte. »Ach«, sagte sie, »ich hab meinen Ring gefangen: er ist ganz mit grünem Gras bewachsen!« Da gingen sie nach Hause und lebten fortan glücklich und in Frieden.

SALOMOS KATZE

Da war einmal ein König, der hieß Salomo, und er wohnte in der Stadt Jerusalem. Und dann war da noch'n anderer König, der hieß Hiram und wohnte in Tyrus. Und diese beiden Könige da, die waren gute Freunde und besuchten einander oft.

Und einmal, da war Hiram bei Salomo in Jerusalem, und die alten Kerle spielten Karten und tranken Kaffee und hatten nichts anderes als ein paar elende Talglichter zum Leuchten, und da sagte Hiram zu Salomo: »Das is aber 'n Scheißlicht, dasde da hast«, sagte er.

»Ah, ich hab schon auch bessere«, sagte Salomo. Und so ging er hinaus zu den Mädchen in der Küche nach ein paar Lichtern, und die waren so dick, daß er sie einfach nicht in einen von den Kerzenhaltern reinbrachte.

»Was wirste denn jetzt machen?« sagte Hiram.

»Ach, das wirste schon sehn«, sagte Salomo. Und da machte er die Tür auf und brüllte aus vollem Hals, so laut er nur konnte: »Stussbas! Stussbas!« Und da kam so eine unchristlich große Katze rein, sprang auf den Tisch rauf und setzte sich auf ihren Hintern und nahm in jede Vorderpfote ein Licht. Und da saß sie so still wie ein Ölgötze und bewegte nicht einmal das Weiße im Auge.

»Das is aber schon wirklich eine besondere Katze, diede da hast, mein lieber Salomo«, sagte Hiram.

»Ja, das kann man schon sagen«, sagte Salomo.

»Ja, aber ich kannse doch reinlegen und sie dazu bringen, daß sie die Lichter losläßt«, sagte Hiram.

»Einen Scheißdreck kannste«, sagte Salomo.

»Willste wetten, um eine Kanne Branntwein?« sagte Hiram.

»Na gut, also meinetwegen«, sagte Salomo. Und so wetteten sie. Und wie sie da spielten und sich miteinander unterhielten, da fuhr Hiram mit der Hand in seinen Hosensack und holte eine Maus heraus und ließ sie los – grade der Katze vor der Nase. Aber dieses Schandvieh da, die Katze, stell dir vor, die nahm die Maus nicht. Stell dir vor, die schob sie nur ein wenig zur Seite, und dann saß sie wieder da auf dem Tisch, genauso unbeweglich wie vorher. Und da lachte Salomo, daß ihm der Bauch wackelte, und da sagte er: »Das war recht, Stussbas, bleib nur standhaft!«

Und so spielten sie weiter. Und wieder nach einer Weile, da fuhr Hiram noch einmal mit der Hand in seinen Hosensack und zog zwei Mäuse heraus und setzte sie gerade der Katze vor die Nase. Und da war die wirklich schon ganz nahe dran, die Lichter gleich loszulassen, und es kribbelte direkt schon in ihr. Aber das war ein solches Schandvieh, dieses Luder von einer Katze, daß sie die Augen zumachte, damit sie da nichts Schlimmes anstellt. Aber da geriet Hiram direkt außer sich vor Wut und grapschte mit beiden Händen in die Hosentaschen und zog einen ganzen Haufen Mäuse heraus und schmiß sie gerade auf die Katze. Und da konnte sie sich wirklich nicht mehr halten und schleuderte die Lichter von sich und sprang den Mäusen nach.

Und so gewann Hiram den Branntwein und trank ihn aus – das hättet ihr wohl auch gemacht!

DER KATER UND SEIN OHEIM

Irgendwo unter dem großen Himmel, irgendwo unter dem eisernen Himmelszelt – nach den Glaubensvorstellungen der Wogulen ist das Himmelsgewölbe aus Eisen – lebte einmal ein Kater mit seinem Oheim. Eines Tages sprach der Kater zu seinem Oheim: »Oheim, ich mache mich irgendwohin auf den Weg!«

»Du Hundsfratz, wo willst du wohl hin? Wirst unterwegs gar noch gefressen werden?!«

»Wer sollte mich wohl fressen! Ich gehe!« entgegnete der Kater und machte sich sogleich auf den Weg.

Er wanderte wohl eine lange Zeit, er wanderte wohl eine kurze Zeit, plötzlich vernahm er irgendein Geräusch hinter sich. Flugs kletterte er auf einen Lärchenbaum und lugte hinunter. Da sah er: Ein großer roter Fuchs kam unter ihm dahergelaufen. Da rief der Kater dem Fuchs zu: »Fuchs, wenn du mir versprichst, mich nicht aufzufressen, dann führe ich dich in ein Land, wo es Speise und Trank in Hülle und Fülle gibt.«

»Ich fresse dich nicht, Kater, nimm mich mit!« bittet der Fuchs den Kater. Nun springt der Kater vom Baum herab, und sie machen sich zu zweit auf den Weg. Sie legten wohl einen langen Weg zurück, sie legten wohl einen kurzen Weg zurück, schließlich kamen sie in eine Fürstenstadt. Zunächst hielten sie Umschau, dann schlüpften sie auf des Katers Vorschlag in den Schafstall des Fürsten hinein. Ein Weilchen darauf stahl sich der Kater aus der Hürde heraus und schob vor dem Fuchs den Riegel vor. Er selber aber ging hin zum Fürsten.

Er öffnet die Tür zum Fürstenhaus und verneigt sich. Er steht mitten im Zimmer und verneigt sich. Er tritt vor den Fürsten hin und verneigt sich ein drittes Mal. Daraufhin fragt ihn der Fürst: »Was brauchst du, Freund Kater?«

»Ich brauche nichts, vielmehr habe ich dir etwas mitgebracht: ein lebendes Tier«, antwortet der Kater. »Schau nur nach, es ist dort in deinem Schafstall!«

Da schickt der Fürst seine Männer in die Schafhürde. Und wahrhaftig, dort ist der Fuchs! Die Männer ergreifen ihn und bringen ihn vor den Fürsten.

»Ich gebe dir soviel Gold und Silber, wie du nur willst«, sagt der Fürst zum Kater, denn er fand großen Gefallen an dem Fuchs.

»Ich brauche weder Gold noch Silber«, antwortet der Kater dem Fürsten, »habe ich doch selber schon solche Mengen, daß ich gar nicht weiß, was ich damit anfangen soll!« Danach blieb der Kater noch zur Nacht bei dem Fürsten, am anderen Tag aber machte er sich in aller Frühe auf und ging heim zu seinem Oheim. Als er ankam, legten sie sich gleich schlafen.

Am nächsten Morgen sprach der Kater abermals zu seinem Oheim: »Oheim, ich mache mich irgendwohin auf den Weg!«

»Du Hundsfratz, wo willst du wohl hin, daß dich unterwegs gar noch einer auffrißt?!«

»Wer soll mich wohl fressen?« sagte der Kater zum Oheim und machte sich abermals auf den Weg. Er wanderte wohl eine lange Zeit, er wanderte wohl eine kurze Zeit, da raschelt es plötzlich wieder hinter ihm. Der Kater kletterte flugs auf eine Kiefer hinauf und spähte hinab. Alsbald sieht er: ein schwarzer Fuchs kommt unter ihm dahergelaufen! Schnell ruft der Kater dem schwarzen Fuchs zu: »Schwarzer Fuchs, wenn du versprichst, mich nicht aufzufressen, führe ich dich in ein Land, wo es Speise und Trank in Hülle und Fülle gibt.«

»Ich fresse dich nicht, Kater! Nimm mich mit!« bittet auch der schwarze Fuchs den Kater.

So brachte der Kater auch den schwarzen Fuchs zum Fürsten, und der Fürst spricht zu ihm: »Kater, du sollst für alle Zeit bei mir bleiben!«

»Nur für die Nacht!« willigte der Kater ein, und er blieb zur Nacht bei dem Fürsten. Als es dunkel wurde, ließ der Kater den Fürsten die Kerzen auslöschen und den schwarzen Fuchs streicheln. Als aber der Fürst seine Hand dem schwarzen Fuchs übers Fell gleiten ließ, da sprühte plötzlich der Fuchsrücken schöne helle Funken in die Luft!

»Ei, was bringst du mir doch für feine Tierchen!« sagte darauf der Fürst zum Kater. »Nimm dir nur soviel Gold und Silber mit, wie dein Rücken tragen kann!«

»Ich brauche nichts!« lehnte der Kater ab, und am frühen Morgen kehrte er zu seinem Oheim zurück. Als er heimkam, legten sie sich gleich schlafen.

Am anderen Morgen sprach der Kater wiederum zu seinem Oheim: »Oheim, ich mache mich wieder irgendwohin auf den Weg!«

»Geh nicht mehr, denn am Ende wird dich wahrhaftig noch einer fressen!«

»Keiner frißt mich«, entgegnete ihm der Kater, und schon war er auf und davon gegangen. Er wanderte wohl eine lange Zeit, er wanderte wohl eine kurze Zeit, schließlich traf er einen Vielfraß. Was tat der Kater: Er lockte auch den Vielfraß zum Fürsten. Der Fürst wußte sich vor Freude nicht zu lassen.

»Mein lieber Katerfreund, nimm soviel Gold, wie du tragen kannst, pack dir soviel Silber auf, wie auf deinem Rücken Platz hat, nimm es dir, nimm es mit!« sagte der Fürst zum Kater, doch der lehnte alles ab und antwortete ihm also: »Gold und Silber brauche ich nicht, lieber will ich als Brautwerber kommen.«

»So komm nur, komm!« willigte der Fürst ein, worauf ihm der Kater zur Antwort gab: »Befestige aber ja deine Brücke, denn ich komme mit großem Hochzeitsvolk!«

Auch das versprach ihm der Fürst, und er schickte sogleich die Soldaten aus, um die Brücke in Ordnung zu bringen. Unterdes verging die Zeit, der Kater kehrte heim zu seinem Oheim und sprach zu ihm also: »Morgen wollen wir einen Besuch machen und auf Brautschau gehen!«

»Auf Brautschau?!« erschrak des Katers Oheim. »Ich habe ja noch nicht einmal ein Kleid, um auf die Freite zu gehen. Und was soll ich ihr zu essen geben, was soll ich ihr zu trinken geben? Ach, und womit soll ich sie kleiden!«

Darauf sagte der Kater nichts, sondern lief kurzerhand auf den Friedhof und grub die Toten aus. An dem einen fand er ein gutes Kleid: er riß es ihm herunter, am anderen eine Mütze: er nahm sie ihm ab. Dann sammelte er noch an die sechs Mützen zusammen und eilte damit nach Hause. Die eine Mütze und das Kleid zog er seinem Oheim an, die anderen sechs Mützen aber steckte er in seine Tasche, und so machten sie sich auf den Weg.

Sie wanderten wohl eine lange Zeit, sie wanderten wohl eine kurze Zeit, und alsbald erreichten sie die Brücke der Fürstenstadt. Da schickte der Kater seinen Oheim hinüber, er selbst aber schlüpfte unter die Brücke und zerbrach die Stützbalken, worauf die Brücke sogleich einstürzte. Danach verstreute der Kater die Mützen ins Wasser. Dann zogen sie weiter.

Sie legten wohl einen langen Weg zurück, sie legten wohl einen kurzen Weg zurück, schließlich kamen sie in die Fürstenstadt und gingen geradewegs zum Fürsten. Als sie einander begrüßt hatten, sprach der Kater also: »Warum hast du die Brücke nicht befestigen lassen? Mein Hochzeitsvolk ist bis auf den letzten Mann ins Wasser gestürzt und darin umgekommen.«

Da schickt der Fürst die Soldaten aus, um nachzuschauen, was denn geschehen ist. Die Soldaten gehen hin, da sehen sie: die Brücke ist wahrhaftig eingestürzt, im Wasser aber schwimmen – sie zählen sie – sechs Mützen abwärts. Die

Soldaten gehen wieder zum Fürsten und melden ihm: »Fürst, die Brücke ist wahrhaftig eingestürzt. Auf dem Wasser aber schwimmen sechs Mützen abwärts.«

Der Fürst sah, daß der Kater die Wahrheit gesprochen hatte, darum begann er sogleich mit ihm über seine Tochter zu verhandeln. Sie handelten nicht lange, als gute Freunde kamen sie alsbald überein: Der Fürst gab dem Oheim des Katers seine Tochter zur Frau. Noch am selben Tag wurde die Hochzeit gehalten.

War das ein Festschmaus! Einen Monat lang wurde nur immer gegessen, fünf Wochen lang wurde nur immer getrunken!

Nach der Hochzeit begann sich der Oheim, wie sich's gehört, zur Heimkehr zu rüsten. Da spricht der Fürst also: »Ich will mich auch aufmachen und einmal sehen, wohin denn meine Tochter kommt.«

Auf der Stelle werden die Vorbereitungen getroffen und die Pferde eingespannt. Unterdes flüstert der Kater dem Oheim zu: »Wohin ich laufe, dorthin fahre du auch!« Sprach's und lief davon.

Er lief wohl eine lange Zeit, er lief wohl eine kurze Zeit, schließlich traf er ein Hundert-Pferde-Gestüt. »Wem gehört dieses Gestüt?« fragt der Kater.

»Dem Schlangenmann und der Schlangenfrau«, antwortet man ihm.

»Du Hundsfratz, laßt nur meinen Oheim ankommen, der wird es euch schon beibringen! Sagt also, wenn man euch fragt: ›Dieses Gestüt gehört des Katers Oheim.‹«

»Das werden wir sagen, das werden wir sagen«, antworten die Männer dem Kater, der aber läuft weiter. Er läuft und läuft, plötzlich taucht eine Rinderherde vor ihm auf. »Wem gehört diese Rinderherde?« fragt der Kater.

»Dem Schlangenmann und der Schlangenfrau«, antwortet man ihm.

»Du Hundsfratz! Sagt das lieber nicht, wenn mein Oheim danach fragt, denn der wird es euch bald beibringen, wie ihr zu antworten habt. Antwortet ihm also, wenn man euch fragt: ›Dem Kater gehört sie und des Katers Oheim!‹«

»Das werden wir sagen, das werden wir sagen«, antworten die Männer, der Kater aber läuft weiter.

Er lief wohl eine lange Zeit, er lief wohl eine kurze Zeit, schließlich kam er an ein neuerbautes Haus und einen neuen Speicher. Er läuft um das Haus herum, siebenmal gen Norden, siebenmal gen Süden, aber nirgendwo findet er eine Tür, nirgendwo ein Rauchloch. Endlich entdeckt er einen Holzkeil, er läuft hin, zieht daran, und im Nu öffnet sich vor ihm die Tür. Der Kater tritt ein und springt auf den Tisch. Da sieht er: Eine große silberne Schüssel ist auf dem Tisch, darin ringeln sich der Schlangenmann und die Schlangenfrau. Der Kater starrt die beiden an, aber so, daß Schlangenmann und Schlangenfrau sogleich vor Schreck durch ein Loch in die Erde hineinschlüpfen. Nun sprang der Kater vom Tisch, schmolz Blei und verstopfte damit das Loch.

Während der Kater sich also zu schaffen machte, erreichten der Fürst, sein Schwiegersohn und die junge Frau das Land des Schlangenmannes und der Schlangenfrau. Sie erblicken das Gestüt, sie fragen: »Wem gehört dieses Gestüt?«

»Dem Kater und seinem Oheim«, antworten ihnen die Männer. Sie ziehen weiter des Weges. Nach einer Weile treffen sie auf eine Rinderherde. Sie fragen: »Wem gehört diese Rinderherde?«

»Dem Kater und seinem Oheim«, antworten die Männer.

Da spricht der Fürst zu seinem Schwiegersohn also: »Mit Recht hat sich der Kater gerühmt. Ich selbst besitze ja nicht solchen Reichtum.«

Damit zogen sie weiter. Sie legten wohl einen langen Weg zurück, sie legten wohl einen kurzen Weg zurück, schließlich erreichten sie das neue Haus und den neuen Speicher. Der Kater hatte sie schon von weitem kommen hören. Er trat hinaus in die Tür, da sieht er: der Fürst, sein Oheim und seine Frau stehen dort vor dem Haus, aber sie können nicht hereinkommen, weil die Treppe so blinkt und blitzt, daß sie in einem fort wieder hinabrutschen würden. Daraufhin läuft der Kater ins Haus zurück, bringt einen langen Teppich zum Vorschein und bedeckt damit die Treppe. So können sie nun alle in das Haus hineingehen.

Sie treten auch gleich ein und beten zu Torem, daß er ihnen helfen möge.

Unterdessen kann der Fürst des Staunens kein Ende finden: und nun gar ein solches Haus! Solch ein Wunder! So eines besitzt er ja selbst noch nicht einmal. Derweil legen sie ihre Reisekleider ab. Sie setzen sich hin, essen und trinken. Ohne daß man sieht woher, ganz von selbst, kommen Speise und Trank auf den Tisch. Ein jeder kann essen nach seinem Belieben.

Die Zeit verging, der Fürst mußte wieder heimkehren. Da treibt der Kater das Gestüt zusammen und fängt das stattlichste Pferd ein. Er zäumt es auf, richtet den Schlitten her, und als der Fürst herauskommt, steht alles wegbereit da.

Kurzum, der Fürst kommt heraus, sie verabschieden sich, sie umarmen und küssen einander. Der Fürst besteigt den Schlitten und fährt davon. Hinter dem sausenden Schlitten stiebt eine schwarze Wolke auf, hinter dem jagenden Schlitten entstehen rußdunkle Wolken. Der Kater und sein Oheim aber blieben im Haus des Schlangenmannes und der Schlangenfrau. Sie sind wirklich dort geblieben, dort sind sie auch heute noch. Dort werden sie auch morgen noch sein.

Einmal bin ich auch da gewesen und habe sogar bei ihnen gegessen und getrunken. Das war meine Geschichte, da habt ihr's, jetzt ist sie zu Ende!

DIE WEISSE KATZE

Es war ein König, und der hatte drei Söhne. Und einer war ein stolzer, einer war ein böser und der dritte war ein schrecklich guter, ein viel zu guter, denn oft mißbrauchten sie seine Güte. Nun war der König alt geworden, hatte ein großes Königreich und konnte kaum mehr herrschen. Da hat er gedacht: »Ach, ich nehme einen meiner Söhne als Gehilfen und setze ihn neben mich auf den Thron. Aber wenn ich den Ältesten nehme, der ist so stolz, daß er die Leute von oben herab behandelt und dadurch viel böse Ungerechtigkeit begehen wird. Wenn ich den Zweiten nehme, der böse ist, wird er die Leute unterdrücken, und es wird noch schlimmer. Und wenn ich den Jüngsten nehme, so werden die beiden anderen mir an den Kopf springen. Was soll ich tun?«

Nun hat er lange nachgedacht. Und am Abend hat er sie zu sich gerufen und hat gesagt: Nun sei er alt und müsse einen Gehilfen haben und ... »Mir gehört das Königreich!« sagt der erste. Da sagt er: »Ach, dir? Du bist zu hochmütig!«

»Oh, ich habe Mut!« sagt der zweite.

»Du bist zu böse!«

Und der dritte sagte nichts.

»Und du?«

»Ach, ich würde gerne regieren, aber ich möchte, daß alle Leute glücklich wären!«

»Das habe ich von dir erwartet«, sagt er. »Hört, ich gebe euch drei Jahre, drei Monate, drei Wochen, drei Tage und drei Stunden, und jener, der das aller-aller-allerfeinste Gewebe heimbringt, der soll mein Königreich haben.« Und die drei sind damit zufrieden gewesen. Die beiden älteren haben gedacht: »Ach, den Kleinen brauchen wir nicht zu fürchten!« Kurz und gut, sie sind gegangen, der eine in dieser, der andere in jener Richtung. Der Jüngste ging gern auf die Jagd, und er war ein Guter, aber ein wenig leichtsinnig und ließ die Welt Welt sein. Und er dachte: »Oh, in drei Jahren und soviel Monaten und Wochen und Tagen und Stunden habe ich schon noch Zeit.« Er durchstreifte alle Länder, ging ein wenig auf die Jagd, und abends kam er nach Hause zurück in seine Herberge, aber er dachte nicht ein bißchen an das, was er zu tun hatte.

Eines Abends nun ist er auf die Jagd gegangen und in einen Wald hineingegangen. Da kam ein schweres Unwetter, und es hat so stark zu regnen und zu blitzen begonnen, daß er den Weg verloren hat. Und er hat sich unter einen Baum gesetzt und angefangen zu schlafen. Er hatte noch gar nicht lange geschlafen, da hörte er die Wölfe heulen und die Füchse pfeifen, und die Eulen riefen, so daß er keine Ruhe finden konnte. Und er hatte eine eigenartige Angst. Nun, er steht auf und sieht in der Ferne ein Licht. Da hat er gedacht: »Nun geh ich diesem Licht entgegen.« Und er ist diesem Licht entgegengegangen, und je näher er zum Licht herankam, um so größer wurde das Licht.

Und da, auf einmal befindet er sich vor dem großen Tor eines Schlosses. Aber das Tor war geschlossen. Drum nahm er den Türklopfer und klopfte damit. Da öffnete sich das Tor, und vier Hände kamen heraus. Aber nur vier Hände kommen heraus, und zwei Hände nehmen ihn an einer Schulter, und die anderen beiden an der anderen Schulter. Und sie führen ihn durch einen schönen großen Flur und eine prächtige Treppe aus weißem Marmor hinauf und öffnen die Tür eines Saales. Und hinter der Tür dieses Saales brannte Feuer in einem offenen Kamin. Und neben dem Kamin war eine vollständige Ritterrüstung bereitgestellt. Und die Hände nehmen ihn und setzen ihn auf einen Stuhl und ziehen ihm die Kleider aus, trocknen ihn ab und nehmen seine nassen Kleider weg und kleiden ihn als Ritter. Alles das machen diese vier Hände, aber ohne ein Wort zu sprechen. Und wie er wieder vollständig gekleidet gewesen ist, haben sie ihn an den Schultern genommen und wieder hinuntergeführt und haben eine Tür geöffnet und sind in ein großes Speisezimmer gekommen. Und da war für zwei Personen der Tisch gedeckt. Und sie haben ihn Platz nehmen lassen auf einem der Stühle, und ihm gegenüber lag auf einem Teller eine gebratene Maus. Aber er hörte nichts. Nur diese Hände waren zu sehen, nichts sonst, nur diese vier Hände. Und auf einmal öffnet sich die Tür, und eine große weiße Katze kommt herein. Aber sie ging nicht auf allen vieren. Sie ging auf den Hinterbeinen und hatte die Größe einer Frau. Und auf dem Haupt hatte sie einen schwarzen Schleier und eine Krone, und auf der Brust trug sie ein großes blaues Band mit einem Orden. Und neben ihr standen als Wachen zwei große schwarze Kater. Einer trug ein blankes Schwert, und der andere trug das Ende ihres Schleiers.

Dann hat sie ihm ihre Reverenz erwiesen und gesagt: »Willkommen hier in meinem Schloß. Es freut mich, nach so vielen Jahren und Tagen einen Menschen begrüßen zu dürfen. Bitte, nehmen Sie Platz!« Er setzt sich nun, und auf einmal ... Sie hat etwas gesagt zu den Katern, und beide gehen hinaus und bringen ein herrliches Essen herein. Sie aber mußte ihre Maus essen.

Sie hat ihn dann gefragt, woher er komme und wer er sei und dieses und jenes. Zuerst hat er sich gefürchtet, aber die Katze war unterdessen so zutraulich geworden, daß er keine Angst mehr hatte. Da sagt sie: Hm, wie er sage, gehe er gern auf die Jagd?

»Ja!«

Ach, dann könne er morgen auf die Jagd gehen, er müsse nur da hinter das Schloß gehen, dort werde er ein Pferd vorfinden, ein hölzernes Pferd, und das werde ihn in ihr Jagdrevier tragen. Und am Abend werde das Pferd auch wieder mit ihm nach Hause zurückkehren.

In der Tat, am anderen Morgen, als er aufgestanden und hinuntergegangen ist, da war da ein hölzernes Pferd, wie es die Kinder zum Spielen brauchen.

»Hm, hm!« denkt er. Aber er setzt sich aufs Pferd. Kaum

ist er auf das Pferd gesprungen, ist ihm eine ganze Schar von Händen nachgefolgt. Eine Hand trug seine Flinte und die andere seinen Rucksack und wieder eine andere die Verpflegung. Sie sind den ganzen Tag jagen gegangen. Am Abend sind sie nach Hause gekommen und hatten eine außerordentlich gute Jagd gemacht.

So ist er denn dort geblieben, und die Zeit wurde ihm kurz, und er vergaß vollkommen, was er zu tun hatte. Kurz und gut, eines Tages, als er aufgestanden ist, schaut er zufällig auf den Kalender und sieht, daß ihm nur noch drei Monate blieben, drei Monate, drei Wochen und drei Tage, bis er nach Hause zurückkehren sollte. Da hat er angefangen, den Kopf hängen zu lassen, und ging nicht mehr auf die Jagd ... Und sie hat ihn dann gefragt, was denn los sei und was er habe. Da hat er gesagt: Ja, er habe ihr nicht alles erzählt; er sei ein Königssohn. Und dann hat er ihr gesagt, sein Vater habe ihm drei Jahre und drei Monate und drei Wochen und drei Tage und drei Stunden gegeben, damit er den allerallerfeinsten Stoff heimbringe, und nun habe er nur mehr drei Monate, drei Wochen und drei Tage. Sein Land sei weit, weit weg von hier. Und bevor er nicht in sein Land zurückgekehrt sei, habe er keine Zeit mehr zum Jagen. »Ach«, deswegen solle er sich keine Sorgen machen. Und sie hat jenen Händen gesagt ... Und die Hände kommen mit einer Nuß. Und sie sagt, er solle die Nuß nehmen und sie öffnen.

Kurz und gut, er nimmt die Nuß.

Aber er solle aufpassen, sagt sie, er dürfe die Nuß nur entzweibrechen und nicht knacken.

Und er nimmt und öffnet die Nuß, und in dieser Nuß steckte ein Kirschkern. Und diesen Kirschkern dürfe er auch nicht knacken, er müsse ihn nur aufdrehen, das sei so eingerichtet.

Er hat den Kern aufgedreht, und da ist ein Gewebe herausgekommen, so schön und glänzend wie die Sonne und feiner, viel feiner als ein Spinngewebe. Und der Kirschkern enthielt Meter und Meter und Meter des feinen Gewebes. Nun solle er dieses Gewebe heimbringen, sagte sie. Wenn er auch erst einen Tag vor dem festgesetzten Zeitpunkt gehe, sei es früh genug. Sie wolle schon dafür besorgt sein, daß er früh genug heimkomme. Nun, da er das Gewebe hatte, war er zufrieden, und er ist weiter dort geblieben.

Und am Abend, bevor er heimgegangen ist, hat sie gesagt, er solle morgen aufstehen und wieder sein Pferd, wieder das hölzerne Pferd besteigen und »Hopp, galopp!« sagen. Aber er solle sich ganz fest am Pferd halten und die Augen schließen und aufpassen, denn es laufe so schnell, daß er herunterfallen könnte.

Richtig, er hat seine Nuß genommen und ist hinuntergegangen und … Her mit dem Pferd, und kaum hat er »Hopp, galopp!« gesagt, so habe das Pferd einen Sprung getan und sei über Berg und Tal und Ströme und Meere gelaufen. Und so schnell wie ein »Ja« und ein »Nein« sei er dann vor dem väterlichen Schloß gestanden.

Nun, seine Brüder waren auch zurückgekehrt. Der Vater ist zufrieden gewesen und hat den ersten kommen lassen. Und der erste ist mit einem Gewebe gekommen, und dieses Gewebe war so fein, daß er ich weiß nicht wie viele Meter davon auf der Handfläche halten konnte. Und er hat gesagt: »Nun gehört das Königreich mir!«

»Oh, warte!« Und der zweite hat eine Tabakdose aus der

Tasche genommen, und aus dieser Tabakdose hat er unaufhörlich, unaufhörlich sein Gewebe herausgezogen.

»Und du?« hat der König zum Jüngsten gesagt. Und der hat seine Nuß hervorgenommen, öffnet die beiden Schalen, holt den Kirschkern hervor und nimmt sein Gewebe heraus. Und der Vater sagt: »Ja, das muß man lassen, er hat den feinsten Stoff, das Königreich ist für ihn.«

»Nein, wir lassen es ihm nicht«, haben sie gesagt, »mach noch eine Probe!«

Da hat der Vater gesagt: »So will ich noch eine Probe machen, aber diesmal gebe ich euch nur drei Monate, drei Wochen, drei Tage und drei Stunden und nicht mehr drei Jahre. Und ihr müßt den kleinsten Hund herbeischaffen, den ihr auftreiben könnt.«

Nun sind sie wieder gegangen. Und der Jüngste hat sein Pferd genommen und ist wieder zum Schloß der weißen Katze zurückgeritten. Diesmal hat er ihr dann die ganze Sache erzählt.

Ach, deswegen solle er sich keine Sorgen machen, hat sie gesagt.

Er ist wieder dort geblieben, ging auf die Jagd und ließ die Welt Welt sein, bis der Tag gekommen war, bis der Tag nähergerückt war, da er wieder nach Hause zurückkehren mußte. Und am Abend hat sie ihm eine Quaste gegeben, so eine Quaste, wie man sie an Sofas findet. Und sie hat gesagt, er solle ein wenig hinhören. Da nimmt er die Quaste und hält sie an sein Ohr und horcht. Und da macht es »Hup, hup, hup!«, aber nur ganz schwach. Und er hat die Quaste oben aufgedreht, und darauf sei ein Hund herausgehüpft. Und der Hund war so klein, daß er mit allen vier Pfoten auf seinem

Daumen stehen konnte. »Nun gehst du«, sagt sie, »nimmst wieder dein hölzernes Pferd und gehst.«

Und er ist wie das erste Mal wieder so schnell wie ein »Ja« und ein »Nein« nach Hause gekommen. Nun, der älteste Bruder ist mit einem Hund gekommen, der war so klein, daß er ihn in die Rocktasche stecken konnte. Und der zweite hatte einen so kleinen Hund, daß er ihn auf einem Buch springen lassen konnte. Unser Bursche nimmt seine Quaste heraus, dreht sie auf, und sein Hund hüpft einfach so auf seinem Daumen herum. Und da hat der König gesagt: »Ach, da ist nichts zu machen, da ist nichts zu machen, du bekommst das Königreich!« Aber die anderen waren damit nicht zufrieden und haben gesagt: »Ach, ein Gewebe herbeischaffen können! Oh, einen kleinen Hund herbeibringen können! Das kann schließlich jeder!«

»Warum habt ihr das denn nicht gekonnt?« sagt der König. »Aber diesmal ist's dann das letzte Mal«, fügt er bei.

Da sagte der Älteste: »Diesmal aber laßt mich bestimmen, was wir herbeischaffen müssen. Diesmal gewinnt der, welcher die schönste Braut heimbringt! Das ist dann schwieriger, als Gewebe und Hunde beizubringen.« Nun sind alle damit zufrieden gewesen, und sie sind wieder fortgezogen.

Der Jüngste hat auch wieder sein Pferd genommen und ist gegangen. Und diesmal hat er genügend Kleider mitgenommen. Und als er zurückgekommen ist zur weißen Katze, hat er gesagt, diesmal komme er und wolle bleiben. Diesmal, hat er gesagt, habe er nur drei Wochen, drei Tage und drei Stunden. Und diesmal … Ja, warum er denn nicht mehr zurückkehren wolle, fragte sie.

Er kehre nicht mehr zurück. Wenn er zurückkehre, dann

werde diesmal das Königreich einem seiner Brüder gegeben, und die Brüder werden alle Untertanen unterdrücken. Das werde ihm zusetzen. Er wolle daher lieber hier mit ihr in der Wüste bleiben. Was er denn bringen müsse?

»Ach«, sie könne nicht helfen.

»Oh«, er solle es doch sagen!

Kurz und gut, sie mußte in ihn dringen und in ihn dringen, bis er zuletzt gesagt hat: »Ich muß die schönste Braut heimbringen.«

»Oh, wenn es nur das ist!« meint sie. Und sie wendet sich an den schwarzen Kater und sagt: »Hast du das Schwert gut geschliffen?«

Da sagt der Kater: »Ja!«

Und sie gibt dem Burschen das Schwert und sagt: »Nun mußt du mir den Kopf abschlagen!«

Und er sagt, das tue er nicht. Sie habe ihm zuviel Gutes erwiesen, das mache er nicht, und einem Menschen, einem Tier etwas Böses zufügen, das könne er einfach nicht. Aber sie hat ihn so sehr und so innig und herzlich gebeten, daß er schließlich das Schwert genommen und ihr den Kopf abgeschlagen hat. Und wie er den Kopf abgehauen hat, sei im Schloß ein Jubel entstanden. Er aber habe, als er mit dem Schwert zugeschlagen hat, mit dem linken Arm die Augen bedeckt, damit er das Blut nicht fließen sehe.

Als er wieder aufgeschaut hat, waren die Katze und der Kater verschwunden. Und auf einmal öffnet sich die Tür, und eine große schöne Jungfrau kommt herein, eine Krone auf dem Haupt. Und sie ist auf ihn zugegangen und hat gesagt, er solle sich nicht sorgen, er habe sie erlöst. Sie sei die weiße Katze. Und sie hat gesagt, vor Jahren habe sie eine Hexe verzaubert, sie und alle ihre Bedienten. Den Dienern habe sie die Körper weggenommen und ihnen nur die Hände gelassen, und sie habe sie in eine Katze verwandelt, und die ersten Minister, die ihr zur Seite standen, habe sie in Kater verwandelt. Und nun habe er sie erlöst, und sie gebe ihm nicht nur ihre Hand, sondern auch ihr Königreich.

Und dann haben sie sich auf den Weg gemacht und sind rechtzeitig nach Hause gekommen. Und der jüngste der drei Prinzen hatte die schönste Braut.

Die beiden Brüder aber wollten sich vor Wut gerade das Leben nehmen. Da hat er gesagt, der eine solle seine Bosheit und der andere seinen Hochmut ablegen. Das Königreich des Vaters könnten sie doch unter sich aufteilen. Er habe, sagt er zum Schluß, nun das Königreich seiner Frau und brauche kein anderes Königreich mehr.

Der Kater und der Dümmling

Es war einmal ein Mann, der hatte drei Söhne: zwei kluge und einen dummen. Der Vater wurde krank und hatte keine Hoffnung mehr, gesund zu werden. Vor dem Tod verteilte er seinen Besitz zur Hälfte unter die beiden klugen Söhne. Als der Dümmling sah, daß der Vater ihm nichts hinterlassen hatte, fing er an zu jammern und zu weinen. »Warum übergehst du mich denn, Väterchen?« fragte er. Der Alte dachte nach und sagte: »Mein ganzes Hab und Gut, Söhnchen, hab ich unter deine älteren Brüder verteilt; nur mein Kater und der Ofen zum Teerbrennen sind übriggeblieben, die sollen dir gehören.« Der Dümmling dankte ihm auch dafür.

Der Vater starb. Kaum hatten sie ihn begraben, so packten die klugen Brüder den Dümmling beim Genick und stießen ihn zur Tür hinaus, und den Kater warfen sie ihm auch noch hinterher. »Sucht euch selber euer Brot«, sagten sie, »Faulenzer wollen wir nicht füttern!« Und der Dümmling ging hin und legte sich in sein väterliches Erbteil, in den Teerofen. Dort lag er auf der Asche und nahm den Kater unter den Kopf, um sich zu wärmen. So lag er lange, lange Zeit, dann wollte er essen und schrie: »Essen will ich! Essen will ich.« Und er ergriff den Kater und sagte zu ihm: »Ich werde dich auffressen.«

»Wart ein wenig, friß mich nicht«, antwortete der Kater, »ich werde dir schon Speise bringen.« Und der Kater ging fort, kletterte auf die Dächer und schnüffelte nach Eßbarem herum; er brachte eine Wurst mit und gab sie dem Dümmling zu essen.

Kaum hatte der sich vollgefressen, so schrie er: »Heiraten will ich!«

Da konnte aber auch der Kater keine Abhilfe schaffen, und so schrie der Dümmling, bis er wieder essen wollte. So ging es Tag für Tag: War er hungrig geworden, schrie er: »Ich will essen.« Hatte er sich vollgefressen, schrie er: »Ich will heiraten!« Schließlich fing er an, den Kater zu prügeln.

»Man muß ihn verheiraten«, dachte der bei sich. »Aber wie soll man sich mit diesem Klotz in der Asche auf der Freite zeigen? Wer wird denn so einen wie den zum Mann nehmen?« Er dachte lange, lange nach, und schließlich hatte er sich etwas ausgedacht. Er ging auf den Abfallhaufen eines Schneiders, raffte allerhand Flicken zusammen und nähte dem Dümmling ein Kleid; darauf ging er auf den Abfallhaufen eines Schusters, sammelte kleine Stückchen Leder und ein Endchen Pechdraht und machte ihm Stiefel. Er gab ihm zu essen, wusch ihn und zog ihm die neuen Kleider an. Und man weiß ja doch, daß Kleider Leute machen! So war denn auch der Dümmling so hübsch geworden, daß man ihn selbst zur Königstochter hätte führen mögen, und der Kater konnte sich an ihm nicht satt sehen. »Jetzt wollen wir zu unserm Gutsherrn auf die Freite gehen«, sagte er zum Dümmling. »Nenne dich Herr Aschenpuster, denn in Asche hast du dich gewälzt, und sitz da wie ein großer Herr, sprich kein Wort, halte den Kopf hoch und schau nicht an dir hinunter.« Und sie gingen in die vornehme Welt, zum Gutsherrn. Als sie dort ankamen, konnte sich der Gutsbesitzer vor Staunen nicht fassen, als er einen Kater erblickte, der zu sprechen verstand; doch er staunte noch nicht so sehr wie das Fräulein, seine Tochter. Als der Kater aber erzählte, wie groß des Herrn Aschenpusters Besitzung sei und daß er die Tochter heiraten wolle, da war sie sogleich mit Freuden einverstanden. Die Eltern wollten jedoch wissen, ob es wahr sei, was der Kater von der Besitzung des Herrn Aschenpusters erzählte, und beschlossen, ihn vor der Hochzeit als Gäste zu besuchen. Sie riefen die Nachbarn zusammen, setzten den Dümmling in eine Kutsche und fuhren davon, der Kater aber lief vorneweg.

Sie fuhren und fuhren und kamen auf das Gut des Drachen von der Berghöhle. Die Hirten hüteten eine große, große Herde Kühe. Der Kater fragte: »Wessen Hirten seid ihr?«

»Des Drachen von der Berghöhle.«

»Sagt nicht, daß ihr des Drachen Hirten seid, sondern antwortet: des Herrn Aschenpusters; denn hinter mir da brausen Grom und Perun heran, die werden euch sonst erschlagen!«

Und die Hirten gehorchten, als die Gutsbesitzer sie fragten, wessen sie seien. Darauf stieß der Kater auf die Pferdeknechte des Drachen von der Berghöhle, schreckte sie ebenso mit Grom und Perun und befahl ihnen zu sagen, sie seien des Herrn Aschenpusters Knechte. Und so antworteten sie auch auf die Frage der Gutsherren. Der Vater von dem Fräulein aber blähte sich wie ein Hefebrot, weil ein so reicher Herr sein Schwiegersohn werden sollte.

Der Kater kam endlich auf den Hof des Drachen gelaufen und rief: »Versteck dich schnell irgendwo, Herr Drache, denn Grom und Perun kommen geflogen; sie werden dich erschlagen und zu Staub zermalmen!«

Der Drache fürchtete natürlich Grom und erschrak. »Wo soll ich mich verstecken?« sagte er. Mitten aber auf dem Hof des Drachen wuchs eine große hohle Linde. »Klettere schnell dort hinein!« sagte der Kater zum Drachen. Der merkte in seinem Schreck nicht die Arglist und war so dumm hineinzukriechen. Mehr wollte der Kater auch nicht: er verstopfte die Höhlung mit Holzscheiten und verschmierte sie mit Lehm. Und dann schrie er dem Hofgesinde des Drachen zu: »Wenn ihr am Leben bleiben wollt, so sagt nicht, daß ihr dem Drachen von der Berghöhle gehört, sondern sagt: dem Herrn Aschenpuster, denn Grom und Perun kommen geflogen, die werden euch sonst zerschlagen, zerstampfen und zertreten wie einen bitteren Apfel.« Alle Knechte gerieten da in fürchterliche Angst.

Unterdessen kamen die Hochzeitsgäste auf den Hof gefahren. Und sie staunten gewaltig, so schön war alles und so herrschaftlich eingerichtet. Die Diener eilten ihnen entgegen und führten das junge Paar in die Gemächer. Dort feierten die Gäste dann die Hochzeit, und es war eine wilde, fröhliche Hochzeit. So lebte nun der Dümmling als Herr auf dem Hofe des Drachen. Und wenn es auch wahr bleibt, daß er seither nicht klüger geworden ist – wozu braucht denn ein Reicher Klugheit? Wem der Herr gibt ein Amt, dem gibt er auch Verstand.

Das Märchen von den Katzen und der Seife

Das ist das Märchen von den Katzen und von der Seife. Vor vielen, vielen Jahren, als es noch keine Waschmaschinen gab und die Leute ihre Wäsche im Fluß auf einem glatten Stein wuschen, lebte ein armes Mädchen. Es hieß Fiorina. Es hatte nur die Stiefmutter. Der Vater war nach Amerika ausgewandert. Die Stiefmutter hatte selbst auch eine Tochter. Sie hieß Roseta. Eines Tages sagte die Stiefmutter zu Fiorina: »Los, steh auf, du Nichtsnutz, heute wird gewaschen.« Sie hat ihr einen Korb gegeben, ein schönes Stück Seife und einen ganzen Haufen schmutzige Wäsche, Leintücher, Kopfkissen, Hemden.

Fiorina ist also an den Fluß gegangen zum Waschen. Plötzlich aber ist ihr – tachete – die Seife entglitten und in den Fluß gefallen. »Oh, ich Ärmste, was soll ich jetzt nur machen ohne Seife. Wenn meine Stiefmutter das erfährt, bekomme ich eine Tracht Prügel. Was soll ich nur tun?«

Da hörte sie auf einmal eine Stimme: »Was weinst du denn? Was hast du, Fiorina?« Sie schaut sich um, sieht aber niemanden.

»Was weinst du denn?«

»Wer ruft mich denn?«

»Ich bin es, ich bin es! Ganz in der Nähe!«

Da hat sie einen Zwerg gesehen, der war nicht größer als einen halben Meter und hatte eine rote Kapuze wie ein kleines Teufelchen. Das war der Zwerg des Waldes.

»Warum weinst du, Fiorina?«

»Ich weine, lieber Zwerg, weil mir die Seife in den Fluß gefallen ist. Meine Stiefmutter wird mich dafür verprügeln und meine Schwester auch. Sie ist so böse!«

»Aber nein, hab keine Angst. Komm jetzt mit mir!« Und er ist mit ihr den Fluß hinaufgegangen. Als sie oben ankamen, sagte der Zwerg: »Ich bleibe jetzt hier. Du mußt aber weitergehen. Benimm dich immer gut!«

»Ja, ja!«

»Klopf an jenen Baum!«

Sie hat angeklopft. Ein schönes Kätzchen hat geöffnet. Sie hieß Mirela, wie meine. Sie war die Pförtnerin. Sie sagte: »Was willst du, schönes Mädchen?«

»Wenn du wüßtest, was mir passiert ist!«

»Was ist dir denn passiert?«

»Meine Seife ist mir in den Fluß gefallen. Und jetzt kann ich nicht mehr nach Hause gehen, weil meine Stiefmutter mich sicher verprügeln wird!«

»Hab keine Angst, komm rein!«

Auf der Treppe stand eine andere Katze. Sie war daran, die Treppe zu putzen. Sie hat gesagt: »Wohin gehst du, armes Mädchen?«

»Ich suche meine Seife!«

»Wenn du mir hilfst, die Treppe zu putzen, helfe ich dir, deine Seife zu suchen.«

Also hat das Mädchen den Dreck zusammengeputzt und ihn weggeworfen. Dann ist sie in die Küche gegangen. Da war ein anderes Kätzchen, hübsch, sag ich euch! Es hieß Pussi. Es war gerade dabei, Teller und Schüsseln abzuwaschen. Das Mädchen sagte: »Hör, armes Kätzchen, ich will dir helfen!« Sie hat alle Teller und Schüsseln abgewaschen und abgetrocknet.

»Und jetzt will ich meine Seife suchen!«

»Ich komme mit!«

Sie sind durch den Flur gegangen, vorbei an vielen Zimmern, wo die Kätzchen am Bettenmachen waren. Da war auch ein besonders schönes Kätzchen, es hieß Petrunila. Es hat gesagt: »Was willst du, hübsches Mädchen?«

»Ich suche meine Seife!«

»Hilf mir doch beim Bettenmachen!«

»Ja, ja, ich helfe dir!«

Sie haben die Betten gemacht, und dann sind sie alle zusammen zum König der Kätzchen gegangen. Er hieß Pirulé, wie mein ehemaliger Kater. Er saß in einem großen Saal. Zwei Kätzchen, Negrin und Tigrin, standen Wache. Der König hat gefragt: »Was willst du, schönes Mädchen?«

»Wenn du wüßtest, was mir passiert ist! Die Seife ist mir in den Fluß gefallen. Ein Zwerg hat mir geholfen, sie zu suchen, und so bin ich zu euch gekommen.«

»Gut, warte einen Augenblick. Ich will wissen, wie du dich unterwegs benommen hast.« Mirela, die Pförtnerin, hat gesagt: »Sie ist lieb, sie hat mir sogar ein Küßchen gegeben!«

»Und mir hat sie beim Treppenputzen geholfen«, sagte das andere Kätzchen.

»Und mir beim Abwaschen und beim Aufräumen in der Küche!«

»Und mir beim Bettenmachen!«

»Dann hast du dich benommen, wie es sich gehört. Wart einen Augenblick.«

Dann hat Pirulé sie in ein Zimmer geführt. Da stand ein großer Schrank voller Kleider. Er hat zu ihr gesagt: »Wähl das Kleid aus, das dir am besten gefällt!« Sie hat das einfachste Kleid genommen, ein richtiges Bauernkleid.

»Nein, nein, nein. Das ist kein Kleid für dich! Du hast dich gut benommen.« Und er hat ihr ein wunderschönes Kleid gegeben. Dann hat er ihr den Korb zurückgegeben mit der sauberen Wäsche und der Seife.

»Geh jetzt nach Hause und hab keine Angst mehr. Unterwegs wirst du den Hahn krähen hören: Kikeriki, kikeriki! Dann dreh dich um.«

Wirklich, unterwegs hat der Hahn gekräht: Kikeriki, kikeriki! Sie hat sich umgedreht, und da ist ihr ein Stern auf die Stirn gefallen, es war eine Pracht. An den Füßen hatte sie plötzlich ein Paar wunderschöne Schuhe. Die alten, ausgetretenen waren verschwunden. Sie hat gesagt: »Ist das alles für mich? Wirklich für mich?« Und kaum hat sie den Mund geöffnet, sind lauter Edelsteine herausgefallen.

»Aber nein, das ist doch nicht für mich!« Und wieder kamen Edelsteine aus ihrem Mund.

»Die bring ich meiner Mutter«, hat sie gesagt, und jedesmal, wenn sie den Mund öffnete, fielen lauter Edelsteine heraus. Als sie nach Hause kam, haben Mutter und Schwester gleich gesagt: »Wo hast du denn all die Edelsteine her? Wo hast du die gestohlen?« Und den Stern wollten sie ihr abreißen. Aber er saß fest. Dann hat die Mutter gesagt: »Ich will meine Tochter auch wegschicken!« Und sie hat ihre Roseta ausgeschickt. Roseta ist zum Brunnen gegangen und hat die Seife absichtlich hineingeworfen. Da ist auch ihr der Zwerg erschienen: »Komm mit mir. Was ist dir denn passiert?«

»Die Seife ist mir in den Brunnen gefallen!«

»Komm mit mir, ich will dir suchen helfen!« Nach einer Weile sind sie oben zum Baum gekommen. Der Zwerg hat gesagt: »Ich geh jetzt zurück, und du klopfst an den Baum!« Roseta hat geklopft, und Mirela hat ihr geöffnet.

»Wer bist du denn?« hat Roseta gefragt.

»Ich bin die Pförtnerin des Palastes!« Roseta hat ihr zwei Ohrfeigen gegeben.

»Wie man sich bettet, so liegt man«, hat Mirela gesagt.

»Geh hinein, dort wirst du deine Seife finden!« Drinnen war ein anderes Kätzchen am Treppenputzen. Patim, patach – hat Roseta sie von der Treppe gestoßen und hat ihr noch eine Ohrfeige versetzt. Der ganze Dreck ist durchs Zimmer geflogen, und das arme Kätzchen war übel zugerichtet.

»Geh jetzt in die Küche!« Da waren die Kätzchen beim Abwaschen. Roseta hat Teller und Schüsseln kurz und klein geschlagen. Das Kätzchen hat gesagt: »Wie man sich bettet, so liegt man!« Dann ging es weiter zu den Kätzchen, die die Betten machten. Dort hat Roseta alle Leintücher von den

Betten gezerrt und sie in Stücke gerissen. Die armen Kätzchen haben gesagt: »Wie man sich bettet, so liegt man.«

»Ich will meine Seife! Wo ist meine Seife?«

Da ist der König der Kätzchen gekommen und hat gesagt: »Komm nur, komm. Bevor ich dir aber deine Geschenke gebe, will ich wissen, wie du dich benommen hast. Ich rufe jetzt meine Kätzchen!«

Die arme Mirela war noch ganz benommen von den Ohrfeigen. Das Kätzchen von der Treppe hatte sich alle Knochen gebrochen beim Sturz. Die Kätzchen aus der Küche waren ganz verzweifelt, weil sie kein Geschirr mehr hatten. Die Kätzchen von den Betten weinten.

»Gut, komm jetzt mit mir. Auch die Schlechten werden belohnt!« Er hat sie zum Schrank geführt. Sie hat das allerschönste Kleid ausgewählt. »Wart einen Augenblick!« hat der König gesagt, »das ist kein Kleid für dich. Du sollst ein schöneres haben!« Und er hat ihr ein Sackkleid angezogen, das ganz nach Katzendreck stank. Sie wollte es von sich reißen, aber es klebte fest.

»Das Geschenk, das wirst du unterwegs erhalten!«

»Also gut!« Er hat ihr den Korb mit der Wäsche gegeben, die voller Katzendreck war. Die Seife fehlte. Es stank alles fürchterlich.

»Aber ich …«

»Sei still, das Geschenk wird schon noch kommen! Wenn du den Esel schreien hörst, dreh dich um!«

Unterwegs hat sie den Esel gehört: ia, ia, ia. Sie hat sich umgedreht, und da ist ihr ein Eselsschwanz auf die Stirn gefallen. Je mehr sie daran zog, desto fester klebte er an ihrer Stirn. Sie hat den Mund aufgemacht, und lauter Schlangen,

Kröten und wüste Tiere sind herausgekommen. Ihre Schuhe waren voller Katzendreck. Als sie so nach Hause kam, hat die Mutter das andere Mädchen schnell in einen gläsernen Sarg gesteckt, damit sie niemand mehr sehen könne. Eine kleine Öffnung hat sie zum Atmen offengelassen. Da ist der Zwerg gekommen und hat zu dem armen Mädchen gesagt: »Sei unbesorgt, ich werde immer bei dir sein und dir zu essen bringen, wenn es niemand sieht.« Er brachte ihr Marzipan und Pudding und viele andere gute Dinge. Er wußte, wie man den Sarg öffnen konnte, und brachte dem Mädchen immer zu essen. Wenn jemand kam, machte er schnell den Deckel zu, und sie schlief.

Eines Tages ist der König des Landes in die Stadt gekommen. Die böse Mutter hat zu ihrer Tochter gesagt: »Mach dich zurecht!« Sie hat ihr ein wunderschönes Kleid gegeben und ihr eine große Perücke aufgesetzt, so daß man den Eselsschwanz nicht mehr sah. Zuletzt kam noch eine schöne Krone auf den Kopf. So verwandelt sah sie ganz schön aus.

»Paß aber auf, sprich ja nicht!«

Der König ist also gekommen. Der Zwerg hatte ihn in die Stadt geschickt. Er hatte ihm gesagt: »In jener Stadt leben zwei Schwestern. Eine ist gut, die andere ist böse. Laß dich aber nicht hinters Licht führen!«

Der König hat überall herumgesucht. Die böse Mutter hat gleich gesagt: »Kommen Sie, Majestät. Hier ist das Mädchen!«

Der König hat gesagt: »Ich habe gehört, daß Ihr zwei Töchter habt.«

»Nein, nein, die eine ist vor langer Zeit gestorben!« Und sie hat ein paar Krokodilstränen geweint. Der König hat also die Böse zur Frau genommen. In der Kutsche hat er zu ihr gesagt: »Frau, warum sagst du denn kein Wort? Bist du etwa stumm?« Sie hat nichts gesagt.

»Dann bist du also wirklich stumm?«

Er hat ihr die Perücke ein wenig gelüftet und hat den Eselsschwanz gesehen.

»Madonna, was soll das? Wen hab ich bloß geheiratet?«

Da hat sie ihr Schweigen gebrochen, und aus ihrem Mund sind lauter Tiere herausgekommen.

»Weg mit dir! Ich will keine solche Frau! Ich will deine Schwester.«

»Die ist gestorben!«

Und sie hat gesprochen und gesprochen, und immer mehr Tiere sind aus ihrem Mund gesprungen. Da ist endlich der Zwerg erschienen und hat gesagt: »Majestät, kommt mit mir. Ich weiß, wo sie ist.« Und er hat ihn zu ihr geführt.

Das arme Mädchen lag da im Sarg. Seit drei Tagen hatte es nichts mehr gegessen. Der Zwerg hatte nämlich zu ihr gesagt: »Ich lasse dich jetzt drei Tage hungern, damit du mager wirst und alle sehen, was du mit deiner Mutter und deiner Schwester durchgemacht hast!«

Der Zwerg hat nun den Sarg geöffnet, und der König hat das Mädchen geküßt. Sie hat gesagt: »Oh, mein Prinz!«, und lauter Edelsteine sind ihr aus dem Mund gefallen.

»Du bist die richtige Braut!«

»Aber nein, ich bin nur ein armes Bauernmädchen. Ich kann nicht deine Braut sein.«

»Du bist meine Braut!«

Der Zwerg hat gesagt: »Kommt jetzt mit mir!«

Inzwischen war auch der Vater des Mädchens nach vielen

Jahren aus Amerika zurückgekommen. Der Prinz und das Mädchen haben geheiratet und ein schönes Fest zusammen mit dem Vater gemacht.

Die anderen beiden aber mußten zur Strafe für ihren Hochmut und ihre Boshaftigkeit in der Welt herumziehen. Seither ist die Welt voller Schlangen und Kröten.

Vom Alten, dem Kater und dem Hund

Es war einmal ein alter Mann, der verzehrte nach und nach sein bißchen Hab und Gut, so daß ihm endlich davon nichts als ein Kater übrigblieb. Als er nun alles verkauft hatte, wozu er einen Käufer fand, mußte er betteln gehen, und was er den Tag über sammelte, das verzehrte er am Abend mit dem Kater. Eines Tages aber fand er alle Türen verschlossen, an die er pochte, weil alle Welt zum Kornschneiden auf das Feld gegangen war. Als er am Abend müde und hungrig heimkam, sprach er zu dem Kater: »Ich komme heute mit leeren Händen nach Hause; wenn wir uns also nicht hungrig schlafen legen wollen, so mußt du sehen, ob du nicht irgend etwas auftreiben kannst.«

Da machte sich der Kater auf, und während er so hin und her dachte, wo er etwas finden könnte, fielen ihm die fetten Tauben in dem Schlag des Nachbarn ein, und er sprach zu sich: »Der Haushund ist zwar ein guter Freund von mir, daß er mich aber eine von seinen Tauben nehmen ließe, wenn ich ihn darum bitte, daran ist nicht zu denken; ich muß also sehen, daß ich ihn so lange vom Hofe entferne, bis ich die Taube geholt habe.«

Er ging also zu dem Hund und sprach: »Höre, Freund, als ich vorhin auf der großen Eiche vor dem Dorf nach Vögeln lauerte, da sah ich einen Hund mit einem Stück Fleisch dahergekommen, das war so groß, daß er es kaum schleppen konnte, und als er unter dem Baum war, grub er ein Loch und verscharrte das Fleisch darin und lief dann wieder weg; wenn du dich also einmal recht satt an dem Fleisch essen willst, so säume nicht lange und gehe hin, bevor es der Hund wieder holt.« Als der Haushund das hörte, lief ihm das Wasser im Mund zusammen, denn er hatte seit langem kein Fleisch zu sehen bekommen, er nahm sich also kaum Zeit, dem Kater für die gute Nachricht zu danken, und lief dann spornstreichs zum Dorfe hinaus. Als der Hund fort war, schlich der Kater in den Schlag, suchte sich die fetteste Taube aus und brachte sie dem Alten, der sie sogleich rupfte und an den Spieß steckte.

Unterdessen suchte der Hund vergebens den ganzen Platz vor der Eiche nach dem Orte ab, wo das Fleisch verscharrt sein sollte, konnte aber keine frisch gegrabene Stelle finden und lief also zur Hütte des Alten, um den Kater zur Rede zu stellen; als er aber davor stand, drang ihm daraus der Duft der gebratenen Taube entgegen, und er hörte zugleich, wie sich der Kater über seine Dummheit lustig machte.

Da kehrte der Hund ganz still nach Hause zurück und ließ sich ein paar Tage nicht vor dem Kater sehen, dann ging er in das Haus des Alten und tat, als ob er den Kater besuchen wollte. Dieser hatte die Taube vergessen und kam ihm daher wie sonst freundlich entgegen, aber ehe er es sich versah, sprang der Hund auf ihn los, packte ihn beim Hals und biß ihn tot.

Als der Alte das sah, sprang er eilig auf, um seinem Kater beizustehen; in der Hast stolperte er über einen Stein und stürzte mit solcher Gewalt zu Boden, daß er tot liegen blieb.

Darauf sprach der Hund: »So, nun stehlt des Teufels Tauben!« und lief heim.

Katze bleibt Katze

Es war einmal ein Mann, der besaß eine Katze. Da diese überaus klug war und niemand dergleichen besaß, gab er ihr den Namen »Himmel«.

Eines Tages besuchte ihn ein Freund. Dieser wunderte sich über den seltsamen Namen der Katze und fragte ihn: »Wie seid Ihr auf den Namen ›Himmel‹ gekommen?« Der Mann erwiderte: »Meine Katze ist so einzigartig und wertvoll, daß das Wort ›Katze‹ ihr nicht gerecht wird. Zu ihr paßt nur die Bezeichnung ›Himmel‹, denn es gibt nichts Einzigartigeres und Wertvolleres als den Himmel!«

»Aber können nicht die Wolken«, so meinte der Freund, »den Himmel bedecken?«

»Wenn das so ist, nenne ich sie eben ›Wolke‹«, erwiderte er.

Darauf der Freund: »Aber der Wind vermag die Wolken zu vertreiben!«

»Nun, dann nenne ich sie ›Wind‹!«

»Die Stadtmauer bietet dem Wind Einhalt!«

»Dann nenne ich sie ›Stadtmauer‹.«

»Die Mäuse können aber die Stadtmauer durchgraben.«

»Dann nenne ich sie ›Maus‹.«

»Die Katze kann aber Mäuse fangen.«

Der Mann dachte nach und sagte: »Dann muß ich sie wieder ›Katze‹ nennen.«

Sein Freund klatschte in die Hände und lachte: »Kennt Ihr nicht das Sprichwort: ›Katze bleibt Katze‹?«

Der Hase, der Hund und die Katze

Es war einmal ein Hase, der lebte in einem Wald. Doch da geschah es, daß ein Mann, der mit seinem Hund auf Jagd auszog, ihn fing, mit nach Hause nahm und ihn in einen Käfig steckte. Eines Tages, als der Mann abwesend war, gelang es dem Hasen, aus dem Käfig zu entkommen. Als nun der Mann nach Hause zurückgekehrt war und fragte, wer den Hasen fortgenommen habe, vermochte ihm niemand Antwort zu geben. Daraufhin rief er seinen Hund zu sich und beschimpfte ihn: »Wenn du Haus und Hof gut bewachst, kann niemand unbeobachtet hereinkommen! Du hast daher den Hasen selbst gefressen, und ich werde dich totschlagen!«

Der Hund entgegnete: »Ich habe niemanden gesehen, und ich habe den Hasen auch nicht gefressen. Da niemand ins

Haus hereingekommen ist, kann es nur jemand im Haus gewesen sein, der leicht Zugang zum Käfig hat, und das ist die Katze! Ich werde sie mir greifen und ausfragen.«

Der Hund spürte die Katze auf und fragte sie: »Es lebt, wie du weißt, ein Hase in unserem Haus, hast du ihn gefangen? Gib ihn schnell unserem Herrn zurück, andernfalls beiße ich dich tot!«

Die Katze indessen wies diese Vorwürfe zurück, indem sie entgegnete: »Wie soll ich den Hasen gefangen haben, erzähl doch keinen Unsinn! Wie du weißt, lebte der Hase im Käfig. Er hat scharfe Zähne und damit das Gitter zerbissen. Jetzt ist er bereits über alle Berge. Wenn man es geschickt anstellt, sollte es möglich sein, ihn wieder einzufangen. Es gibt hier bei uns eine Maus, die mit dem Hasen befreundet ist. Sie weiß sicherlich, wo er sich verbirgt. Ich werde die Maus fangen und sie befragen. Gehe du zum Reisspeicher und treibe sie hinaus. Wenn die Maus herauskommt, ergreife ich sie und verhöre sie.«

Der Hund tat, wie ihm geheißen. Die Katze stand draußen vor der Reisscheuer auf der Lauer, und als die Maus ihren Kopf aus dem Loch heraussteckte, packte die Katze sie mit ihren Pfoten und verschlang sie gierig, ohne sie zuvor nach dem Verbleib des Hasen zu fragen. Der Hund stand überrascht da, ohne daß er dagegen etwas unternehmen konnte, und sorgte sich nur, daß sein Herr ihn wieder ausschelten würde, da es ihm trotz aller Bemühungen nicht gelungen war, den Hasen aufzuspüren.

Die Katze und die kluge Maus

Es war einmal eine Hauskatze, die fing eines Tages eine Maus und wollte sie fressen. Die kluge Maus bat flehentlich die Katze: »Morgen begeht unsere Familie eine Gedächtnisfeier. Ich muß daher auf den Markt gehen, um Krebse und Garnelen für das Festmahl einzukaufen. Habt Erbarmen und laßt mich frei. Ich werde Euch zum Dank dafür zur morgigen Feier einladen.« Als die Katze sich erkundigte, wo denn die Gedächtnisfeier stattfinden solle, erwiderte die Maus: »Hoch oben im Wipfel des Arekanußbaumes des Gartens. Ich darf euch ersuchen, uns morgen dort durch eure Teilnahme am Festessen zu beehren.« Beim Gedanken an die leckeren Krebse und Garnelen lief der Katze vor Begierde das Wasser im Munde zusammen. Sie willigte freudig ein und ließ die Maus laufen, die sich, so schnell sie konnte, aus dem Staub machte.

Am nächsten Morgen stand die Katze früh auf, zog sich ihren besten Staat an, putzte und schniegelte sich, um zur Gedächtnisfeier der Mäuse zu gehen. Aber wie erstaunt war sie, als sie auf den Arekanußbaum geklettert war und oben in dessen Spitze weder die Mäusefamilie noch die Krebs- und Garnelengerichte erblickte. Da stand sie nun und miaute, rief und schrie aus voller Brust, aber niemand antwortete ihr. Jetzt begriff die Katze, daß die Maus sie an der Nase herumgeführt hatte.

Wegen dieses Begebnisses singen heute die Kinder oft folgendes Spottliedchen über die Katze:

»Die Katze klettert auf den Arekanußbaum
und erkundigt sich nach dem Verbleib von Onkel Maus.
Onkel Maus ist auf dem Weg zum Markt,
kauft Krebse, kauft Garnelen,
den Todestag des Katzenvaters wollen die Mäuse feiern!«

Die Mäuse und die Katze

Einst lebten die Mäuse im Himmelspalast. Der Himmelskaiser hatte ihnen den Schlüssel zum Reisspeicher anvertraut und ihnen die Bewachung der Reisvorräte übertragen. Aber da die Mäuse bekanntlich unzuverlässige Gesellen sind, öffneten sie mit dem Schlüssel den Speicher und fraßen soviel Reis, wie jeder von ihnen hinunterschlingen konnte. Als der Himmelskaiser davon erfuhr, ward er sehr zornig, und weil er die Mäuse nicht mehr bei sich sehen wollte, schickte er sie auf die Erde hinab, damit sie auch dort die Reisspeicher der Menschen beschützen sollten. Doch auch hier mißbrauchten die Mäuse das Vertrauen, das man in sie gesetzt hatte. Sie öffneten mit dem Schlüssel, den man ihnen ausgehändigt hatte, das Tor des Speichers und taten sich am Reis gütlich. Sie richteten so viel Schaden an, daß die Leute klagten: »Wo haben die Mäuse einst nur gelebt? Warum kommen sie jetzt hierher, um unseren Reis zu fressen?« In ihrer Not wandten sich die Menschen an den Herdgott. Dieser fing die Mäuse und führte sie vor den Himmelsgott. »Diese Mäuse«, so klagte der Herdgott, »waren einst Diener des Himmelspalastes. Weshalb haben Eure Majestät sie auf die Erde zu uns gesandt?«

Der Himmelskaiser antwortete: »Früher hatte ich ihnen den Schlüssel für den Reisspeicher des Palastes anvertraut, doch da sie heimlich den Reis gefressen haben, habe ich sie aus dem Palast gejagt und auf die Erde verbannt, damit sie dort unten das gleiche Wächteramt ausüben sollten.«

»Auch auf der Erde«, sprach der Herdgott weiter, »haben sie den Reis, den sie bewachen sollten, aufgefressen. Wir meinen, daß der Himmel viel mehr Reis besitzt als die Menschen. Selbst wenn die Mäuse viel gefressen haben, bleibt Euch noch immer genug. Anders steht es auf der Erde. Wenn den Mäusen nicht Einhalt geboten wird, werden die Menschen eines Tages verhungern. Wir bitten Eure Majestät zu gestatten, daß die Mäuse wieder zum Himmelspalast zurückkehren dürfen.«

»Das ist unmöglich«, wies der Himmelskaiser die Bitte des Herdgottes entschieden ab, »nachdem ich sie einmal fortgejagt habe, kann ich ihnen hier nicht wieder Zutritt gewähren. Es gibt nur einen Weg, ihrer Herr zu werden: Ich besitze eine Katze, nimm sie mit auf die Erde. Versuchen dann die Mäuse wieder, in den Reisspeicher einzudringen und den Reis der Menschen zu fressen, so laß die Katze los, damit sie die Mäuse einfängt. Wenn sie sich an ihnen so satt gefressen hat, daß ihr die Lust auf Mäuse verleidet ist, laß sie laut ›Ngheo, ngheo‹ schreien. Von panischem Schrecken ergriffen, werden die Mäuse dann das Weite suchen.«

Der Herdgott verbeugte sich tief, dankte dem Himmelskaiser und begab sich mit der Katze und den Mäusen zur Erde zurück. Daraufhin tat er, wie ihm geheißen worden war.

Seitdem lauern die Katzen den Mäusen auf und schlingen sie mit Behagen hinunter. Haben sie aber genügend gefangen und sich satt gefressen, schreien sie »Ngheo, ngheo«. Die Katze aber ist seit jener Zeit dem Herdgott gram, daß er sie vom Himmel auf die Menschenwelt gebracht hat. Um ihm ihre Abneigung zu bekunden, läßt sie gelegentlich ihren Kot mitten auf die Herdasche fallen.

Der ehrliche Vierschilling

Es war einmal eine arme Frau, die wohnte in einer elenden Hütte weit vom Dorfe weg. Wenig hatte sie zu beißen und gar nichts zu brennen, und deshalb schickte sie ihren kleinen Buben in den Wald, um Holz zu sammeln. Er hüpfte und sprang und sprang und hüpfte, um sich warm zu halten; denn es war ein kalter grauer Herbsttag, und jedesmal, wenn er einen Ast oder eine Wurzel in sein Holzbündel gesammelt hatte, mußte er mit den Armen gegen die Schultern schlagen, denn seine Hände waren vor lauter Kälte so rot wie die Preiselbeersträucher, über die er ging. Als er seine Holztrage voll hatte und heimwärts wanderte, kam er über ein Stoppelfeld. Da sah er einen eckigen weißen Stein liegen. »Ach, du armer alter Stein, wie weiß und bleich du bist, du frierst gewiß entsetzlich!« sagte der Bursche, zog seine Jacke aus und legte sie über den Stein. Als er nun mit dem Holz nach Hause kam, fragte seine Mutter, was denn das bedeuten solle, daß er in der Herbstkälte hemdsärmelig ginge? Er erzählte, er habe einen alten eckigen Stein gesehen, der sei ganz weiß und bleich vor Frost gewesen und dem habe er seine Jacke gegeben. »Du Narr«, sagte die Frau, »meinst, der Stein friert? Und wenn er auch geklappert hätte vor Kälte, so ist doch jeder sich selbst der Nächste. Deine Kleider kosten schon so genug, auch wenn du sie nicht draußen im Feld den Steinen anhängst.« Und damit jagte sie den Burschen davon, seine Jacke zu holen.

Als er zu dem Stein kam, hatte der sich gedreht und mit der einen Seite von der Erde erhoben. »Ja, das ist gewiß, weil du die Jacke hast, du Armer«, sagte der Bursche. Aber als er genauer hinschaute, stand da eine Geldkiste volle blanker Silbermünzen unter dem Stein. »Das ist gewiß gestohlenes Geld«, dachte der Bursche, »kein Mensch legt ehrlich erworbenes Geld unter Steine im Wald.« Und er nahm die Kiste und trug sie hinunter an den Teich in der Nähe und warf den ganzen Haufen Geld hinein. Aber ein Vierschilling blieb auf dem Wasser schwimmen. »Ja, der ist ehrlich, der Ehrliche sinkt nicht«, sagte der Bursche. Er nahm den Vierschilling und ging mit ihm und seiner Jacke heim. Seiner Mutter erzählte er, wie es ihm gegangen war, daß der Stein sich gewendet hätte und daß er eine Kiste voll Silbermünzen gefunden und draußen in den Teich geworfen hätte, weil es gestohlenes Geld gewesen sei. »Aber ein Vierschilling schwamm oben, und den habe ich genommen, denn der war ehrlich«, sagte der Bursche.

»Du bist ein Narr«, sagte die Frau – sie war voller Zorn –, »wenn nichts ehrlich wäre, als was auf dem Wasser schwimmt, dann gäbe es nicht viel Ehrlichkeit in der Welt. Und wenn das Geld zehnmal gestohlen gewesen wäre, so hast du es doch gefunden, und jeder ist sich selbst der Nächste. Hättest du das Geld behalten, hätten wir unser Lebtag in Ruhe und Behagen leben können. Aber du bist ein Dummkopf und bleibst ein Dummkopf, und jetzt will ich mich nicht mehr länger mit dir plagen und schleppen. Nun mußt du hinaus und dein Brot verdienen.«

Da mußte der Bursche hinaus in die weite Welt, und er wanderte weit und breit umher und suchte einen Dienst. Aber wo er auch hinkam, da fanden ihn die Leute zu klein und zu schwach und sagten, sie könnten ihn zu nichts brauchen. Endlich kam er zu einem Kaufmann. Da behielt man ihn für die Küche, und er mußte der Köchin Holz und Wasser tragen.

Als er dort lange Zeit gewesen war, wollte der Kaufmann einmal in ferne Länder reisen und fragte alle seine Dienstleute, was er für sie kaufen und mit nach Hause bringen solle. Als alle gesagt hatten, was sie sich wünschten, kam die Reihe auch an den kleinen Burschen, der in der Küche Holz und Wasser trug. Der reichte seinen Vierschilling her. »Ja, was soll ich denn dafür kaufen?« fragte der Kaufmann. »Das wird kein großer Einkauf werden.«

»Kauft, was Ihr dafür bekommen könnt, er ist ehrlich, das weiß ich«, sagte der Bursche. Der Herr versprach es und segelte fort.

Als der Kaufmann nun im fremden Lande gelöscht und wieder geladen hatte und gekauft, was sich seine Dienstleute wünschten, ging er wieder auf sein Schiff und wollte vom Ufer abstoßen. Erst da fiel es ihm ein, daß ihm der Küchenjunge einen Vierschilling mitgegeben hatte, um etwas dafür zu kaufen. »Soll ich nun wegen dieses Vierschillings noch einmal in die Stadt? Man hat doch nur Ungelegenheiten, wenn man solches Pack aufnimmt«, dachte der Kaufmann. Da kam eine Frau gegangen mit einem Sack auf dem Rücken. »Was hast du denn da in dem Sack, Mütterchen?« fragte der Kaufmann. »Ach, nur eine Katze, ich kann sie nicht länger mehr füttern und will sie ins Meer werfen, damit ich sie los werde«, sagte die Alte. »Der Bursche hat ja gesagt, ich solle kaufen, was ich für den Vierschilling bekommen könne«, sagte der Kaufmann zu sich selber und fragte die Frau, ob sie vier Schillinge für ihre Katze haben wolle. Die Frau war nicht faul und schlug ein, und der Handel war fertig.

Als nun der Kaufmann ein Stück weit gesegelt war, kam ein fürchterliches Unwetter über ihn und ein Himmelssturm ohne Maßen, und er trieb und trieb und wußte nicht, wohin. Schließlich kam er an ein Land, wo er noch nie zuvor gewesen war, und ging hinauf in die Stadt.

In dem Wirtshaus, wo er einkehrte, war der Tisch gedeckt, und an jedem Platz lag für jeden Gast ein Reis. Das kam dem Kaufmann wunderlich vor, denn er begriff nicht, was man mit all den Reisern anfangen sollte. Aber er setzte sich nieder und dachte: »Ich will genau sehen, was die anderen damit tun, und dann kann ich es nachmachen.«

Ja, als die Speisen auf den Tisch kamen, da merkte er, wozu die Reiser da waren; da wimmelte es von Tausenden von Mäusen. Alle, die am Tische saßen, mußten mit ihrem Reis hantieren und fechten und um sich schlagen. Man hörte nichts als das Klatschen der Reiser, mal heftiger, mal weniger. Manchmal trafen die Leute einander ins Gesicht, da mußten sie sich Zeit nehmen und sagen: »Oh, Verzeihung!«

»Das Essen ist eine schwere Arbeit in diesem Land«, sagte

der Kaufmann, »warum haben die Leute hier denn keine Katze?«

»Katze?« fragten die Leute: Sie wußten nicht, was das war. Da ließ der Kaufmann die Katze holen, die er für den Küchenjungen gekauft hatte, und als die Katze über den Tisch kam, da mußten die Mäuse schleunigst in ihre Löcher verschwinden, und die Leute hatten seit Menschengedenken noch nie in so guter Ruhe essen können. Sie baten und beschworen nun den Kaufmann, er solle ihnen doch seine Katze verkaufen. Schließlich sagte er, er wolle sie ihnen überlassen, aber hundert Taler wolle er dafür haben; die zahlten sie und bedankten sich noch schön.

Dann segelte der Kaufmann wieder weiter, aber kaum war er auf hohe See hinausgekommen, so sah er die Katze im großen Mast sitzen. Und gleich darauf kam wieder ein Sturm und Unwetter, noch schlimmer als das erstemal, und er irrte umher, bis er an einen Ort kam, wo er noch nie zuvor gewesen war. Der Kaufmann ging wieder in ein Wirtshaus, und hier war der Tisch auch mit Reisern gedeckt, aber sie waren viel größer und länger als da, wo er zuerst war. Und man hatte sie wohl nötig, denn hier waren noch mehr Mäuse und doppelt so große wie die, die er zuerst gesehen hatte.

Hier verkaufte er wieder seine Katze, und diesmal bekam er zweihundert Taler dafür, und das ohne Feilschen.

Als er fortgesegelt war und ein Stück ins Meer hinausgekommen, saß die Katze oben im Mast. Und gleich fing das Unwetter wieder an, und schließlich wurde er auch diesmal an ein Land verschlagen, wo er noch nie gewesen war. Er kehrte wieder in ein Wirtshaus ein; da war der Tisch auch mit Reisern gedeckt, jedes Reis war anderthalb Ellen lang und so dick wie ein kleiner Besen, und die Leute sagten, sie kennten nichts Ärgeres, als sich zum Essen niederzusetzen, denn hier waren große häßliche Ratten zu Tausenden. Mit Not und Mühe konnte man einmal zwischendurch einen Bissen in den Mund schieben, so schwer hatte man es, die Ratten abzuwehren. Da wurde wiederum die Katze vom Schiff geholt, und nun konnten die Leute in Ruhe essen. Sie bettelten und baten nun den Kaufmann, er möchte ihnen doch seine Katze verkaufen; lange sagte er nein, aber schließlich sollten sie sie für dreihundert Taler bekommen; die zahlten sie, bedankten sich und segneten ihn noch obendrein.

Als nun der Kaufmann aufs Meer hinauskam, überlegte er, wieviel der Bursche mit dem Vierschilling gewonnen hatte, den er ihm mitgegeben hatte. »Ja, etwas von dem Gelde soll er bekommen«, sagte der Kaufmann zu sich selber, »aber nicht alles. Denn mir hat er zu danken für die Katze, die ich für ihn gekauft habe, und jeder ist sich selbst der Nächste.«

Aber als der Kaufmann das dachte, kam ein Sturm und Unwetter, daß alle glaubten, das Schiff werde untergehen. Da merkte der Kaufmann, daß ihm nichts anderes übrigbleiben werde, als zu geloben, daß der Bursche alles Geld bekommen solle. Kaum hatte er das Gelübde getan, so wurde das Wetter gut, und er bekam strammen Wind nach Hause. Als er an Land kam, gab er dem Burschen die sechshundert Taler und seine Tochter dazu. Denn nun war der Küchenjunge ebenso reich wie der Kaufmann und mehr als das, und seitdem lebte er in Herrlichkeit und Freude. Seine Mutter nahm er zu sich und war freundlich gegen sie. »Denn ich glaube nicht daran, daß jeder sich selbst der Nächste ist«, sagte der Bursche.

Der Kater als Gevatter

Einem Mann wurde einmal ein Sohn geboren. Er hat zu seiner Frau gesagt: »Wer soll unserem Sohn nur Taufpate sein?« Und er hat sich aufgemacht, um einen Taufpaten zu suchen. Er ist zu einem Palast gekommen und hat angeklopft. Ein Mann kam heraus, den hat er gefragt, ob er seinem Sohn Taufpate sein wolle. Der Mann war zwar Millionär, aber er sagte: »Mach, daß du wegkommst. Ich schmeiße doch mein Geld nicht weg, um einem Kind Taufpate zu sein.« Und er hat ihn weggejagt wie einen Hund.

Der arme Mann hat in der ganzen Stadt nach einem Taufpaten gefragt, aber man hat ihn überall weggejagt.

Eines Tages war er mitten in einem Wald, als ein Gewitter ausbrach. Es donnerte und blitzte, und der Mann suchte Zuflucht unter einer Eiche. Er war naß bis auf die Knochen. Als es zu regnen aufhörte, machte er sich auf den Heimweg. Er ging und ging und sah auf einmal in der Ferne ein Licht. Er ging darauf zu und klopfte an. Niemand antwortete. Er klopfte nochmals an, und da hörte er: »Miau, miau.«

»Was soll denn das?«

Er hat die Tür geöffnet, und ein Kater hat gesagt: »Komm nur herein! Ich weiß, daß du einen Taufpaten für deinen Sohn suchst. Wenn du willst, will ich gerne Pate sein.«

»Ich bin doch nicht verrückt! Ein Kater als Taufpate!«

Aber der Kater hat gesagt: »Nein, nein, hab keine Angst. Du wirst schon sehen, wie ich dich, deinen Sohn und deine Frau bewirten werde!«

Der Mann ist hineingegangen und hat einen gedeckten Tisch gesehen voller Gottesgaben; sogar gebratene Vögel waren da.

Der Kater hat gesagt: »Komm nur und iß!« Zusammen haben sie gegessen wie die Herren. Da hat der Mann gesagt: »Wenn du wirklich Zeit hast, kannst du gerne der Taufpate unseres Sohnes sein. Ich will nur noch meine Frau fragen, ob sie einverstanden ist.«

»Ich komme mit dir!«

Der Mann ist zu seiner Frau nach Hause gegangen und hat zu ihr gesagt: »Weißt du, was mir passiert ist? Ich habe einen Kater getroffen, der unserem Sohn Taufpate sein will.«

»Gut, soll er kommen!«

In diesem Moment hat jemand an die Tür geklopft. Ein schöner Kater ist erschienen, schön war er, sag ich euch. Er hat einen Korb voller Sachen mitgebracht.

»Gehen wir jetzt in die Kirche und lassen wir euren Sohn taufen!«

Als sie aber in die Kirche kamen, wollte der Pfarrer nicht. »Fort mit euch, fort, fort! Ihr wollt doch nicht, daß euer Sohn einen Kater als Taufpaten hat!«

Schließlich war er aber doch einverstanden. Er hat aus seinem Gebetbuch vorgelesen und der Kater hat geantwortet wie ein richtiger Mensch. Dann haben sie ein schönes Fest gemacht. Der Kater hat auf sein Patenkind aufgepaßt. Aber auf einmal ist er eingeschlafen, und ein Adler hat das Kind weggetragen. Vater und Mutter weinten, sie waren verzweifelt: »Oh, Herr im Himmel, ein Adler hat unser Kind gestohlen!«

Auch der Kater weinte und sagte dann: »Ich werde mein

Patenkind suchen. Ich bringe es euch wieder zurück!« Und er hat sich auf den Weg gemacht.

Er ist gegangen und gegangen und ist zum Gipfel eines Berges gekommen. In einer Wolke drin war ein Adler mit dem Kind, das weinte. Er ist hingegangen, hat das Kind genommen und es seinen Eltern zurückgebracht. Dann ist er in den Wald zurückgegangen.

Jedes Jahr am Namenstag hat er seinem Patenkind schöne Geschenke gebracht, Goldmünzen und anderes. Als das Patenkind zwanzig Jahre alt wurde, waren seine Eltern die reichsten Leute im Reich.

Eines Tages, am einundzwanzigsten Geburtstag des Patenkindes, hat der Kater nichts mitgebracht und gesagt: »Jetzt kommst du mit mir. Hab keine Angst. Du wirst ein Jahr, einen Monat, eine Woche und einen Tag bei mir bleiben!«

Vater und Mutter hatten großes Vertrauen in den Kater und sagten: »Geh nur mit ihm!« Sie sind gegangen und gegangen und dann in eine Höhle hinuntergestiegen über sieben Treppen, die jede siebzig Stufen hatte. Danach sind sie durch Korridore gegangen mit siebzig Türen und durch sieben Gärten mit siebzig Brunnen. Der Kater hat gesagt: »Geh nur vorwärts. Du wirst etwas Schönes finden!« Sie sind zu einem Palast gekommen mit siebzig Höfen. Der Kater hat gesagt: »Geh jetzt in den Palast hinauf. Ich kann nicht. Du wirst ein schönes weißes Mädchen finden. Wenn es dir gelingt, sie zu wecken, wird sie deine Braut sein. Ich kann nicht mit dir kommen, denn im Palast leben viele Mäuse. Und wenn die mich sehen, rennen sie in alle Richtungen davon. Dann kommt die Fee und verwandelt auch dich! Möge das Glück dir beistehen! Ich warte hier auf dich.«

Der Bursche ist in den Palast hineingegangen. Er ist die Treppe hochgestiegen und hat sich überall umgeschaut. Dann hat er die Tür des letzten, des siebten Zimmers geöffnet und hat auf dem Bett ein schönes Kätzchen gesehen, das schlief. Ein ganzer Haufen Mäuse bewachte es. Der Bursche hat eine Torte aus seiner Tasche gezogen und sie den Mäusen hingeworfen. Die haben sich gleich darauf gestürzt. Er aber hat das schöne Kätzchen geweckt. Da ist es zu einem wunderschönen Mädchen geworden und hat gesagt: »Danke. Ich habe hier so lange geschlafen. Wer weiß, wie es meinem Vater geht?« Er hat zu ihr gesagt: »Liebe Prinzessin, dein Vater wartet unten auf dich!« Kaum waren sie unten, hat sie den armen Vater umarmt und gestreichelt. Da hat er sich zu Boden geworfen und sich alle Haare ausgerissen, wie ein Huhn, das sich rupft. Kaum war er fertig, kam ein schöner Greis zum Vorschein. Er sagte: »Ich danke dir. Eine böse Fee hatte mich verzaubert, weil meine Tochter schöner war als sie. Meine Tochter hat sie in ein Kätzchen verwandelt, mich in einen Kater.«

Sie sind zu den Eltern des Burschen gegangen und haben sie zur Hochzeit eingeladen. In der Kirche hat der alte Mann zum Pfarrer gesagt: »Ich war jener Kater, der Taufpate sein wollte.«

»Aber, das ist doch gar nicht möglich. Oder bist du etwa der Teufel?«

»Aber nein, eine böse Fee hatte mich verzaubert! Meine Tochter heiratet nun mein Patenkind, und ich will eine schöne Kirche bauen lassen!«

Da war auch der Herr Pfarrer zufrieden. Sie haben ein schönes Fest gefeiert und waren glücklich und zufrieden.

Helge-Hal im blauen Berg

Es waren einmal zwei unheimlich alte Leute, die wohnten unter freiem Himmel. Alles, was sie hatten, waren drei Söhne, ein alter Kochtopf, eine alte Pfanne und eine alte Katze. Da starb der Mann, und nach einiger Zeit starb auch die Frau. Nun sollte das Erbe geteilt werden. Da nahm der älteste den alten Kochtopf, der zweite die alte Pfanne, und dem Ebe Aschenpeter blieb keine Wahl mehr, er mußte die alte Katze nehmen, er wurde nicht gefragt, ob er wollte oder nicht.

»Bruder Peter darf den Kochtopf auskratzen, wenn er ihn ausgeliehen hat«, sagte Ebe, »Bruder Paul bekommt eine Brotrinde, wenn er seine Pfanne ausleiht, aber was fange ich mit der elenden Katze an?« Und er war böse und neidisch. Aber er kraulte doch die Katze und streichelte sie, und das behagte der Katze so gut, daß sie zu schnurren anfing und ihren Schwanz in die Höhe streckte.

»Wart, wart, ich will dir schon helfen«, sagte die Katze, »wart, wart, ich will dir schon helfen!«

In der Hütte war nichts zu beißen und zu brechen. Bruder Peter und Bruder Paul waren jeder nach seiner Seite davongegangen. Nun zog auch Ebe ab, die Katze voraus und er hinterdrein; aber nach einer Weile kehrte er wieder um und ging heim, um zu sehen, ob der Boden auch gekehrt war, und die Katze pfotelte allein weiter. Als sie eine Weile tipp tapp tipp tapp ihres Wegs gelaufen war, kam sie auf einen großen Felsen; da traf sie ein ungeheures Rudel Rentiere. Die Katze schlich sich sachte um das Rudel herum, und in einem Satz sprang sie dem stattlichsten Bock zwischen die Hörner.

»Wenn du nicht gehst, wie ich will, kratz ich dir die Augen aus und jage dich über Fels und Abgrund!« sagte sie. Da wagte der Bock nichts anderes zu tun, als was die Katze wollte, und es ging über Stock und Stein, von Felsklippe zu Felsklippe, dicht an Ebe vorbei, der gerade die Türschwelle zu Hause putzte, und in einem Satz ins Schloß hinein.

»Ich soll einen schönen Gruß von Ebe sagen, und ob der Herr König vielleicht diesen Rentierbock zum Anspannen haben wolle«, sagte die Katze. Ja, er könne wohl ein so frisches und stattliches Tier brauchen, wenn er einmal zu Besuch zum Nachbarkönig fahren wolle.

»Das muß aber ein stolzer und mächtiger Herr sein, dieser Ebe«, sagte der König, »wenn er mir solche Geschenke machen kann.«

»Ja, er ist der größte Herr in deinem Land und Reich«, sagte die Katze, aber der König mochte fragen, soviel er wollte, mehr bekam er nicht heraus.

»Sag ihm, ich ließe schön danken«, sagte der König und schickte ihm eine ganze Fuhre schöner Geschenke.

Aber Ebe schaute an ihnen vorbei und kümmerte sich nicht darum.

»Bruder Peter darf den Kochtopf auskratzen, wenn er ihn ausgeliehen hat, Bruder Paul bekommt eine Brotrinde, wenn er seine Pfanne ausleiht. Aber was fange ich mit der elenden Katze an!« sagte er und war böse und neidisch; aber er kraulte die Katze doch und streichelte sie, und das behagte ihr so sehr, daß sie zu schnurren anfing und den Schwanz in die Höhe streckte.

»Wart, wart, ich will dir schon helfen«, sagte die Katze, »wart, wart, ich will dir schon helfen!«

Am Tag darauf zogen sie wieder beide aus, die Katze voraus und Ebe hinterdrein. Aber nach einer Weile kehrte er wieder um, um nachzusehen, ob der Klapptisch zu Hause wohl gescheuert sei. Und die Katze pfotelte allein weiter. Als sie eine Weile tipp tapp tipp tapp ihres Weges gelaufen war, kam sie an einen dichten Waldhang. Da fand sie ein ungeheures Rudel Elche. Die Katze schlich sich sachte heran und saß auf einmal dem stattlichsten Elchbullen zwischen den Hörnern.

»Wenn du nicht gehst, wie ich will, so kratz ich dir die Augen aus und jage dich über Fels und Abgrund!« sagte die Katze. Der Elch traute sich nichts anderes zu tun, als was die Katze wollte, und nun ging es wie der Blitz über Stock und Stein, von Felsklippe zu Felsklippe und gerade vorbei an Ebe, der vor dem Haus stand und die Fensterläden scheuerte, und in einem Satz ins Königsschloß hinein.

»Ich soll einen schönen Gruß sagen von Ebe und ob der Herr König nicht gern diesen Elchbullen haben wolle für Kurierdienste?« Das war klar, wenn der König einmal einen raschen Boten brauchte, so konnte er keinen rascheren im ganzen Reiche finden. »Das muß ein ganz besonders vornehmer Herr sein, dieser Ebe, wenn er solche Geschenke für mich hat«, sagte der König.

»Ja, das kann man schon sagen, daß er ein vornehmer Herr ist«, sagte die Katze, »sein Reichtum ist ohne Grenzen und Enden.« Und der König mochte weiterfragen, was er wollte, genauere Auskunft erhielt er nicht.

»Sag ihm, ich ließe schön danken, und er möchte mich

doch besuchen, wenn er hier vorbeikommt«, sagte der König und schickte ihm ein ebenso schönes Gewand, wie er es selbst trug, und drei Fuhren schöner Geschenke. Ebe aber mochte das Königsgewand überhaupt nicht anziehen und schaute die übrigen Geschenke gar nicht recht an.

»Bruder Peter darf den Kochtopf auskratzen, wenn er ihn ausgeliehen hat, Bruder Paul bekommt eine Brotkruste, wenn er die Pfanne ausleiht, aber was hilft mir die elende Katze!« sagte er trotz allem; aber er streichelte doch die Katze und legte sie an seine Wange und kraulte sie, und das behagte der Katze so sehr, daß sie noch mehr wie die ersten Male schnurrte und ihren Schwanz kerzengerade in die Luft streckte.

»Wart, wart, ich will dir schon helfen«, sagte die Katze, »wart, wart, ich will dir schon helfen!«

Am dritten Tag zogen sie wieder aus, die Katze voran und Ebe hinterdrein. Aber nach einer Weile fiel ihm ein, umzukehren und die Mäuse aus dem Haus zu lassen, damit sie in der alten Hütte nicht ganz verhungern sollten; und die Katze ging allein weiter. Als sie eine Weile tipp tapp tipp tapp ihres Weges gegangen war, kam sie in einen dichten Tannenwald; da begegnete sie einem Bären, einer Bärin und einem kleinen Bärlein. Die Katze schlich sich sachte an sie heran, und auf einmal hing sie mit den Klauen am Kopf von Meister Petz.

»Wenn du nicht gehst, wohin ich will, so kratz ich dir die Augen aus und jage dich über Fels und Abgrund!« sagte die Katze und fauchte und machte einen Buckel. Da traute sich Meister Petz nichts anderes zu tun, als was die Katze wollte, und nun ging es im Sturm an Ebe vorbei, der eben alle jungen Mäuschen über die Schwelle geschafft hatte, über Stock und

Stein, von Felsklippe zu Felsklippe, daß die Erde bebte und wankte.

Der König stand gerade im Hausgang und wunderte sich gar nicht wenig, als solche Gäste ankamen.

»Einen schönen Gruß von Ebe soll ich sagen und ob der Herr König nicht diesen Petz als General oder Reichsrat haben wolle?« sagte die Katze. Dem König war es mehr als lieb, einen solchen Weisen als seinen nächsten Ratgeber zu bekommen, daran war kein Zweifel.

»Sag ihm, ich ließe schön danken; aber ich weiß gar nicht, wie ich mich erkenntlich zeigen soll«, sagte der König.

»Ja, er möchte gern die jüngste Prinzessin heiraten!« sagte die Katze.

»Ja, das ist aber viel verlangt«, meinte der König, »aber er soll mich doch einmal besuchen.«

»Ebe geht nicht in so einfache Häuser«, sagte die Katze.

»Hat er denn ein noch schöneres Schloß?« fragte der König.

»Noch schöner? Dein Schloß ist wie die schäbigste Hütte im Vergleich zu dem seinigen!« gab die Katze zur Antwort.

»Du wagst, vor mich zu treten und zu sagen, daß jemand in meinem Reich schöner wohnt als ich, der ich doch der König bin?« schrie der König und war außer sich vor Wut; er hätte fast der Katze den Hals umgedreht.

»Du wirst warten können, bis du es siehst«, sagte die Katze. Der König sagte, ja, er wolle warten. »Aber wenn du mich angelogen hast, mußt du das Leben lassen, und wenn du sieben Leben hättest«, sagte er.

Am Morgen machten der König und der ganze Hof sich

auf, um nach dem Schloß des Ebe Aschenpeter zu reisen. Die Katze war in dem Hüttchen und holte Ebe ab, sie dachte, es wäre am besten, wenn sie beide sich eine Stunde früher auf den Weg machten. Als sie eine Weile gegangen waren, trafen sie Leute, die Schafe hüteten; über die ganze Ebene hin blökten und mähten die Schafe. Sie waren so groß wie stattliche Kälber und hatten so lange Wolle, daß sie auf der Erde nachschleppte. »Wem gehören die Schafe?« fragte die Katze.

»Helge-Hal im blauen Berg«, sagten die Leute.

»Gleich kommt der Hof hier vorbei«, sagte die Katze, »und wenn ihr da nicht sagt, daß sie Ebe gehören, so kratz ich euch die Augen aus und jag euch über Fels und Abgrund!« sagte die Katze und fauchte und machte einen Buckel und fletschte die Zähne. Da bekamen die Hirten solche Angst, daß sie sogleich versprachen, zu tun, wie die Katze befahl.

»Aber wem gehören denn die vielen Schafe da?« fragte der König, als er hernach mit dem Hof vorbeikam. »Die sind ja geradeso schön wie die meinigen!«

»Die gehören Ebe«, sagten die Hirten.

Dann wanderten die Katze und Ebe eine Strecke weiter; da kamen sie an einen dichten Waldhang. Dort trafen sie Leute, die Geißen hüteten. Die Geißen hüpften und sprangen überall herum, und sie gaben so schöne Milch, daß man nirgends bessere finden konnte. »Wem gehören die Geißen?« fragte die Katze.

»Helge-Hal im blauen Berg«, sagten die Hirten. Da machte die Katze wieder ihre grimmigen Anstalten, und die Leute fürchteten sich so, daß sie nicht wagten, gegen ihren Willen zu handeln.

»Aber wer in aller Welt hat denn so viele Geißen?« fragte der König. »Ich selbst habe keine schöneren!«

»Die gehören Ebe«, sagten die Leute.

Nun wanderten sie wieder eine Weile; da trafen sie Leute, die Kühe hüteten; die Kühe brüllten und glänzten, wo man hinsah, und jede gab Milch für drei. Als die Katze vernahm, daß diese Hirten auch bei Helge-Hal im blauen Berg im Dienst standen, fauchte sie wieder und machte einen Buckel, und da waren alle Hirten gleich bereit zu sagen, was sie haben wollte.

»Aber wem, um Gottes willen, gehört denn das schöne Vieh?« fragte der König. »Solches Prachtvieh gibt es in meinem ganzen Land nicht!«

»Das gehört dem Herrn Ebe«, sagten die Hirten.

Dann wanderten sie wieder ein langes, langes Stück. Da kamen sie auf eine große Ebene, dort trafen sie Pferdehirten; auf dem ganzen Platz wieherten und tummelten sich die Pferde; und sie hatten ein so feines Fell, daß sie glänzten wie vergoldet; jedes von ihnen war ein ganzes Schloß wert.

»Für wen hütet ihr die Pferde?« fragte die Katze.

»Für Helge-Hal im blauen Berg«, gaben die Leute zur Antwort.

»Ja, der Hof wird gleich hier vorbeikommen«, sagte die Katze, »und wenn ihr da nicht sagt, daß ihr sie für Ebe hütet, so kratz ich euch die Augen aus und jag euch über Fels und Abgrund«, sagte die Katze und fauchte und zeigte ihnen Zähne und Klauen und war so böse, daß ihr den ganzen Rücken entlang die Haare zu Berge standen. Da bekamen die Hirten schrecklich Angst und wagten nichts anderes zu sagen, als was die Katze wollte.

»Aber wem, um Himmels willen, gehören denn die vielen Pferde?« fragte der König, als er mit dem Hof an dieser Stelle vorbeikam.

»Die gehören Ebe«, sagten die Hirten.

»So etwas habe ich mein Lebtag noch nicht gehört oder gesehen!« rief der König aus. »Was für ein vornehmer Herr dieser Ebe sein muß, das geht über meinen Verstand.«

Die Katze und Ebe waren schon lang wieder unterwegs und wanderten weit und immer weiter über Berg und Fels. Am Abend in der Dämmerung kamen sie an ein Königsschloß, das glitzerte und schimmerte, als wäre es aus purem Silber und Gold – und das war es auch. Es war düster und traurig und einsam und öde da, und nirgends fand sich eine Spur von Leben.

Hier traten sie ein, und die Katze stellte sich mit einem Kuchen aus Roggenmehl mitten unter die Tür. Plötzlich donnerte und polterte es, daß die Erde bebte und das ganze Schloß wankte, das war der Troll, der heimkam. Auf einmal wurde es wieder ruhig, und ehe man sich's versah, hatte Helge-Hal im blauen Berg drei große greuliche Köpfe zur Tür hereingestreckt.

»Laß mich herein! Laß mich herein!« schrie er, daß es nur so dröhnte.

»Wart, wart ein Weilchen! Ich will dir nur erzählen, was der Roggen durchzumachen hatte, ehe er zu diesem Kuchen wurde«, sagte die Katze und redete ihn gar lieblich an, »erst wurde er gedroschen, dann wurde er geklopft, dann wurde er geschlagen, dann wurde er gehauen, dann wurde er von einer Wand an die andere geworfen, dann wurde er durch ein Sieb gesiebt –«

»Laß mich herein, laß mich herein, du Plaudertasche!« schrie der Troll und war so zornig, daß die Funken von ihm sprühten.

»Wart ein wenig, wart ein wenig, ich will dir erzählen, was der Roggen durchzumachen hatte, ehe er zu diesem Kuchen wurde!« sagte die Katze und redete noch viel zierlicher auf ihn ein.

»Erst wurde er gedroschen, dann wurde er geklopft, dann wurde er geschlagen, dann wurde er gehauen, dann wurde er von einer Wand an die andere geworfen, dann wurde er durch ein Sieb gesiebt und dahin und dorthin geschüttelt, dann kam er auf den Trockenboden und dann in den Ofen, bis es ihm so heiß wurde, daß er immer mehr aufging und herauswollte, aber er konnte nicht«, sagte die Katze und ließ sich gute Weile.

»Scher dich weg und laß mich hinein!« schrie der Troll wieder und platzte fast vor Wut; aber die Katze tat, als ob sie nichts hörte, blieb stehen und schwatzte das Blaue vom Himmel herunter, ging hin und her dabei, und jedesmal, wenn der Troll hereinwollte, kam sie ihm unter der Tür mit dem Kuchen entgegen.

»Nein, schau nur die glänzende Jungfrau an, die da hinter dem Felsen heraufkommt!« sagte die Katze, nachdem sie lang und breit über die Leiden des Roggens gesprochen hatte.

Und Helge-Hal im blauen Berg drehte seine drei Köpfe um und wollte die schöne Jungfrau auch sehen. Da ging die Sonne auf, und der Troll erstarrte zu Stein. Nun bekam Ebe all den Reichtum, den der Troll besessen hatte, die Schafe und die Geißen und die Kühe und alle die mutigen Pferde und das schöne goldene Schloß und auch noch etliche mächtige Säcke voll Geld.

»Jetzt kommt der König mit dem Hof«, sagte die Katze, »geh nur hinaus vor die Tür und nimm sie in Empfang!«

Da machte sich Ebe auf und ging ihnen entgegen.

»Du bist aber ein sehr vornehmer Herr!« sagte der König zu ihm. »Du kannst meinetwegen die jüngste Prinzessin bekommen!«

Nun fing in höchster Eile ein großes Brauen und Backen an, und alles wurde für die Hochzeit bereitgemacht. Am ersten Tag des Festes kam die Katze und bat den Bräutigam, er solle ihr den Kopf abhauen. Er wollte durchaus nicht; aber die Katze fauchte und zeigte ihre Zähne, und da wagte Ebe ihr nicht zu widersprechen. Aber als der Kopf zu Boden fiel, verwandelte sich die Katze in den allerschönsten Prinzen. Der nahm die zweite Prinzessin zur Frau, und als der Brautzug unterwegs zur Kirche war, begegnete ihnen ein Prinz, der suchte eine Frau; der nahm die älteste Prinzessin. Nun feierten sie alle zusammen Hochzeit, daß man in zwölf Königreichen davon hörte, denn das Bier war stark und der Spielmann tüchtig dabei, und jeder tanzte und trank für ein Dutzend und zwei. Ich war bloß so lange dabei, bis das erste Bierfaß leer war; aber das war so groß, daß der Küchenmeister fast darin ertrunken wäre, denn er kletterte hinauf und wollte sehen, wieviel noch darin sei; da gab ihm ein Mädchen einen Puff, daß er kopfüber durchs Spundloch fiel; und wir wußten uns nicht anders zu helfen, als daß wir ganz furchtbar zu trinken anfingen, jeder, der nur ein Trinkgefäß auftreiben konnte. Schließlich konnten wir alle nicht mehr; da kam der Koch zum Hahnen herausgeschwommen mit der Zipfelmütze in der einen Hand und dem Maßkrug in der anderen. Und er lachte dröhnend laut, bis ihm die Tränen über die Backen liefen.

Schnipp schnapp schnaus
Hier ist das Märchen aus!

Seit wann der Kater Mäuse frisst

Liebe Brüder! Es war einmal in alten Zeiten eine alte Großmutter, die war sehr arm. Sie hatte gar nichts, nur einen einzigen Sohn. Da sagt sie zu ihm: »Mein Söhnchen, hier hast du etwas Garn. Geh ins Dorf und hole dafür Brot oder sonst etwas, was du bekommen kannst.«

Der Sohn nimmt das Garn und geht damit ins Dorf. Er nahm den Weg über das Feld und traf dort Hirten, die einen Kater töten wollten. Da sagt der Junge zu ihnen: »Hört, ihr Hirten, tötet diesen Kater nicht; ich gebe euch dafür dieses Garn.«

Die Hirten berieten untereinander und beschlossen, ihm den Kater zu geben, um aus dem Garn Peitschen zu flechten. Der Junge gab ihnen das Garn, und die Hirten überließen ihm den Kater.

Der Junge ließ den Kater frei: soll er laufen, wohin er will. Doch der Kater stellte sich vor den Jungen hin und sagte zu ihm: »Hör zu, wenn du in irgendeine Not gerätst, dann denk an mich.« Dann ging der Junge nach Hause zurück. Als er nach Hause kommt, fragt ihn die Mutter: »Hast du etwas mitgebracht?«

Er antwortete: »Nein, nichts.« Dann erzählte er, was geschehen war. Da spann die Mutter, so schnell sie konnte, ein neues Knäuel Garn, gab es ihm und sagte: »Hier, geh so schnell du kannst ins Dorf, und gib den Frauen dort dieses Garn; sie werden dir dafür etwas zu essen geben.«

Er geht ins Dorf und trifft wieder die Hirten, die gerade eine Maus töten wollen. Da sagt der Junge zu ihnen: »Laßt die Maus laufen, ich gebe euch dieses Garn dafür.«

Die Hirten kannten ihn schon und überließen ihm die Maus.

Er gab ihnen das Garn, ließ die Maus frei und wollte nach Hause gehen. Aber die Maus stellte sich vor den Jungen hin und sagte zu ihm: »Hör zu, wenn du in irgendeine Not gerätst, dann denke an mich.«

Der Junge geht nach Hause. Als er nach Hause kommt, fragt ihn die Mutter: »Was hast du mitgebracht?«

Er antwortet: »Nichts habe ich mitgebracht.«

Da ist die Mutter böse, aber was soll sie schon machen? Sie spinnt, so schnell sie kann, ein drittes Knäuel Garn, gibt es ihm und sagt: »Hier, geh ins Dorf und bring es den Frauen; sie werden dir dafür etwas geben.«

Der Junge ging los; er geht ins Dorf und trifft wieder die Hirten, die eine Schlange töten wollen. Er sagt zu ihnen: »Tötet diese Schlange nicht, ich gebe euch dieses Garn dafür.«

Die Hirten geben ihm die Schlange und er ihnen das Garn. Dann will er nach Hause gehen, die Schlange aber stellt sich vor ihn hin und sagt: »Hör zu! Komm mit mir zu meiner Mutter! Sie wird dich belohnen, weil du mich vor dem Tod gerettet hast.«

Er antwortet: »Nein. Wie soll ich dich denn tragen? Wenn ich dich anfasse, wirst du mich beißen.«

Die Schlange sagt zu ihm: »Weißt du, wie? Du hast doch ein Täschchen; stell es auf die Erde, dann werde ich in das Täschchen hineinkriechen, und du wirst mich tragen. Ich aber werde dir den Weg zeigen, den du gehen mußt.«

»Gut«, sagt der Junge und macht es so. Und so gingen sie zu der Schlangenmutter. Als sie dort hinkamen, sagte die Schlange zu dem Jungen: »Hör mal, bleib stehen! Ich werde dir jetzt erklären, wie du zu meiner Mutter kommst. Wenn du hier in diesen Hain kommst, dann paß schön auf, daß du auf keine Schlange trittst. Und dann, wenn du in das Haus gekommen bist, nimm den Hut vom Kopf und verneige dich schön, und sie wird dich sofort fragen: ›Welchen Lohn möchtest du dafür haben, daß du meine Tochter vor dem Tod gerettet hast?‹ Du aber verlange nichts als jene Schatulle, die auf dem Tisch steht. Die soll sie dir geben. In dieser Schatulle ist ein Korn. Wenn du das in die Hand nimmst, dann wird alles, was du nur denkst, sofort vor dir erscheinen.«

Gut. Er kommt in das Haus und verneigt sich schön. Die Schlangenmutter fragt ihn sofort: »Söhnchen, welchen Lohn willst du dafür haben, daß du meine Tochter vor dem Tod gerettet hast?«

Er antwortet: »Ich brauche nichts; gebt mir nur jene Schatulle, die auf dem Tisch steht.«

»Oh, mein Lieber! Wenn ich dir diese Schatulle geben würde, würdest du nicht mehr an Gott denken.«

Der Junge sagt: »Ich will es aber so; wenn Ihr mir die

Schatulle nicht gebt, werde ich Eure Tochter wieder mit mir nehmen.«

Die Schlangenmutter sagt: »Oh, mein Lieber, meine Tochter gebe ich nicht her; hier, nimm lieber dieser Schatulle. Aber hör nicht auf, an Gott zu denken, wenn du diese Schatulle hast. Nun geh mit Gott!«

Und der Junge ging nach Hause zu seiner Mutter. Als er angekommen war, fragte ihn die Mutter: »Hast du etwas mitgebracht?«

»Nichts, Mama, nichts anderes als diese Schatulle.«

»O weh, Söhnchen! Wir werden vor Hunger sterben! Was sollen wir jetzt nur machen?«

»Seid nur ruhig, Mama, seid nur ruhig; bekreuzigt Euch nur schön und betet zu Gott, so werden wir von allem genug haben.« Da bekreuzigt sich die alte Mutter sogleich, der Sohn aber nimmt das Korn in die Hand, dreht es herum, und sofort stand von allen Speisen, die sie nur wollten, genug auf dem Tisch.

Am nächsten Tag denkt der Sohn: »Ach, wenn ich doch ein so schönes Haus hätte, wie es nicht einmal der Zar hat!« Und sofort stand das Haus auch schon da.

Gut. Am nächsten Tag denkt der Sohn: »Ach, wenn ich doch nur die Zarentochter zur Frau hätte!« Und sofort war auch die Zarentochter bei ihm. Und er heiratete sie.

Gut. Sie lebten schön und zufrieden. Eines Tages denkt die Frau: »Wie ist es nur möglich, daß mein Mann soviel hat. Jeden Tag haben wir etwas anderes zu essen und zu trinken, dabei kauft er niemals etwas ein, und doch haben wir von allem genug. Hier habe ich es besser als bei meinem Vater.«

Einmal fragt sie ihn: »Hör zu! Wie machst du das nur, daß wir jeden Tag soviel anzuziehen und soviel zu essen haben, ohne daß du jemals etwas kaufst?«

»Ach, meine Frau! Das gibt uns Gott.«

»Andere Menschen«, sagt die Frau, »arbeiten und mühen sich und haben es dennoch schwer im Leben; auch die hohen Herren haben von allem genug, und doch müssen sie alles kaufen, du aber kaufst niemals etwas. Sag mir nur, wie ist das möglich?«

»Ach, meine Frau! Du willst mich nur ausfragen. Schweig, was geht es dich an!«

Die Frau aber – hin und her, wie nur Frauen es können – entlockte dem Mann das Geheimnis, und er sagte ihr schließlich, wie es komme, daß sie so gut lebten. Da denkt die Frau: »Warte nur, laß mich nur an dein Korn herankommen; dann wird alles anders werden.«

Und tatsächlich, eines Tages ging der Mann aus dem Haus, vergaß aber das Korn in seinem Anzug zu Hause hinter der Tür. Als der Mann das Haus verlassen hatte, begann die Frau eiligst nach dem Korn zu suchen. Und tatsächlich, sie fand es auch. »So! Ich werde nicht länger mit dir zusammen leben!«

Und sie dreht das Korn herum und denkt bei sich: »Ach, wenn ich doch jetzt bei meinem Vater und meiner Mutter wäre!« Und im Nu war sie bei ihnen. Ihr Mann aber blieb in jener alten Hütte zurück, und nichts blieb ihm übrig als hundert Forint, die er in seiner Hosentasche hatte. Ach, was sollte er nur machen? Was sonst, als losgehen und sie suchen! Er bereitete alles vor und machte sich auf den Weg. Er ging mehrere Tage, bis er in einen großen Wald kam. Ach, was sollte er machen? Er mußte durch diesen Wald hindurch. So ging er und ging und kam mitten in den Wald. Da sieht er vier Räuber sitzen, die ein Feuer entfachen. Er hatte sie aber zu spät bemerkt, denn er war schon sehr nahe herangekommen, und sie hatten ihn schon gesehen. Ach, was sollte er da machen? Er ging auf sie zu und trat zu ihnen. Da riefen alle vier sogleich: »Sei gegrüßt, Bruder!«

Und jeder von ihnen reichte ihm die Hand, und er reichte ihnen die seine. Die Räuber hielten ihn für ihren Bruder, denn sie hatten einen Bruder gehabt, der aber umgekommen war. Er aber war ihrem Bruder sehr ähnlich, und so begannen sie ihn zu fragen: »Wie geht es dir, Bruder?«

Er antwortet: »Gut.«

Sie fragen ihn weiter: »Was hast du erworben, seit wir uns nicht mehr gesehen haben?«

Er antwortet: »Ach, liebe Brüder! Sehr wenig. Nichts als hundert Forint.«

Gut. Und dasselbe fragt er sie: »Und ihr, was habt ihr erworben?«

Da antwortet der erste: »Ich habe diese Stiefel hier erworben; wenn ich die anziehe und einen Schritt mache, dann komme ich eine Meile weit.«

Der zweite sagt: »Ich habe diesen Mantel erworben. Wenn ich den anziehe, sieht mich niemand.«

Der dritte sagt: »Ich habe diesen Sack hier erworben. Wenn ich mich darauf setze, wird daraus ein Pferd, wie es nirgends seinesgleichen hat.«

Da denkt der Junge: »Das wäre gut, wenn ich diese Sachen von ihnen bekommen könnte.«

Und er sagt zu dem einen: »Höre, Bruder, das glaube ich

dir nicht, daß du solche Stiefel hast, mit denen du so weit gehen kannst«, und zu dem anderen: »und dir nicht, daß du einen Mantel hast, in dem dich niemand sehen kann, wenn du ihn anziehst.«

Der eine antwortet: »Hier, zieh sie an.«

Und der andere sagt: »Hier, zieh auch den Mantel an.«

Er zieht die Stiefel und den Mantel an und versucht, ihnen das wegzunehmen, was sie vor sich liegen haben. Sie aber sagen nichts, denn sie können ihn nicht sehen. Da entfernt er sich langsam und geht fort. Dann begann er weit auszuschreiten und war bald bei jenem Zaren, wo seine Frau war. Er fragt nach der Zarentochter, und man sagt ihm, daß sie zur Verlobung in die Kirche gegangen sei. Was soll er da machen? Er geht in die Kirche; sie aber ist schon vor dem Altar, ihr Bräutigam legt gerade die Beichte ab. Er wartet ab. Nach der Beichte geht er zu der Braut vor den Altar, wo sie der Pfarrer trauen sollte. Da kommt der Pfarrer und beginnt sie zu fragen, zu ermahnen und ihnen zu sagen, was sie zu tun hätten. Ihn aber, ihren ersten Mann, sehen sie nicht. Als der Pfarrer sie so fragt und ermahnt, gibt er ihr eine ordentliche Ohrfeige, und danach auch ihm (dem neuen Bräutigam). Der Bräutigam, der gerade kniete, springt auf und sagt: »Herr, mit dieser Braut will ich nicht getraut werden.«

Die Braut fragt ihn: »Warum nicht?«

»Weil irgend etwas zwischen uns ist. Jemand hat mir solch eine Ohrfeige gegeben, daß ich beinahe umgefallen wäre.«

Darauf sagt sie, das mache nichts, man solle sie nur trauen. Gut, der Pfarrer will sie trauen; er aber gibt dem Bräutigam wieder ein Ohrfeige.

Da sagt der Bräutigam: »Ich will nicht heiraten. Mir hat wieder jemand eine Ohrfeige gegeben.«

Und sie: »Ach was, macht nur weiter.«

Der Pfarrer beginnt noch einmal mit der Trauung; da gibt er auch ihm eine leichte Ohrfeige. Da sagt der Pfarrer: »Ich will euch nicht trauen; mir hat ebenfalls jemand eine Ohrfeige gegeben.«

Jetzt legt ihr früherer Bräutigam den Mantel ab, so daß sie ihn sehen konnten, und sagt: »Ach so, hier bist du! Willst du denn zwei Männer haben! Und willst du dich zweimal trauen lassen?«

Da erschrickt sie sehr und flieht aus der Kirche.

Ihr zweiter Bräutigam aber, der jenseits eines kleinen Meeres wohnte, kehrte ebenfalls nach Hause zurück.

Der Arme aber, was sollte er jetzt machen? Er hatte die beiden vertrieben. Aber wie sollte er wieder an sein Korn kommen? Er erkundigte sich, woher jener Bräutigam sei, und erfuhr, daß dieser jenseits eines Meeres wohnte. Da machte er sich dorthin auf den Weg und kam ans Meer.

»Was nun?« dachte er. »Wie soll ich da hinüber? Was für ein großes Wasser!« Da fällt ihm sein Kater ein, und er sagt: »Ach, wenn doch mein Kater hier wäre! Und wenn doch meine Maus hier wäre! Die könnten mir jetzt helfen.«

Er hatte das noch nicht ganz ausgesprochen, da waren Kater und Maus schon zur Stelle. Sie fragen ihn: »Was befehlt Ihr, Herr?«

Er erzählt den beiden von dem Unglück, das ihm widerfahren war. Da nimmt der Kater die Maus und bringt sie über das Wasser. Sie kamen vor das Haus, wo jene schliefen. Aber wie sollen sie da hineinkommen? Der Kater springt auf das

Fenster, die Maus hinter ihm her. Zu ihrem Glück war das Fenster geöffnet. Sie gehen hinein und überlegen, wie sie an das Korn kommen können? Die beiden schliefen fest. Jener Bräutigam aber hatte das Korn im Mund unter der Zunge. Da hat der Kater einen Einfall und springt auf den Tisch; auf dem Tisch stand eine Schüssel mit Suppe, von der sie zu Abend gegessen hatten und von der etwas übriggeblieben war. Der Kater steckte den Schwanz in diese Suppe und strich dem Bräutigam damit über den Mund; da räusperte sich dieser und spuckte aus. Dabei spuckte er auch das Korn mit aus. Die Maus sprang sofort hin, nahm das Korn auf und lief hinaus, um es dem Herrn zu bringen. Der Kater aber hinter ihr her.

In der Nähe des Ufers holte sie der Kater ein. Jeder wollte dem Herrn das Korn übergeben, und so fingen sie an, sich darum zu raufen. Bei dieser Rauferei fiel das Korn ins Wasser. Was sollten sie da machen? Der Kater ging zu dem Herrn der Fische und bat ihn: »Hör zu, befiehl deinen Fischen, sie sollen alle herauskommen, und jeder soll sagen, was er heute gegessen hat. Mir ist ein Korn ins Wasser gefallen; vielleicht hat es einer verschluckt?«

Das befahl der Herr. Da kam ein Fisch und sagte, daß er das Korn verschluckt hätte, und der Kater sagte, daß er sich erbrechen solle. Das tat der Fisch. Die Maus war dabei, und als der Fisch das Korn erbrochen hatte, packte sie es sofort und lief damit zu ihrem Herrn. Der Kater aber hinter ihr her; er packt die Maus und frißt sie auf der Stelle auf. Seit jenem Tag frißt der Kater Mäuse.

Der Herr nahm das Korn an sich und dachte: »Wäre ich doch mit meiner Frau wieder in der Heimat!«

Und sofort waren sie da und lebten von nun an schön zusammen; ich weiß nur nicht, wie lange. Ich weiß auch nicht, ob es wahr ist oder nicht; so jedenfalls wird es erzählt.

Der Federkönig

Es war einmal ein Paar armer Leute auf dem Feld. Sie hatten auch ihr kleines Kind mit, das lag in einer Schaukel, die war aus Windeln und hing an vier Stecken. Auf einmal kam eine wilde Katze aus dem Wald und nahm das Kind, trug es fort in ihre Höhle; sie tat ihm aber nichts zuleide, sondern pflegte es, brachte ihm Kräuter, Wurzeln und Erdbeeren, so daß es keine Not litt. Also wuchs es auf in der Höhle; es war aber ein Knabe, und wie der groß war, sprach die Katze zu ihm: »Nun sollst du die Königstochter heiraten!«

»Aber ich bin ja nackt«, sprach der Knabe, »wie soll ich vor den König gehen!«

»Mache dir keine Sorgen, ich will dir gleich ein Kleid schaffen.« Da lief die Katze in den Wald und hatte ein silbernes Pfeifchen, sie blies einmal und zischelte und raschelte dann, und alsbald kamen viele Vögel und wilde Tiere zusammen. Sie nahm von jedem Vogel eine Feder, machte daraus ein Kleid und brachte es dem Knaben; dann führte sie ihn zu den Tieren und sprach: »Jetzt gehe zum König, diese Tiere müssen dir nachfolgen, dann sage beim Eintritt: ›Herr König, der Federkönig schickt euch dies Geschenk!‹« Also ging der Knabe in die Burg und sagte so, wie ihn die Katze gelehrt hatte.

Als der König die vielen Tiere sah, freute er sich und sprach: »Das muß ein reicher König sein!« Den folgenden Tag schickte die Katze den Knaben wieder mit vielen Tieren hin und beschied ihn, er solle sagen: »Das ist wieder ein Geschenk vom Federkönig«, und wenn der König sich verwundere und sage: »Wie lieb wäre es mir, wenn ein so reicher König meine Tochter zur Frau nähme«, da solle er nur sprechen: Ja, das werde der Federkönig gerne tun, und nach drei Tagen werde er kommen und Hochzeit halten. So geschah es, wie der Knabe ins Schloß kam. Der König freute sich über das neue Geschenk und verwunderte sich sehr und sagte, wie er so sehr wünsche, daß ein so reicher König seine Tochter zur Frau nähme. Da antwortete der Knabe, wie ihn die Katze gelehrt hatte, der Federkönig werde das gerne tun und nach drei Tagen kommen und Hochzeit halten. Als die Zeit um war, lief die Katze wieder in den Wald und blies auf dem silbernen Pfeifchen dreimal und zischelte und raschelte dreimal nach Katzenart. Da kamen alle Vögel und wilden Tiere zusammen, und die Katze wählte jetzt die schönsten und farbigsten Federn und machte daraus einen Mantel, der glitzerte und glänzte wie der Sternenhimmel, und gab ihn dem Knaben. Diesmal ging auch die Katze mit zum Hof. Als sie nicht weit vom Schloß waren, sprach sie zum Knaben: »Jetzt wirf dein altes Federkleid fort, ich bringe dir gleich schöne Kleider aus dem Schlosse; denn den Federmantel sollst du nur zum Schmuck gebrauchen.« Damit lief sie schnell ins Schloß und rief: »Nur schnell königliche Kleider her, der Federkönig kommt und ist in einen Sumpf gefallen, er braucht frische

Kleider!« Da gab der König seine besten Kleider hin, und die Katze lief damit fort, brachte sie dem Knaben und kleidete ihn an.

Also, jetzt kam er ins Schloß, und ihm folgten alle Tiere nach. Wie er aber eintrat, legte er den Federmantel um, der glitzerte und glänzte, daß man es kaum aushalten konnte. Da freuten sich der König und die Königstochter über den reichen Bräutigam. Als aber die Hochzeit vorüber war, sprach der König: »Ich möchte doch gerne dein Land und deinen Palast sehen, ich fahre mit!« Wie nun der Federkönig mit seiner jungen Frau im Wagen saß, sah er immer auf seine schönen Kleider und nicht auf seine Frau. Das merkte die Katze, sprang ihm in den Nacken und tschack! kratzte sie ihn einmal. »Sieh doch auf deine Frau!« flüsterte sie, »wenn du aber dich wieder vergißt und man dich fragt, warum du immer auf deine schönen Kleider schaust, so sage, du hättest daheim viel schönere.« Damit lief die Katze fort und war immer voraus. Der Federkönig sah bald wieder auf seine schönen Kleider. Da fragte ihn die junge Frau: »Warum das?« Er antwortete: »Ich habe daheim viel schönere.« Nun kam die Katze zu einer großen Schafherde; sie lief zum Hirten, sprang ihm in den Nacken und tschack! kratzte sie ihn einmal, daß ihm das Blut floß. »Wenn man dich fragt, wem diese Herde gehöre, so sprich: ›dem Federkönig!‹, sonst komme ich wieder und zerkratze dich ganz.« Als nun der König und das junge Paar hinkamen, fragte der König den Hirten: »Wem gehört denn diese schöne Herde?« Der Hirte sprach: »Die gehört dem Federkönig«, denn er wollte nicht noch einmal so gekratzt werden. »Ja, die ist mein«, sagte gleich der Knabe, denn er merkte, das hatte die Katze so angestellt.

Bald darauf kamen sie zu einer großen Büffelherde; die Katze war aber schon dagewesen und hatte den Hirten auch einmal gekratzt und ihm gesagt, wenn er nicht spreche, die Herde gehöre dem Federkönig, so werde sie ihn ganz zerkratzen. Als nun der König fragte: »Wem gehört denn die schöne Herde?«, so sprach der Hirte: »Na, die gehört dem Federkönig«, denn er wollte nicht noch einmal zerkratzt werden. »Ja, die ist mein«, sagte der Junge im Wagen, und der König wunderte sich sehr und sprach: »Ich hätte doch nie geglaubt, daß du so reich wärest!« Danach kamen sie zu einer Pferdeherde; auch da war die Katze schon gewesen und hatte den Hirten gekratzt und ihm gesagt, wie er sprechen müsse; und als der König fragte: »Wem gehört denn die große Pferdeherde?«, so sprach er: »Na, dem Federkönig!«, denn er wollte nicht noch einmal gekratzt werden. »Ja, die ist auch mein!« sagte der Junge im Wagen. »Jetzt glaube ich, daß du viel reicher bist als ich und auch daheim alles viel schöner haben wirst als ich!« sprach der König.

Endlich gelangten sie in ein Schloß, das gehörte dem mächtigen Zauberer. Da war alles von Gold und Silber, Kristall und Edelsteinen, auf das schönste geordnet, und der Tisch stand gedeckt. Sie setzten sich gleich und aßen.

Die Katze aber blieb vor der Tür und hielt Wache. Nicht lange, so kam der Zauberer und polterte und lärmte: »Räuber in meinem Schloß, an meinem Tisch! Aha! Wehe euch!« Die Katze aber stand in der Tür und ließ ihn nicht ein und sprach: »So sage mir nur erst, bist du wirklich der große Zauberer, für den man dich hält? Man erzählt, du könntest dich in was immer, in große und kleine Tiere verwandeln!«

»Ja, das ist für mich eine Kleinigkeit!« sprach er und verwandelte sich gleich in einen Löwen.

Da fürchtete sich die Katze und sprang aufs Dach. »Das ist wohl gegangen!« rief die Katze; »nun möchte ich sehen, ob du dich in ein kleines Tier, in eine Maus, verwandeln kannst, das ist gewiß schwer und dir nicht möglich!« Sogleich verwandelte sich der Zauberer in eine Maus, und im Nu sprang die Katze vom Dache herunter auf die Maus und zerriß sie.

Nun rief sie den Jungen aus dem Saal hinaus und sprach: »Meiner Hilfe bedarfst du nicht weiter, das Schloß und alles, was darin und darum ist, und die großen Herden, die du gesehen hast, sind nun wirklich dein, denn ich habe den Zauberer, dem das alles gehörte, umgebracht! Jetzt aber verlange ich von dir einen Dienst; nimm dein Schwert und schlage mir das Haupt ab.«

Aber der Junge wollte nicht und sprach: »Wie könnte ich so undankbar sein!«

»Wenn du es nicht gleich tust, so kratze ich dir die Augen aus!«

Da nahm er ein Schwert, und auf einen Hieb flog das Haupt fort; aber sieh, da stand auf einmal eine wunderschöne Frau. Der Junge nahm sie gleich an den Arm und führte sie hinein an die Tafel und sprach: »Dies ist meine Mutter!« Die Frau aber gefiel dem alten König sehr, und weil seine Gemahlin gestorben war, so nahm er ihre Hand und sprach: »Wollen wir nicht auch Hochzeit feiern?« Sie hatte nichts dagegen, und so dauerte das Fest noch acht Tage. Darauf zog der alte König mit seiner neuen Frau heim. Der Junge aber mit der Königstochter blieb im Zauberschloß und war reicher als sieben Könige.

Caoilte Cosfhada

In alten Zeiten lebte einmal ein Ehepaar, und zwar in Gráinleathan, nahe Baile-an-Locha in der Grafschaft Roscommon. Sie waren schon über zwanzig Jahre verheiratet und hatten keine Kinder.

Eines Morgens ging Diarmuid – so hieß der Mann – aufs Feld, um zu versuchen, einen Hasen zu erwischen. Es war eine Menge Schnee gefallen, und der Nebel hing so dick, daß man auf eine halbe Rute nichts erkennen konnte. Diarmuid kannte sich auf jedem Zollbreit Boden gut aus, eine Meile ringsum. Aber trotzdem verirrte er sich. Er wollte zur Heide gehen, die am Rande eines Torfstichs lag. Dort pflegten Hasen zu sein. Er wanderte immerfort, stundenlang, und konnte den Rand des Moores nicht finden. Schließlich wollte er nach Hause. Aber er fand auch nicht den Heimweg. Er ging, bis er ganz müde war, und setzte sich dann hin. Da sah er einen alten Hasen herankommen. Er hob schon die Hand, um ihn niederzuschlagen. Doch der Hase sprang beiseite und sagte: »Halte deine Hand zurück, Diarmuid! Erschlag nicht deinen Freund!«

Diarmuid wäre bald umgefallen, so schwach wurde er vor Schreck. Als er zu sich kam, stand der schwarze Hase vor ihm und sprach: »Hab keine Angst vor mir! Ich kam nicht, um dir zu schaden, sondern um dir zu nützen. Fasse Mut und höre zu: Du hast den Weg verloren; denn du bist auf den Irrhügel geraten. Du würdest im Schnee umkommen, wenn ich mich nicht deiner erbarmte. Du weißt ganz gut, daß du viele meines Stammes umgebracht hast, und sie haben keine Rache an dir geübt. Ich werde dir sogar Gutes tun nach allem, was du an uns verübt hast! Sage mir deinen größten Herzenswunsch. Ausgenommen das Himmelreich will ich dir verschaffen, was du dir wünschest.«

Diarmuid besann sich ein Weilchen und sagte: »Über zwanzig Jahre bin ich schon verheiratet und habe keine Kinder. Ich und meine Frau werden niemanden haben, der uns im Alter beisteht, der uns aufs Totenbett legt und uns betrauert. Es ist mein größter Herzenswunsch – und auch der meiner Frau –, einen Sohn zu haben. Doch ich fürchte, jetzt sind wir schon zu alt.«

»Wahrhaftig, nein«, sagte der Hase. »Deine Frau soll von heute in neun Monaten einen Sohn haben, und auf dem ganzen Erdenkreis wird nicht seinesgleichen zu finden sein. Jetzt folge meiner Schneespur, ich will dich heimführen. Aber was dir auch begegnet – erzähle keiner lebenden Seele, daß du mich sahst. Und dann versprich mir, von jetzt ab keinen Hasen mehr zu töten!«

»Ich verspreche es dir!« sagte Diarmuid. Hierauf lief der Hase immer vor ihm her, bis sie an die Giebelseite des Hauses kamen. »Hier ist dein Haus«, sagte der Hase. »Geh hinein!«

Als Diarmuid eintrat, hieß ihn Roise, sein Weib, willkommen und sagte: »Wo bist du nur den langen Tag über gewesen? Ich wollte schon gehen und dich suchen. Du bist vor Kälte erstarrt und halbtot vor Hunger.«

»In der Tat, sei du glücklich, Frau, daß ich nicht im Sumpfloch oder in der Sandgrube untersank. Ich bin auf den Irrhügel geraten und fand mich nicht zurecht. Aber verlaß dich auf mein Wort: Solange ich lebe, spüre ich keinem Hasen mehr nach.«

Es war gut und war nicht schlecht.

Diarmuid dachte an nichts weiter als an den Erben, der ihm zugedacht war. Als er merkte, daß Roise ihm gewiß ein Kind schenken würde, war er der glücklichste Mann, den man sich in der Welt nur denken kann. Er ließ eine Wiege bauen und alles herrichten für den jungen Erben, den er erwartete. Als die Nachbarn wahrnahmen, daß Roise schwanger war, fanden sie es wunderbar; denn sie war schon über fünfzig Jahre alt und hatte kein bißchen Fleisch an sich. Ihr Körper war so ausgetrocknet wie bei einer Siebzigjährigen. Alle Leute redeten von Roise und Diarmuid.

Als neun Monate vergangen waren, bekam Roise einen kleinen Sohn. Diarmuid schickte den alten Frauen des Ortes eine Einladung zum Festschmaus am Tage der Taufe. Er hätte sie besser da gelassen, wo sie waren!

Als das Kind geboren wurde, war es gar nicht wie ein anderes. Es war vier Fuß lang, dünn wie ein Stock, mit Füßen, die mehr als einen Fuß Länge hatten. Die Frauen staunten, alt und jung: solch ein Neugeborenes wie dies hier hatten sie noch nicht gesehen! Diarmuid gab ihnen Schnaps, und sie lobten das Kind, bis alles ausgetrunken war. Danach begannen sie, es schlechtzumachen.

»Heißt es nicht Diarmuid?« fragte eine halbbetrunkene Alte.

»Nun«, meinte eine andere alte Frau, »es wäre recht verkehrt, ihn Diarmuid zu nennen. Caoilte Cosfhada (der dünne Langfuß, der langfüßige Dünne) sollte er vielmehr heißen!«

»Wir wollen ihm diesen Namen geben«, sagte die erste Frau darauf. Roise hörte die Reden mit an und wurde zornig.

Sie rief Diarmuid und sagte ihm leise ins Ohr, daß die Frauen heimlich über den jungen Diarmuid spotteten. Er sollte sie aus dem Haus jagen.

Diarmuid ging auf die Frauen los und wollte sie hinauswerfen. Noch nie hat es in Gráinleathan ein solches Gekeife gegeben wie das zwischen Diarmuid und den Frauen. Sie wollten keinen Fußbreit weichen. Diarmuid war genötigt, ihnen noch erst ein Fläschchen Schnaps zum besten zu geben, ehe sie in Bewegung kamen.

Aber wie dem auch war, der Name ›Caoilte Langfuß‹ blieb an dem jungen Diarmuid haften, solange er lebte.

Als der Junge zehn Jahre alt war, hatte er mehr als sechs Fuß Länge. Dabei war er dünn wie eine Angelrute, und seine Füße maßen von den Knöcheln an anderthalb Fuß und waren schmal wie ein Daumen. Was das Laufen anbelangt, übertraf ihn kein Jagdhund oder Windspiel in ganz Irland. Er ging selten aus dem Haus; denn die Leute machten sich über ihn lustig. Beim Ballschleudern brauchte Caoilte keinen Krückstock, sondern er trieb den Ball mit den Füßen. Und hatte er ihn erst vor sich, so holte keiner ihn ein! Die Jahre vergingen, und Caoilte wuchs. Mit einundzwanzig Jahren hatte er eine Länge von mehr als siebeneinhalb Fuß. Aber er war noch nicht dicker geworden, als er mit zehn Jahren gewesen war. An ihm saß gerade soviel Fleisch wie an einer Zange. Dabei bekam er genug zu essen und zu trinken. Er verzehrte mehr als sieben Mann! Die Leute meinten, er wäre gar kein richtiger Mensch, sondern ein alter Stock. Und Eingeweide hätte er auch nicht. Doch Diarmuid und Roise fanden, es gäbe im ganzen Lande keinen halb so ansehnlichen jungen Mann wie ihn, und sie meinten, er würde schon noch dicker und fetter werden, wenn er nur erst mit Wachsen aufhörte; das Fleisch würde dann schon kommen. Indessen, es kam nicht.

Eines Tages nun war Caoilte mit seinem Vater im Torfstich, um dort Torf aufzustapeln. Da sahen sie einen Hasen laufen, und zwar aus Leibeskräften. Ein Wiesel verfolgte ihn und kam ihm schon dicht auf den Pelz. Da schrie der Hase, so laut er konnte. Caoilte lief ihm nach und erwischte ihn, ehe ihn das Wiesel einholte. Nun war dies erbost und griff ihn an. Es zerriß und zerkratzte ihn und warf ihm Schaum ins rechte Auge, daß es davon erblindete. Dann lief das Wiesel fort und verschwand in einem Torfhaufen.

Während der ganzen Zeit hatte sich der Hase an Caoiltes Brust verkrochen. Als das Wiesel fort war, sagte er: »Ich danke dir diesmal mein Leben, Caoilte, aber du selbst bist auch in Gefahr. Das Wiesel ist eine Hexe. Du hast jetzt nur ein Auge. Aber stecke deine Hand in mein rechtes Ohr, und du wirst darin ein Fläschchen mit Öl finden. Reibe damit dein Auge ein, so wirst du dein Augenlicht wiederhaben, und es wird so gut sein, wie es war.«

Caoilte tat das und erlangte sein Augenlicht wieder. Dann fuhr der Hase fort: »Nun laß mich wieder meiner Wege gehen. Immer wenn du für die Jäger einen Hasen aufspüren willst, komm hin zum Binsensumpf am Seeufer. Dort werde ich sein. Kein Jagdhund der Welt, kein Windspiel kann mich einholen. Nur du kannst mich greifen, wenn du Lust hast. Aber bei allem, was dir begegnet, liefere mich nicht den Hunden oder Jägern aus! Und nun sei auf deiner Hut heute nacht! Das Wiesel wird dich aufsuchen und dir die Kehle zerschneiden, wenn du nicht den Kater von Brigid Ní Mathghamhain bei dir im Bett hast. Du wirst seine Stimme vernehmen, die sagt:

›Es ist der Kater von Brigid Ní Math'úin,
Der den Speck fraß.
Und es ist der Kater von Brigid Ní Math'úin,
Der den Speck fraß.‹

Sobald du dies dreimal hintereinander gehört hast, laß den Kater los, und dann bist du ohne Gefahr!«

Caoilte gab nun den Hasen frei und ging zu seinem Vater zurück. Er erzählte ihm, was sich zugetragen hatte. «Aha!« sagte der Vater. »Der Hase ist dein bester Freund! Befolge seinen Rat! Aber sieh dich selbst vor und erzähle nichts von ihm den Nachbarn! Gib ihnen keinen Anlaß zu Gerede! Denn erzählst du ihnen die Geschichte, so kannst du weder in unserm Bezirk hier noch in den sieben nächsten ungestört leben!«

»In der Tat, ich bin nicht so dumm«, sagte Caoilte. »Von Geburt an war ich kein Schwätzer. Aber ich bitte dich, daß du hiervon auch meiner Mutter nichts erzählst.«

Jenen Abend ging er hin zum Haus der Brigid Ní Mathghamhain und wollte sie um ihren Kater bitten. Als er nahe am Haus war, bemerkte er einen Fuchs; der hatte Brigids Gänserich gestohlen. Caoilte verfolgte ihn, und als er ihm dicht auf den Pelz kam, ließ der Fuchs den Gänserich fahren und entwischte selbst in einen kleinen Wald nahebei. Caoilte brachte den Gänserich zu Brigid und sagte zu ihr: »Der Fuchs hatte ihn schon gepackt, doch ich habe ihm seine Beute entrissen.«

»Ich bin dir sehr dankbar«, antwortete sie ihm. »Wünschest du irgend etwas? Oft kommst du ja nicht zu Besuch!«

»Ich wollte dich bitten, mir deinen Kater zu leihen. Unser Mehlsack ist von Mäusen zerbissen.«

»Nimm ihn gern mit«, sagte sie, »und behalte ihn, bis er alle Mäuse im Haus getötet hat. Er ist ein Bursche, der's versteht, sie zu vertreiben.«

Caoilte trug den Kater heim und ging ins Bett. Aber kein Schlaf kam in seine Augen. Etwa eine halbe Stunde vor Mitternacht hörte er das Lied:

»Es ist der Kater von Brigid Ní Math'úin,
Der den Speck fraß.
Und es ist der Kater von Brigid Ní Math'úin,
Der den Speck fraß.
Und es ist der Kater von Brigid Ní Math'úin,
Der den Speck fraß.«

Als er diese Worte das drittemal vernommen hatte, war die Stimme ganz dicht bei ihm. Aber der Kater war tüchtig, sprang hervor und sagte: »Du Lügenhexe! Nicht ich, sondern du hast den Speck gestohlen!« Und er griff das Wiesel an. Und so etwas von Beißen und Kratzen und Kreischen hat nie ein Mensch gehört! Die arme Roise war närrisch von Angst und vermochte nichts weiter zu sagen als: »Still! Wirst du wohl raus, Katz!« Und das wiederholte sie, bis ihr die Kehle heiser war. Der Kampf dauerte an, bis der Tag dämmerte. Dann verließ das Wiesel das Schlachtfeld und verschwand in einem Loch. Der arme Kater war ohne Haut und Haare. Als Caoilte ihn anfassen wollte, sprach er: »Reibe mich mit dem

Öl ein, das du im Ohr des Hasen fandest.« Das tat Caoilte und heilte ihn damit, so daß er gesund war wie vorher. »Nun«, sagte der Kater zu ihm, »jetzt ist dein Feind tot, fürchte ihn nicht mehr!«

Caoilte gab dem Kater Milch. Er ging dann heim, während Caoilte einen Besen nahm und Haut und Haare auskehrte. Aber Blutspuren blieben am Boden. Alles Wasser im See hätte sie nicht fortwischen können!

Eines Tages gab es in der Grafschaft Roscommon eine große Jagd, und der Hirsch wandte sich Gráinleathan zu. Caoilte befand sich gerade auf dem Felde, als er sah, wie er kam und Hunde und Reiter hinterdrein stürmten. Caoilte setzte dem Hirsch nach, und einer der Jäger sagte zu ihm: »Gelingt es dir, ihn zurückzutreiben, ehe er über den Fluß setzt, gebe ich dir ein Goldstück.« Während er zu Caoilte redete, war ihnen der Hirsch schon weit voraus. Doch bald hatte Caoilte ihn eingeholt und trieb ihn dann zurück. Er hielt nun an, bis der Jäger herankam, und der gab ihm ein Goldstück.

Der Hirsch lief dem See zu. Als die Hunde ihm ganz nahe waren, sprang er ins Wasser und schwamm auf die andere Seite. Die Hunde konnten ihm nicht mehr nach. Als die Jäger das Seeufer erreicht hatten, sagten sie zueinander: »Der Hirsch ist fort. Es gelingt uns nicht mehr, ihn heute noch aufzuspüren. Er entkam in den Wald von Loch Glinn.«

Caoilte hörte ihr Gespräch mit an und sprach: »Ich wette meinen Kopf für zehn Penny, daß ich den Hirsch noch einhole und daß ich ihn zu euch zurücktreibe, noch ehe er halbwegs Loch Glinn erreicht. Wenn es euch recht ist, wartet hier eine halbe Stunde. Ich schaffe euch den Hirsch her – oder gebe euch die Erlaubnis, mir den Kopf abzuschlagen.«

»Gut«, sagten sie, »wir werden eine halbe Stunde warten.«

Nun lief Caoilte aus Leibeskräften und holte den Hirsch ein beim Hügel Breccna-Môr. Er trieb ihn zurück und hatte ihn bald wieder zum Seeufer gejagt. Als die Jäger sahen, wie der Hirsch ankam und Caoilte hinterdreinjagte, staunten sie und sagten, Caoilte sei ein Elf, man müßte ihn aus der Gegend vertreiben. Doch sie hatten jetzt keine Zeit, etwas gegen ihn zu unternehmen. Die Hunde jagten dem Hirsch nach, und sie selbst mußten folgen. Der Hirsch lief immer vor ihnen her und wandte sich Caislean Riabhach zu. Dann bog er ab in ein kleines Gehölz nahe bei Baile-an-Locha. Dort verloren sie ihn. Die Jäger gingen nach Caislean Riabhach. Damit war die Jagd für den Tag zu Ende.

Caoilte ging nach Hause und war sehr zufrieden mit dem Goldstück und seinem Tagewerk. Er gab es seinem Vater und erzählte ihm, was er erlebt hatte.

Etwa eine Woche später war Caoilte im Moor, um Heidekraut zu ziehen für die Kuh. Da kamen dieselben Jäger wieder den Weg entlang. Sie fragten ihn, ob er einen Hasen gesehen hätte.

»Nein«, gab er zur Antwort. »Aber ich weiß, wo ein Hase steckt.«

»Spüre ihn für uns auf!« sagte einer. »Wir werden dir dafür den Preis von ein Paar Schuhen geben.«

»Das ist etwas, das ich nicht brauche«, meinte Caoilte, »aber gebt mir den Preis von ein Paar Hosen.«

»Ja«, sagten sie.

»Gebt es mir vorher«, sprach Caoilte. »Vergangene Woche gewann ich zehn Penny von den Jägern, sie haben sie mir nicht gegeben. Bin ich auch wunderlich anzusehen, so bin ich doch kein Narr!«

Sie gaben ihm fünf Geldmünzen und sagten ihm, er sollte ihnen nun den Hasen auftreiben. Da ging er zum Binsenloch am Seeufer und spürte seinen Freund, den Hasen, auf. Hunde und Jäger hetzten hinter ihm her. Er aber wandte sich dem Torfstich zu, und sie holten ihn nicht ein.

Die Jäger kamen fünf Tage hintereinander, und Caoilte trieb alle Tage den Hasen für sie auf. Aber sie konnten ihn nie fassen. Am sechsten Tag sagten sie zu Caoilte, er sei ein Zauberer und habe ihnen immer einen verhexten Hasen zugetrieben.

»Ist das eure Vermutung, so treibt euch selbst einen zu!« versetzte Caoilte.

Da wollten sie ihn greifen. Doch er war zu flink für sie. Sie verfolgten ihn bis nach seinem Haus und forderten dort seinen Vater und seine Mutter auf, ihn herauszugeben, sie wollten ihn töten.

»Was tat euch Caoilte?« fragte der Vater die Jäger.

»Er ist ein verhexter Elf«, erwiderten sie.

Als Roise das vernahm, kam sie herausgelaufen, und seid versichert, sie setzte ihre Zunge in Bewegung! Aber ihr Reden half nichts. Die Männer riefen, wenn Caoilte nicht herauskäme, wollten sie das Haus in Brand stecken. Als Caoilte das hörte, griff er nach dem Schaufelstiel, Diarmuid nach der Zange und Roise nach dem Kesselhaken. Caoilte lief hinaus, griff sie mit seinem Spaten an und streckte sie nieder. Und allen, die er hinwarf, gaben es sein Vater und seine Mutter mit Zange und mit Kesselhaken noch obendrein. Schließlich lagen alle Männer am Boden, unfähig, sich zu wehren. Allmählich kamen sie zu sich und verliefen sich nach und nach, bis auch der letzte fort war.

Nach einigen Tagen gingen sie zum Priester und beklagten sich heftig über Caoilte und seine Eltern.

»Ich werde zu Diarmuid hingehen«, sagte der Priester, »und über diesen Fall Erkundigungen einziehen.«

Am Morgen darauf ging der Priester zu Diarmuids Haus und bekam dort die Ursache des ganzen Streits zu hören. Er ging heim und schickte nach den Leuten, die die Klage vorgebracht hatten. »Weder Diarmuid ist zu tadeln noch seine Frau noch der Sohn«, sagte er. »Hättet ihr nicht angefangen, sie hätten euch kein Unrecht zugefügt. Und ich rate euch, sie in Ruhe zu lassen.«

Mit dem Rat des Priesters waren sie nicht zufrieden. Sie verschworen sich, heimlich bei der Nacht das Haus von Diarmuid anzuzünden, sobald er und seine Frau und der Sohn schliefen.

An demselben Tag ging Caoilte zum Torfstich, um einen Korb Torf zu holen. Da traf er den Hasen, und der sagte: »Höre, Caoilte, heute nacht will eine Schar Leute zu eurem Haus, um dich, deinen Vater und deine Mutter zu verbrennen. Doch ich werde über ihre Augen einen Nebel breiten, daß sie irregehen. Sie werden nicht den Weg zu deinem Haus finden und auch nicht zu ihrem eigenen, bis der Morgen naht. Und wenn sie etwa noch einen Versuch gegen dich machen sollten, werden sie im See ertrinken.«

An jenem Abend wurde von Haus zu Haus die Losung gegeben: alle diejenigen, welche zu Diarmuids Haus wollten, um es anzuzünden, sollten sich vor Mitternacht am Kreuzweg treffen. Etwa zwanzig Mann versammelten sich an

Ort und Stelle. Sie gingen in der Richtung auf Diarmuids Haus zu. Aber sie fanden es nicht. Da wollten sie heimkehren. Aber sie konnten weder ihr Haus noch ein anderes finden. Das dauerte, bis die Morgenröte am Himmelsrand sichtbar wurde. Da sahen sie sich nach einer langen Nachtwanderung am selben Kreuzweg wieder, von dem sie ausgegangen waren.

Von jener Nacht an belästigten sie weder Caoilte noch seinen Vater, noch die Mutter. Aber sie mieden ihn, als wäre er ein Spion oder Dieb.

Eines Tages nun war Diarmuid wieder beim Torfstich, als der alte schwarze Hase ankam, derselbe, der zu ihm gekommen war an jenem Morgen vor zweiundzwanzig Jahren, als er sich verirrt hatte.

»Nun«, hub er an, »ich komme, um dir mitzuteilen, daß deine Lebenszeit und die deiner Frau nur noch kurz bemessen ist. Wenn ihr also etwas zu ordnen habt, macht das bald. Ihr habt nur noch eine Woche zu leben!«

»Und was wird aus Caoilte«, fragte Diarmuid, »wenn er keinen Menschen hat, der ihn schützt?«

»Sorge dich nicht um Caoilte«, sprach der Hase. »Er ist von meinem Stamm, und ich werde ihn zu mir nehmen. Und, nimm mein Wort darauf – er wird glücklicher sein als unter seinen Nachbarn! Nun brauchst du nicht mehr das Geheimnis zu bewahren, sondern kannst es jedem Beliebigen erzählen.«

Diarmuid war auf dem Heimwege und tief betrübt, als er seinen Brudersohn traf. Er erzählte ihm die Geschichte von Anfang bis zu Ende.

»In der Tat, wenn du diese Geschichte irgendeinem Menschen erzählst, ist deine Familie entehrt, und wir finden keinen Menschen dazu, euch zu begraben.«

»Ich will sie keinem weiter erzählen, nur Roise und dem Priester«, sagte Diarmuid.

Er ging nach Hause und erzählte Roise die Geschichte. Als er zu Ende war, kam ihr ein Hustenanfall, und daran erstickte sie.

Diarmuid und Caoilte begruben sie. Am Ende derselben Woche starb auch Diarmuid. In der Nacht, nachdem er begraben war, ging Caoilte fort. Seitdem hat keiner mehr von ihm gehört.

Diarmuids Neffe konnte das Geheimnis nicht bei sich behalten, und nach kurzer Zeit lief die Geschichte von Mund zu Mund durch das Land, so wie ich sie dir eben erzählt habe.

Viele Leute behaupteten, sie hätten Caoilte oft am See gesehen. Mag dem sein, wie da will – wir aber wollen hoffen, daß sie alle im himmlischen Reich sind.

Die Katze

Es war einmal ein Kaiser, und dieser Kaiser hatte so viel Geld, daß er nicht wußte, was er damit anfangen sollte. Und doch war er bei all dem Reichtum nicht glücklich, denn er hatte keine Kinder. Darum sprach er zu seiner Gemahlin: »Meine Frau, du weißt, was uns bedrückt.«

»Mein lieber Gemahl«, antwortete sie, »laß mich, ich möchte eine Spazierfahrt machen.«

»Warte noch ein wenig, ich will dir ein Schiff bauen lassen.« Und der Kaiser gab Befehl, ein so schönes Schiff zu bauen, wie es kein anderes auf Erden gäbe. Eher hätte man in die Sonne schauen können, ohne geblendet zu werden, als auf das Schiff, so schön war es. Und als es fertig war, sagte der Kaiser zu seiner Gemahlin: »Meine Liebe, morgen kannst du abfahren, das Schiff steht bereit.« Und er gab der Kaiserin noch auf den Weg: »Wenn du nicht guter Hoffnung zu mir zurückkommst, wird deines Bleibens bei mir nicht mehr sein, dann komme nicht wieder vor meine Augen.« Nun fuhr sie weit übers Meer. Sie hatte nur zwei Dienerinnen bei sich, und während der langen Fahrt von zwei Monaten bekam sie außer diesen beiden nicht ein einziges menschliches Wesen auf dem Meere zu sehen. Eines Tages fiel ein starker Nebel, und es erhob sich ein heftiger Sturm und warf das Schiff hin und her. Als der Morgen dämmerte und Nebel und Sturm sich gelegt hatten, erwachte die Kaiserin und erblickte in der Ferne einen großen Palast auf dem Meere. Da kamen auch die beiden Dienerinnen aufs Deck herauf, und die Kaiserin zeigte ihnen das große Gebäude. »Schaut dort den großen Palast.« Da die Vorräte an Bord zur Neige gingen, legte das Schiff vor dem Palast an. Alsbald kamen zwei Dienerinnen aus dem Palast, und die Kaiserin fragte sie: »Wer wohnt hier?« Es wurde ihr geantwortet, daß die Mutter Gottes hier wohne. Als sie das hörten, wagten die Dienerinnen der Kaiserin nicht, in den Hof einzutreten. Doch die Kaiserin schritt selbst hinein und erblickte einen Apfelbaum mit goldenen Äpfeln, und es gelüstete sie, einen solchen Apfel zu essen. »Wenn ihr mir nicht einen solchen Apfel stehlt, sterbe ich«, sagte sie zu ihren beiden Dienerinnen. Da versuchten die Dienerinnen, an den

Apfelbaum heranzukommen, aber der Wache wegen, die den Baum umgab, gelang es ihnen nicht. Die Kaiserin wurde daraufhin schwer krank. Da warteten die Dienerinnen, bis die Wache sich schlafen legte. Dann liefen sie geschwind zu dem Apfelbaum und stahlen einen Apfel und brachten ihn, so schnell sie konnten, der Kaiserin. Und siehe da, als die Kaiserin den Apfel gierig verschlang und sich übergab, da war ihr plötzlich, als ob sie schon sechs Monate guter Hoffnung wäre. Vor Freude wußte sie nicht, was sie tun sollte. Sie sagte: »Laßt uns gleich nach Hause fahren, denn es hat sich mein sehnlichster Wunsch erfüllt.« Die Mutter Gottes hatte sich indessen erhoben und hatte bemerkt, daß ein Apfel, einer der schönsten, von ihrem Apfelbaume fehlte. »Wer hat mir einen Apfel von meinem Baume gestohlen?« rief sie und stieß eine Verwünschung aus: »Wenn ein Mädchen durch den Genuß des Apfels geboren wird, so soll es so schön wie die Sonne werden. In die Sonne wird man schauen können, ohne geblendet zu werden, auf sie nicht. Aber in ihrem siebzehnten Lebensjahre soll sie zur Katze werden, dazu verhelfe Gott! Mitsamt dem ganzen Palast soll sie so lange verzaubert bleiben, bis eines Tages ein Kaisersohn kommen und der Katze den Kopf abschlagen wird; erst dann soll das ganze Gesinde des Hofes wieder zu Menschen werden; und bis dahin muß das Mädchen Katze bleiben.«

Als die Kaiserin nach Hause zu ihrem Gatten kam und dieser sie guter Hoffnung sah, war er außer sich vor Freude. Und als die Zeit da war, wo sie gebären sollte, da kam ein so schönes Mädchen zur Welt, daß alle Welt ihre Freude an ihm hatte. In die Sonne konntest du schauen, ohne daß sie dich blendete, aber wenn du das Mädchen anschautest, wurdest du geblendet von seiner Schönheit. In dem Maße, wie ein gewöhnliches Kind in einem Jahre wuchs, wuchs dieses an einem Tage. Die Zeit verging, und das Mädchen wurde siebzehn Jahre alt. Während es mit seinem Vater eines Tages beim Mittagsmahle saß, verwandelte es sich plötzlich in eine Katze und verschwand mitsamt dem ganzen Hofgesinde.

Nun lebte in einem entfernten Lande ein Kaiser, der hatte drei Söhne. Seine Gemahlin war ihm gestorben, und er hatte sich ganz dem Trunke ergeben. Da er seine Kinder los sein wollte, rief er sie alle drei zu sich und sagte zu ihnen: »Ich will euch Dienstleistungen aufgeben. Wer von euch ist imstande, mir Leinwand herbeizuschaffen, die so dünn ist, daß man hindurchblasen und sie in eine Nadel stecken kann? So soll jeder von euch mir etwas herbeibringen und mir zum Geschenke machen. Ich will sehen, wer von euch der größte Held ist.« Da machten sie sich alle drei auf, eingedenk des Wunsches ihres Vaters. Zunächst begaben sie sich zu dem großen Schloß im Wald und veranstalteten ein Abschiedsfest, denn sie waren alle drei heute zum letzten Male beisammen. Drei Tage und drei Nächte dauerte das Gelage. Danach trennten sie sich. Ein jeder wählte sich seinen Weg, den er gehen wollte. Der Älteste ging einen Weg, auf dem er zu hungern hatte, denn es gab auf der ganzen Strecke nichts zu essen. Er hatte ein Pferd als einzigen Begleiter, und unterwegs traf er niemanden als einzig und allein ein kleines, hübsches Hündchen. Zwei Monate war er schon so geritten. Der zweite Bruder hatte einen Weg zurückzulegen, auf dem wohl er etwas zu essen hatte, aber nicht das Pferd, das er bei sich hatte. Er war schon zwei Monate geritten und hatte auf dem ganzen Wege nichts weiter gefunden als ein Stückchen Leinwand, das man tausendmal durch das Öhr einer großen Nadel ziehen mußte, wenn man es haben wollte. Der jüngste Bruder hatte auf seinem Wege einen großen, dunklen Wald zu durchschreiten. Als er mittendrin war, überraschte ihn eine Sintflut von Regen, die so stark war, daß er nicht einmal seine eigenen Finger sehen konnte. »Ach Gott, hier werde ich zugrunde gehen, hier werde ich meinen Tod finden! Ich weiß wirklich nicht mehr, wohin ich mich noch wenden soll, um ihm zu entrinnen.« Drei Tage und drei Nächte hatte es unaufhörlich so geregnet, und dabei war es stockfinstere Nacht. Und siehe, gegen Morgen des dritten Tages blitzte es einmal. Und als der Blitz die Umgebung beleuchtete, sah der junge Held einen Palast vor sich. »O Gott, wie danke ich dir! Auf dem ganzen weiten Wege habe ich nicht ein einziges menschliches Wesen noch irgendein Haus gesehen, wohin ich meine Zuflucht hätte nehmen können. Ich gehe schnurstracks auf das Haus zu, was auch immer mich treffen möge, ich kann nicht mehr!« Doch das Tor des Palastes war verschlossen, und ringsherum war eine hohe Mauer aufgerichtet, die so hoch war, daß sie bis in den Himmel ragte. »Ach, ich sterbe vor Hunger«, schrie er in die Einsamkeit hinein. Aber niemand hörte ihn. Als er an dem Tor emporblickte, da sah er zu seinem großen Erstaunen eine Fleischkeule hängen und dachte bei sich: »Ich hole mir die Keule, ich bin hungrig, seit einem Monat habe ich nichts gegessen.« Jene Fleischkeule aber war in Wirklichkeit gar kein Fleisch, sondern bestand aus kostbaren Steinen und war einer Keule nachgebildet. So gut er es vermochte, versuchte der junge Held die Mauer emporzuklimmen. Als er nach langen Mühen endlich oben war, blieb er mit dem Fuße an dem vermeintlichen Fleische hängen und konnte nicht wieder los.

Doch nachdem er sich von dem Schreck wieder ein wenig erholt hatte, hörte er eine Glocke läuten, und vor lauter Furcht ließ er sich hinunterfallen. In dem Augenblick, als er unten ankam, öffnete sich das Tor, aber er sah niemanden. Er erblickte nur eine Hand, die das Tor geöffnet hatte. Er trat in den Hof ein und dachte bei sich: »Ich will es wagen, was auch immer mich treffen mag!« Doch soviel er sich umschaute, er sah keine einzige Menschenseele. Er ging in den Palast hinein und guckte in ein Zimmer, doch er sah nichts weiter als einen einzigen Tisch, einen Leuchter und ein Bett. »Da trete ich ein«, sagte er, »da will ich mich ausruhen, denn ich bin vom Regen ganz durchnäßt.« Als er nun in das Zimmer getreten war und sich ein wenig auf die Bettstatt setzen wollte, da erschienen plötzlich zehn Hände, die nach dem jungen Helden griffen, ihn fürchterlich zurichteten und ihm die Kleider vom Leibe rissen. Er wußte nicht, woher die Hände kamen, er sah ja niemanden; er sah immer nur Hände. In seiner Not schrie er: »O Gott, wer ist das nur, der mich so sehr schlägt?« Und siehe da, die Hände ließen ab von ihm, als er splitternackt war und keinen Fetzen seiner Kleidung mehr am Leibe hatte. Wie er sich so betrachtete, stand plötzlich eine Portion Essen vor ihm, und Kleider lagen für ihn zum Umkleiden bereit. Er stürzte sich sofort über das Essen, denn er hatte großen Hunger, und aß gierig, bis er völlig satt war. Nun hatte er wieder guten Mut und vergaß die Schläge, die er bekommen hatte. Am zweiten Tag trat er in eine andere Kammer, er wollte doch ein zweites Mal den Hieben, die er wieder zu bekommen fürchtete, entrinnen. Doch auch hier erging es ihm wie am Vortage. Wieder waren die Hände da und rissen ihm die Kleider vom Leibe. Wieder reichte man ihm Essen, und wieder erhielt er neue Kleider. Am dritten Tag gab die Kaiserin einer ihrer vielen Katzen Befehl, daß man den jungen Helden in den großen Prunksaal führen solle, der über und über mit Gold verziert war. Alles, was darin war, bestand aus purem Golde. Wieder kamen die zehn Hände. Diesmal brachten sie ein Gewand von reinstem Golde. Sie legten es dem jungen Helden an und führten ihn in den Prunksaal. Als er in den Saal trat, sah er weiter nichts als hundert Katzen, die wunderbar sangen und musizierten. Der junge Held wurde auf einen Thron von reinstem Golde gesetzt. Als er bei sich dachte: »Jetzt weiß ich wirklich nicht, wer die Herrin hier ist«, da fand er sich vor einem wunderhübschen kleinen Kätzchen, das in einem goldenen Korbe lag. Der Kaiserin der Katzen gefiel der junge Held, und gegen Mitternacht, als das große Fest bald vorüber war, erhob sich die Katze aus dem Korbe und sagte. »Von heute ab bin ich nicht mehr eure Herrin. Dieser ist euer Herr.« Da kamen alle Katzen gelaufen und küßten ihm die Hand und riefen: »Du sollst leben, unser Herr!«

Der Ball war zu Ende, alle Festteilnehmer waren nach Hause gegangen. Die Kaiserin der Katzen hatte den jungen Helden an der Hand genommen, ihn umarmt und ihn mit in ihre Kammer geführt, und dort hatte sie ihn gefragt: »Mein lieber Held, zu welchem Zwecke bist du zu mir in meinen Palast gekommen?« Da sagte er: »Gute, liebe Katze, Gott führt den Menschen auf den verschiedensten Wegen, mich hat mein Vater geschickt, daß ich ihm hundert Meter Leinwand herbeischaffe, die so dünn sein soll, daß man hindurchblasen und sie in eine Nadel stecken kann. Ich bin aufgebrochen, diese Leinwand zu suchen.«

Seine beiden anderen Brüder waren schon nach Hause zurückgekehrt. Sie hatten geschworen, ein Jahr auszubleiben und aufeinander zu warten. Doch als sie sahen, daß ihr Bruder nicht zurückkam, waren sie nach Hause gegangen. Der Älteste brachte das kleine Hündchen mit, das er auf seinem Wege gefunden hatte. Da freute sich der Vater.

Der mittlere Bruder brachte hundert Meter Leinwand, die durch eine große, dicke Nadel ging. Da fragte ihn sein Vater, wo sein jüngerer Bruder wäre. Er antwortete: »Vater, ich habe ihn nicht gesehen, seitdem wir uns getrennt haben. Er ist einen Weg gegangen, von dem er wohl nicht wieder zurückkehren wird.« Da glaubte sein Vater, daß er gestorben wäre, er weinte, und es tat ihm sehr leid.

Doch siehe, der jüngste Bruder war immer noch bei der Katze. Diese fragte ihn eines Tages: »Mein Lieber, willst du denn nicht einmal nach Hause? Das Jahr ist nun um, wo ihr Brüder euch sehen wolltet.«

»Nein, nein, ich gehe nicht wieder nach Hause, was soll ich denn zu Hause, ich habe zu Hause nichts mehr zu suchen, hier ist mein Heim, hier bleibe ich bis an mein seliges Ende!«

»Nein, das darfst du nicht«, erwiderte die Katze, »wenn du hierbleiben willst, mußt du erst einmal wieder zu Hause gewesen sein und deinem Vater gebracht haben, was du versprochen hast.«

Da fragte der junge Held: »Aber wo finde ich denn so dünne Leinwand mit einem so feinen Faden?«

Die Katze beruhigte ihn, das solle sein geringster Kummer sein, darum brauche er sich nicht zu sorgen.

Da fragte der Held: »Sag mir, mein gutes Kätzchen, ist es wahr, daß drei Tage bei dir soviel sind wie ein Jahr?«

»Jawohl, noch mehr; von dort, von wo du gekommen bist, bis zu mir sind es neun Jahre.«

Der junge Held traute seinen Ohren nicht und fragte ganz erstaunt: »Aber wie ist das möglich, daß morgen sich meine Trennung von meinen Brüdern jährt, warum soll ich denn da noch nach Hause gehen, wenn es noch neun Jahre dauert, bis ich nach Hause komme?«

Da sagte die Katze zu ihm: »Gib mir mal die Lederpeitsche her, die dort an der Wand hängt, die Feuerpeitsche!« Sie nahm sie, knallte dreimal damit in drei Richtungen, und siehe da, es kam sofort ein Blitzwagen. Sie stiegen ein, und als der Held dreimal knallte nach drei Richtungen, rief eine Stimme, der Wagen solle sich niederlassen. Und im Nu ließ sich der Wagen vom Himmel herab.

Da fragte ihn die Katze: »Bist du bereit?«

»Jawohl, ich bin bereit«, erwiderte er.

»Nun, dann nimm noch diese Nuß mit nach Hause, aber daß du sie nicht aufmachst, ehe du zu Hause angekommen bist. Erst wenn du bei deinem Vater angelangt bist, knacke diese Nuß auf und gib ihm die Leinewand, die er sich erbeten hat.«

Und wie der Wagen so aus heiterem Himmel herniederkam, erschraken seine Brüder und sein Vater gar sehr, sie glaubten, das Jüngste Gericht wäre angebrochen. Er sah seinen Vater, seine Brüder wieder, die sich jedoch ärgerten, daß er zurückgekehrt war.

Sein Vater fragte ihn: »Hast du mir das mitgebracht, was ich von dir verlangt habe, mein Sohn?«

»Jawohl, Vater, ich habe es dir mitgebracht.« Bei diesen Worten zerschlug er die Nuß. Und siehe da, in der Nuß fand er ein Maiskorn, er zerschlug das Maiskorn und fand darin ein Weizenkorn. Als er das sah, ärgerte er sich und glaubte, die Katze habe ihn schmählich betrogen. Er rief aus: »Zum Teufel mit der Katze, sie hat mich wohl gar hinter das Licht geführt.«

Kaum waren diese Worte seinem Munde entronnen, als er an seiner Hand eine Kralle fühlte, und als er näher hinschaute, entdeckte er, daß seine Hand mit Blut bedeckt war. Da zerschlug er das Weizenkorn und fand darin ein Samenkorn der Rade, eines Unkrauts, das am Wege wächst. Endlich zerschlug er auch noch dieses Samenkorn und siehe, da holte er hundert Meter ganz dünner, feiner Leinewand heraus.

»Ich verbeuge mich vor dir, Vater, ich habe meinen Dienst ausgeführt.«

»Bravo, mein Sohn, du sollst leben, du verdienst die Krone zu tragen, werde an meiner Statt Kaiser«, rief der Vater, doch der junge Held erwiderte: »Nein, Vater, ich habe schon meine Reichtümer, ich habe schon ein Kaiserreich, ich habe zu leben, ich werde dorthin wieder zurückgehen, von wo ich gekommen bin.«

Da sagte ihm sein Vater: »Nein, mein Sohn, das ist nicht möglich, das darfst du nicht eher, als bis jeder von euch sich ein Mädchen zur Frau geholt hat. Ich will doch auch sehen, wen ihr nehmt. Nun gut, ich will dann so entscheiden: Wer von euch das schönste Mädchen heimführt, der soll Kaiser an meiner Stelle werden.«

»Gut, wir sind einverstanden«, sagten die Brüder. Und sie brachen auf und suchten sich eine Frau, der jüngste Bruder aber setzte sich wieder in den Feuerwagen und fuhr zur Katze zurück.

Bei seiner Ankunft fragte ihn die Katze: »Nun, was hast du ausgerichtet?«

Da erzählte er nun, daß er die Leinewand seinem Vater gegeben, daß ihm dieser dafür die Krone des Landes aufsetzen wollte, daß er jedoch erwidert habe, er brauche sie nicht, und daß nun ein jeder ausgeschickt sei, sich eine Frau zu suchen. Die Schönste solle die Krone des Landes tragen.

Die Katze hörte aufmerksam zu, sagte aber zu alledem kein Sterbenswörtchen. Der junge Held lebte mit der Katze weiter einen Monat zusammen, ohne daß sie auch nur diese Angelegenheit berührte.

Da sagte sie eines Tages: »Nun, willst du denn jetzt nicht wieder nach Hause?«

»Ach, wozu soll ich denn nach Hause gehen, ich habe doch gar keine Veranlassung.«

Mit der Zeit waren beide ineinander verliebt. Da fragte der junge Kaisersohn eines Tages die Katze: »Warum bist du eigentlich eine Katze?«

Doch sie erwiderte ihm: »Frag mich jetzt noch nicht, ein ander Mal, mir ist es verhaßt, auf der Welt zu leben, gehen wir lieber gemeinsam zu deinem Vater nach Hause.« Wieder nahm sie die Lederpeitsche.

Der Held eilte sofort herbei. Wieder knallte sie dreimal nach drei Richtungen, worauf wieder der Feuerwagen erschien.

So gelangte er zu seinem Vater. Seine Brüder waren schon da und freuten sich, als sie sahen, daß ihr jüngster Bruder allein kam und keine Gemahlin mit nach Hause gebracht hatte.

Als das sein Vater sah, fragte er ihn: »Nun, du hast dir

keine Gemahlin genommen, du hast dich nicht verheiratet, oder wer ist deine Gemahlin?«

Da zeigte der junge Kaisersohn auf die Katze und sagte: »Diese hier ist es! Dieses Kätzchen hier!« Die Katze saß in dem goldenen Körbchen.

»O wehe, was willst du denn mit der Katze, sprichst du denn nicht mit ihr?«

Die Katze ärgerte sich so sehr über diese Worte, daß sie aus dem Körbchen sprang und in ein anderes Zimmer entschlüpfte. Sie überschlug sich hier und verwandelte sich in ein wunderschönes Mädchen, das so schön war, daß du wohl in die Sonne blicken könntest, aber auf ihre Schönheit nicht, ohne geblendet zu werden. Als sie aus dem Zimmer trat, ging sie auf den jungen Kaisersohn zu und nahm ihn in ihre Arme. Als dies der Vater und die Brüder sahen, waren sie ganz versteinert.

Der Vater war so begeistert von dem schönen Mädchen, daß er zu seinem Sohne sagte: »Wahrlich, du hast dir die schönste Gemahlin ausgesucht, du sollst Kaiser werden, sei du Herr über mein ganzes Kaiserreich.«

Doch das Mädchen konnte nicht lange in diesem Zustande verharren. Während der Held zu seinem Vater sagte: »Nein, Vater, das geht nicht, ich habe schon ein Kaiserreich und eine Krone, gib beides meinem ältesten Bruder«, überschlug es sich einmal und wurde wieder zu einer Katze und legte sich in ihr goldenes Körbchen.

Der Kaiser aber nahm die Krone und setzte sie seinem ältesten Sohne aufs Haupt. Der junge Held verließ nun mit der Katze wieder seinen Vater. Er war aber ein wenig erzürnt, weil sie nicht ein so hübsches Mädchen geblieben war. »Ach, mein Lieber, ich werde dir später einmal sagen, warum ich das nicht vermag, auf mir lastet nämlich ein Fluch.«

So kamen sie wieder in ihr Reich und lebten wie vorher. Eines Tages ging der junge Held auf die Jagd. Währenddessen wetzte die Katze zwei große Jatagane (türk. Säbel) scharf. Als er von der Jagd nach Hause kam, setzten sie sich an den Tisch und aßen zusammen. Nachdem sie gegessen hatten, gingen sie in ihre Kammer, plauderten und hielten Zwiesprache. Nach einer Weile stellte sich die Katze krank.

»Was hast du, meine Liebe«, fragte er sie.

»Ach, ich bin sehr krank. Wenn du mich lieb hast und mir Gutes tun willst, dann haue mir den Schwanz ab! Er ist zu groß und auch zu schwer, ich kann ihn nicht mehr tragen.«

Da fing der junge Held an zu jammern: »Nein, du darfst nicht sterben, lieber will ich sterben, ich habe eine Salbe, mit der werde ich dich wieder heilen.«

Da sie nun immer mehr in ihn drang, er solle ihr doch den Schwanz abschneiden, tat er es endlich doch ihr zu Gefallen: Er hieb ihr den Schwanz ab. Und siehe da, was geschah mit ihr? Sie verwandelte sich in ein Mädchen, aber nur zur Hälfte. Bis zur Hüfte war sie ein Mädchen, zur anderen Hälfte aber blieb sie eine Katze.

Als der Held dies sah, freute er sich gar sehr, doch die Katze ließ nicht ab mit Bitten. Sie wolle nicht mehr auf dieser Welt leben, sie sei des Lebens, das sie bisher geführt habe, überdrüssig. »Ich bitte dich, haue mir doch den Kopf ab! Du sollst auch alles, was du hier siehst, das ganze Kaiserreich, haben.«

»Wie kannst du von mir verlangen, daß ich dir den Kopf abschlage?«

»Wenn du mich lieb hast und du mir ein Liebes tun willst, dann haue mir den Kopf ab!«

So vielem Bitten und Drängen konnte er nicht widerstehen. Er nahm den anderen Jatagan und schlug ihr den Kopf ab. Und siehe da, in demselben Augenblick verwandelte sich die Katze in ein wunderschönes Mädchen, und alle Katzen, die im Palaste waren, wurden wieder Menschen, und die ganze Stadt wurde wieder so, wie sie gewesen war. Und alle Welt rief: »Hoch lebe unsere Kaiserin!«

Da nahm der junge Kaisersohn das hübsche Mädchen und herzte und küßte es.

Sie aber sagte ihm: »Von nun an bist du mein Gemahl, denn ich war bisher verflucht von der Mutter Gottes so lange, bis sich ein Kaisersohn fand, der mir den Kopf abhieb, und das warst du. Nun laß uns jetzt zu deinem Vater gehen, doch nimm dich vor deinen Brüdern in acht, sie trachten dir nach dem Leben.«

Als die beiden zu seinem Vater kamen, da wußte der gar nicht, was er vor Freude tun sollte. Und noch mehr entbrannte sein Herz für die schöne Gemahlin seines Sohnes. Da versuchte er, seinen Sohn zu töten, um in den Besitz des schönen Mädchens zu kommen, und sagte eines Tages zu ihm: »Gehe auf die Jagd, ich habe so großen Appetit auf Wildbret.«

Als der Kaiser nun so mit der schönen Frau allein war, ging er zu ihr ins Zimmer. Auf dem Wege zu ihr lief ihm eine Katze über den Weg. Er sagte seiner Schwiegertochter, sie solle ihn doch lieb haben, doch da gab sie ihm eine tüchtige Ohrfeige.

»Was glaubst du denn, wer ich bin, du alter Tolpatsch?«

rief sie, und als ihr Gemahl nach Hause kam, erzählte sie ihm, was ihr sein Vater angetan hatte.

»Sogleich müssen wir von hier fort, wir kehren nach Hause zurück!«

Der Sohn stellte sich freundlich zu seinem Vater und tat so, als habe ihm seine Gemahlin nicht davon erzählt, und sagte: »Es ist schön von dir, daß du mit meiner Gemahlin plauderst.«

Sein Vater aber wollte ihn zwingen und drohte ihm: »Wenn du mir nicht jene da hierläßt, so werde ich dich aufhängen lassen.«

»Wenn ich bis heute abend sterben soll, so wisse, läßt mich meine Gemahlin nicht sterben.«

Da gab sein Vater Befehl, daß man seinen Sohn einsperren solle mitsamt seiner Gemahlin. Als das die beiden erfuhren, flohen sie. Seinem Vater aber rief er noch zu: »Damit du es weißt, Vater, noch eine kurze Weile, und meine Gemahlin wird dich bestrafen!«

Als die beiden wieder in ihr Reich kamen, hoben sie ein großes Heer aus und erklärten ihrem Vater den Krieg, um sich an ihm zu rächen. Was sollte da der alte Kaiser tun? Wohl oder übel mußte er sich mit dem Kaiser der Katzen schlagen. In drei Tagen hatte er schon sein Heer beisammen; doch der Sohn schlug seinen Vater und vernichtete sein ganzes Heer. Nur der Vater allein blieb übrig. Als er sah, daß er verloren war und keine Kräfte mehr hatte, sagte er zu seinem Sohn: »Verzeihe mir, mein lieber Sohn, in meinem ganzen Leben habe ich keinen Fehltritt getan, richte gerecht! Du wirst mein Kaiserreich mit Gerechtigkeit regieren. Woher ich gekommen bin, habe ich dir erzählt.«

DER HUNGRIGE KATER

Es war einmal ein Kater, der hatte einem ehrwürdigen Ordensmann viele Sachen gestohlen. Als er nun später eines Tages, eine Gebetsschnur in den Zähnen, Reißaus nahm, jagte der Ordensmann ihm nach, erwischte ihn, als er in sein Loch schlüpfen wollte, und zog ihn mit Gewalt am Schwanz, so daß dieser plötzlich abriß. Wie nun der Kater infolgedessen kränkelte und dadurch, daß er sich härmte, mager und schwach wurde, da sann er auf eine List, band sich die Gebetsschnur um seinen Hals und setzte sich friedlich in einen Durchgang. Da erblickte ihn eine Maus, und als sie vor Furcht sich anschickte zu fliehen, sprach der Kater: »Kind, fürchte dich nicht! Da ich ein Mönchskater bin, der Gelübde und Pflichten auf sich genommen, unterbinde ich kein Leben und begehe keine Sünde. Möchtet ihr doch, genauso wie ich, in den Wegen der Religion wandeln!«

Als er so gesprochen, da wurde jene Maus, nachdem sie das wieder und wieder den Ihren gesagt, gläubig, und indem sie sie in großer Anzahl zusammenrief, hörten sie die fromme Lehre des Katers an. Da sprach der Kater zu ihnen: »Nachdem ihr nun allzumal die Lehre gehört, geht einzeln im Gänsemarsch hintereinander her, umwandelt mich, euer Einverständnis zum Ausdruck bringend, im Kreis, und macht euch fort, jede in ihr eigenes Loch!« Jedesmal, wenn er also gesprochen und die Mäuse im Kreise um sich hatte herumgehen lassen, pflegte er diejenige, die hinten am Ende war, zu fressen. Als daraus mehrere wurden und infolge der Tatsache, daß die Mäuse allmählich abnahmen, ein Verdacht laut wurde, beratschlagten sie darüber untereinander. Da sprach zu ihnen der Anführer jener Genossenschaft von Mäusen, ein Mäuserich mit Namen Eigennutz: »Wir wollen uns mal den Kot des Katers ansehen!« Und als sie so bei näherer Betrachtung das Vorhandensein von Haaren und Knochen festgestellt hatten, da wußten sie, daß sie betrogen waren.

Wie sie nun darauf, als sie wiederum der Lehre zuhörten, sagten: »Meister, was pflegst du zu speisen?«, da sprach der Kater: »Ich genieße gewöhnlich trockene Blätter und Kräuter.«

Da berief der Mäuserich Eigennutz alle Mäuse zuhauf und unterbreitete ihnen folgende Angelegenheit: »Jetzt verschafft ihr mal aus dem Hause eines Menschen eine kleine Glocke mit einem Bändchen! Wenn wir dann diese Glocke dem Kater um den Hals gebunden haben und zu der Zeit, da wir nach dem Anhören der Lehre auseinandergehen, der Klang der Glocke vernehmbar wird, dann schaut euch alle genau nach hinten um!«

Auf diese Worte hin besorgte man eine Glocke, und als es Zeit war, sich zum Anhören der frommen Lehre zu versammeln, da hieß es: »Wir wollen unserem Meister eine Zierde darbringen!«, und man hängte die Glocke dem Kater um den Hals. Als sie sich aber, nachdem sie die Lehre gehört, jede für sich, auf den Heimweg machten und alle auf das unerwartete Erklingen der Glocke hin sich rückwärts wandten und aufmerksam hinschauten, da hatte der Kater eine Maus ergriffen und war dabei, sie zu verzehren. Da sprach der Mäuserich Eigennutz zu ihm: »Des Meisters Leib ist schön rundlich geworden. Wir Armen aber haben abgenommen. Trügerisch und nicht gut scheint diese fromme Lehre zu sein! Meister, jetzt komm mal her, ohne dich zu setzen! Wenn du wiederum als Nahrung Kräuter zu dir genommen, woher kommen da Knochen und Haare im Kot?«

Also sprach er. Und alle Mäuse stoben auseinander und machten sich auf, eine jede an ihre Stelle.

Der Kater aber sagte: »Dadurch, daß ich meinen Kot nicht zugescharrt habe, ist Unheil entstanden!« Und es geschah, daß er seinen Kot begrub. Und wenn er noch bis auf den heutigen Tag seinen Kot verscharrt, so ist die Veranlassung dazu aus diesem Ereignis hervorgegangen. So heißt es.

Darum ist die Moral der Geschichte: »Wenn du schon andere betrogen, sprich, falls man dich ertappt, keine Lüge!«

Die Nahrung der Katze

In alten Zeiten machte der liebe Herrgott einmal einen Spaziergang, um etwas frische Luft zu schöpfen. Das gute Wetter hatte viele Menschen nach draußen gelockt; sogar Katzen, Ratten und Mäuse schwärmten umher.

Als der liebe Herrgott die Hälfte des Weges zurückgelegt hatte, sah er ein armes Kätzchen auf sich zukommen, das war so ausgehungert wie ein Bettler.

»Nun, Kätzchen, was fehlt dir?« sprach Unser Herr, »du bist so mager wie eine kleine Fischgräte!«

»Das will ich wohl glauben«, sagte die Katze, »ich kriege oder finde kein Essen, und mein Magen läutet Alarm. Und gelingt es mir dann und wann, ein Vögelchen zwischen meine Krallen zu bekommen, so füllt das doch den Bauch nicht. Manchmal kann ich beinahe nicht auf meinen Pfoten stehen vor Schwäche, und wenn darin keine Besserung eintritt, dann wird es bald um mich geschehen sein.«

So waren sie, noch im Gespräch, bis zum Ende des Weges gekommen, als eine große, fette Ratte an ihnen vorbeilief, ohne ihnen »Guten Tag« zu sagen. Sie bildete sich auf ihren dicken Bauch und ihr glänzendes Fell so viel ein, daß sie die Wanderer nicht einmal anschauen mochte.

Wenige Augenblicke später begegneten sie einer Maus, und die sah auch sehr wohlhabend aus; anscheinend war sie so stolz wie die Ratte und grüßte ebenfalls nicht.

»Das Volk stinkt vor Hochmut!« sagte Unser Herr, während er den Kopf schüttelte. »Und ich höre, daß sie sogar so frech sind, überall in die Häuser zu dringen, daß sie alles ergreifen, was sie nur kriegen können, und daß sie alles in Stücke beißen und zernagen, was sie nicht lecker genug finden. Außerdem ist es eine Rasse, die, wie ich höre, sich stark vermehrt. Wir müssen ihnen also Schranken setzen, sonst wird die Welt in einigen Jahren von diesen hochmütigen Kerlchen vergiftet sein. Hör mal, Kätzchen, weil du so freundlich mit mir redest und deine Not klagst und weil Ratten und Mäuse es wagen, an mir vorbeizulaufen, ohne ›Guten Tag‹ zu sagen, gebe ich dir von heute an die Macht, sie aufzufressen; du darfst von ihnen so viele fangen und auffressen, wie du kannst.«

Die Katze bedankte sich beim lieben Herrgott und zog frohgemut nach Hause. Seitdem hat sie ein viel besseres Leben, es darf ihr keine Maus oder Ratte vor Augen kommen, oder sie fängt sie.

Vom Hühnchen, Hähnchen, Hundchen und Kätzchen

Eine Frau hatte zwei Töchter, wovon sie der einen viel besser war als der andern. Wenn sie ausging, nahm sie die Tochter, der sie gut war, immer mit und ließ die andere zu Hause bei dem Hühnchen, Hähnchen, Hundchen und Kätzchen, gab ihr aber nichts für die Tiere zum Füttern. Die zweite Tochter hatte die Tiere sehr lieb und wollte sie nicht hungern lassen, gab also ihr Brot ihnen zu fressen.

Das hatte sie auch eines Abends getan, da klopfte es sehr heftig an der Tür, und weil sie nicht wußte, was sie tun sollte, so fragte sie:

»Hühnchen, Hähnchen, Hundchen und Kätzchen,
Was meinst du,
Soll ich's reinlassen oder nicht?«

Worauf die Tiere antworteten: »Es soll dich nur glücklich machen.« In dem Augenblick machte es die Tür auf, und es flog ein Sack Geld herein. Das Mädchen fürchtete sich und verkroch sich unter das Bett. Nachher, als alles ruhig blieb, kam sie wieder hervor und sah, was sie bekommen hatte. Sie freute sich sehr und hatte die Tierchen viel lieber wie früher. Da nun die Mutter mit der Tochter nach Hause kam, wunderte sie sich nicht wenig, ihre verhaßte Tochter so reich zu wissen, faßte den Entschluß, bald wieder wegzugehen und die geliebte Tochter eine Nacht bei den Tieren zu lassen.

Als diese nun zurückgeblieben ihr Abendbrot verzehrte, welches aus sehr guten Speisen bestand, kamen das Hühnchen, Hähnchen, Hundchen und Kätzchen und bettelten. Sie nahm aber das Hühnchen und Hähnchen und verwies sie unter den Ofen. Das Hundchen und Kätzchen jagte sie mit dem Fuß davon und gab ihnen nichts zu fressen. Sie wollte sich auch zu Bett legen, weil sie aber schon auf den Sack Geld wartete, so setzte sie sich auf einen Stuhl. Als die Zeit herankam, pochte es auch an die Tür. Und sie sprach wie die Schwester:

»Hühnchen, Hähnchen, Hundchen und Kätzchen,
Was meinst du,
Soll ich's reinlassen oder nicht?«

Die Tiere antworteten alle zusammen:

»Hast du alleine gegessen,
So kannst du alleine dir raten!«

Indem sie dies sagten, sprang die Tür auf, ein graues Männchen mit einem Grabscheit kam herein und stieß ihr den Kopf vom Leibe herunter.

Die Macht der Veranlagung

Ein persischer König hatte einmal einen weisen und erfahrenen Wesir. Er hielt sich an seine Vorschläge, und sein Rat führte ihn zum Erfolg. Eines Tages starb der König, und auf dem Thron folgte ihm ein Sohn, der von sich selbst überzeugt und unbelehrbar war. Den Wesir bestätigte er nicht in seinem Amt, und was er meinte und riet, war dem König gleichgültig. Man hielt ihm deshalb vor: »Dein Vater hat niemals eine Angelegenheit ohne ihn entschieden.« Er erwiderte jedoch: »Mein Vater hat ihn falsch eingeschätzt. Ich werde ihn selbst auf die Probe stellen.« Danach ließ er ihn durch seine Boten fragen: »Was ist stärker im Mann, Erziehung oder Veranlagung?« Der Wesir antwortete: »Die Veranlagung ist stärker, denn sie ist etwas Eingewurzeltes, die Erziehung dagegen ist ein äußeres Anhängsel, das nicht das Eingewurzelte wieder durchbrechen ließe.« Darauf ließ der König seine Speisetafel kommen. Nachdem sie aufgestellt war, erschienen Katzen, die in ihren Pfoten Kerzen trugen, und blieben rings um die Tafel stehen. Da sprach der König zum Wesir: »Jetzt kannst du über deinen Irrtum und deinen falschen Standpunkt nachdenken! Denn wann ist etwa der Vater dieser Katzen ein Lichtzieher gewesen?« Der Wesir aber vermochte ihm nichts zu erwidern und bat: »Laß mir für die Antwort Zeit bis zur nächsten Nacht.«

»Du sollst sie haben«, sprach der König. Der Wesir aber rief, nachdem er gegangen war, einen seiner Sklaven herbei und befahl ihm: »Besorge mir einige Mäuse, binde sie mit einem Faden fest und bringe sie her.« Als der Sklave sie ihm brachte, band er sie in ein Tüchlein und steckte sie in seinen Ärmel. Am nächsten Abend ging er zum König. Als seine Tafel wieder aufgestellt wurde, erschienen auch wieder die Katzen und umsäumten die Tafel. Jetzt löste der Wesir die Mäuse aus seinem Tüchlein und warf sie den Katzen zu. Diese aber sprangen um die Wette auf sie los und warfen die Kerzen fort, so daß um ein Haar das Schloß über ihnen in Brand geraten wäre. Da fragte der Wesir: »Willst du immer noch bestreiten, daß die Veranlagung stärker als die Erziehung ist und daß ein äußeres Anhängsel das Eingewurzelte wieder durchbrechen läßt?«

»Du hast recht«, antwortete der König, und er behandelte den Wesir wieder, wie es sein Vater getan hatte.

Ein jedes Ding kreist nämlich einzig und allein in der Angel seines tiefsten Wesens, und unnatürlicher Zwang ist in jedem Fall tadelnswert. Gott, der Gesegnete und Erhabene, hat zu seinem Propheten gesagt (Koran 38, 86): »Sprich Muhammad: ›Und ich gehöre nicht zu denen, die sich Zwang antun.‹« Man hat auch gesagt: Wenn einer sich ein falsches Wesen zulegt, dann zerrt die Gewohnheit so lange an ihm, bis es ihr gelingt, ihn zu seinem wahren Wesen zurückzubringen, gleichwie das Wasser, wenn du es erhitzt und dann eine Weile läßt, seine natürliche Kälte wiedererlangt, und selbst wenn du einen bitteren Baum mit Honig bestreichen würdest, brächte er doch nur bittere Früchte.

Der Wolf und die Katzen

Es wird erzählt, daß in früheren Zeiten ein großes Rudel Wölfe in der Nähe des Meeresstrandes an einem öden und für Menschen ungeeigneten Ort lebte. Unter diesen Wölfen war einer älter als die anderen und daher in allen Sachen vermessener als seine Gefährten. Er wollte von (allen) anderen geehrt und verehrt werden.

Eines Tages nun geschah folgendes: Damit er sich bei seinen Gefährten Ruhm erwürbe, ging er auf die Jagd nach etwas Leckerem auf einen Berg, wo viele Tiere lebten. Jener Berg aber war auf allen Seiten eingeschlossen, so daß die Tiere von dort nicht herausgelangen konnten. Jene wilden Tiere lebten friedlich und ruhig auf dem Berg, auf welchem auch eine große Schar Katzen wohnte, die unter den anderen Tieren lebte und einen König hatte. Diese nun überfiel der Wolf. Als er dort eine Menge Tiere zum Jagen sah und erkannte, daß keins von dort einen Ausgang und eine Fluchtgelegenheit hatte, hielt er sich da längere Zeit auf. Jeden Tag aber fing er welche von jenen Tieren, sobald er nur wollte, und verschlang (sie). Dies wurde den Katzen sehr leid, und sie versammelten sich alle bei ihrem König und berieten, wie sie vor dem Wolf Ruhe finden könnten. Es waren aber unter ihnen drei einfallsreiche und verständige Katzen. Nachdem sie ihr König gerufen hatte, beriet er sich mit ihnen. Der König fragte die erste und sagte: »Wie ist deine Meinung über das Vorgehen dieses Wolfes, der uns schon so viel Schweres antat und viele von unserem Volk verletzte und vernichtete?« Die Katze sagte: »Wir können nichts beschließen, (sondern) nur immer auf den Herrn hoffen, weil wir dem Wolf ja nicht widerstehen können.« Dann wurde die zweite Katze gefragt und sagte: »Mein Rat ist, daß wir uns von diesem Ort zurückziehen und uns einen anderen Platz suchen. Vielleicht werden wir einen guten und brauchbaren Ort mit gutem Weideland finden, weil wir ja hier im größten Unheil sind. Was also warten wir hier, bis wir getötet werden?« Und die dritte wurde gefragt und sagte: »Mein Rat ist, daß wir hierbleiben und unsere Wohnstätten nicht verlassen. Ich rate aber eins, von dem ich hoffe – wenn wir es tun werden –, daß es uns hilft, ihn zu überwinden, und daß wir unseren Frieden wiedererlangen werden.« Der König sprach: »Was ist das?« Jene sprach: »Wir wollen auf den Wolf achtgeben, wenn er etwas für sein Essen jagen geht und dies an irgendeinen Ort zum Verzehren trägt. Dann sollen sich der König und ich und mehrere andere Starke von unserer Schar aufmachen, und wir wollen zu ihm gehen, als begehrten wir die Reste seines Essens. Wenn er sich nun vor uns sicher wähnt, werde ich auf ihn springen und seine Augen auskratzen. Darauf springe jeder von uns gegen ihn, da er sich nicht wehren kann, und tue, was er vermag. Es soll uns aber nicht bekümmern, (wenn) einer oder zwei von uns sterben, denn (dafür) werden wir alle unsere Freunde von diesem Übel befreien.« So machten sie es nun. Eines Tages war es soweit, daß der Wolf etwas für seine Mahlzeit gejagt hatte und auf einen hohen Felsen trug. (Da) versammelte der König der Katzen die Streitbaren seiner Schar bei sich, und sie zogen hinter ihm her. Als sie zu ihm gelangten, stürzte sich die Katze, die dem König den Rat erteilt hatte, auf ihn und kratzte seine Augen aus. Der König sprang (ihn) an und riß mit den Zähnen seinen Schwanz heraus. Daraufhin sprangen die anderen auf ihn und verwundeten ihn zu Tode.

Die Katze als Richterin

Der Rabe sprach: »Ich hatte unter den Vögeln einen Gefährten, dessen Nest nahe dem Baum lag, in dem ich wohnte. Aber dieser Gefährte säumte, sobald er von seinem Nest ausflog, sehr mit dem Zurückkommen. Und als er (wieder) einmal gegangen war, säumte er sehr, und ich wußte nicht, wo er sich aufhielt. Darüber war ich sehr betrübt, (denn es konnte sein,) daß er gefangen worden und gestorben war oder vielleicht einen anderen, vornehmeren Stand als diesen gefunden hatte. So zog ein Hase in sein Nest ein, und da ich ja jenen (Vogel) nicht (mehr) gesehen hatte, sagte ich mir: ›Weil ich den Vogel, meinen Gefährten, verlor, steht es mir nicht an, mit diesem Hasen zu streiten, der sich seine Behausung aneignete.‹ Im Verlaufe der Zeit aber kehrte der Vogel an seinen Platz zurück, und als er dort den Hasen vorfand, sagte er zu ihm: ›Hier ist mein Platz und meine Wohnung, verlasse sie!‹ Darauf erwiderte der Hase: ›Die Wohnung ist in meiner Gewalt, daher gehört sie mir und nicht dir. Du aber benahmst dich dreist gegen mich, und ich werde nicht von hier ausziehen. Wenn du etwas gegen mich hast, führe mich zum Richter!‹ Der Vogel antwortete ihm: ›Ich will mich über dich beklagen und werde dazu einen Zeugen angeben.‹ Darauf erwiderte ihm der Hase und sagte: ›Sobald du einen

Richter gefunden hast, wirst du deine Zeugen gegen mich vorführen.‹ Der Vogel forderte ihn auf: ›Der Richter wohnt nahe bei uns, laß uns zu ihm gehen, damit er unseren Fall entscheide.‹ Der Hase fragte ihn: ›Wer ist es?‹ Der Vogel erläuterte: ›Es ist eine Katze, die dicht am Fluß wohnt und Gott verehrt und als Einsiedler lebt. Bei Tage fastet sie, und in der Nacht betet sie. Sie ist frei von eitlen Freuden der Welt, schadet keinem Tier, vergießt kein Blut und ernährt sich nur von Pflanzen und Wasser. Erhebe dich und laß uns zu ihr gehen! Sie soll unseren Streit entscheiden.‹ Der Hase stimmte zu: ›(Das) gefällt mir. Laß uns gehen!‹ Da gingen sie beide, ich aber folgte ihnen aus der Ferne, um zu sehen, was für einen Rechtsspruch dieser Richter fällen würde. Als die Katze sie nun sah, stellte sie sich, gleichsam als ob sie betete, und beugte die Knie. Sowie (das) der Hase sah, wunderte er sich über ihre Heiligkeit und Sanftmut. Dann näherten sie sich und sprachen die Katze an, damit sie ihren Fall entscheide. Da forderte sie beide auf, den Fall darzulegen. Nachdem sie ihn ihr dargelegt hatten, sprach sie zu ihnen: ›Ich bin alt, und meine Augen sind schwach, und meine Ohren sind schlecht geworden, so daß ich nicht gut hören kann. Kommt deshalb zu mir heran, damit ich eure Worte hören kann!‹ Als sie dies hörten, gingen sie näher zu ihr heran und trugen ihre Reden noch einmal vor. Als sie ihr nunmehr Vertrauen geschenkt hatten, sprach sie zu ihnen: ›Ich habe jetzt eure Worte gehört und (werde euch) das (sagen), was gerecht und wahr ist, damit ich zwischen euch gerecht richten kann. Ich empfehle euch, sucht nach der Wahrheit, weil das besser ist, wenn einer die Wahrheit sucht, auch wenn er für schuldig befunden wird. Wer aber die Unwahrheit sucht, auch wenn er in seiner

Sache siegt, bereitet sich selbst ein Unglück. Der Mensch soll seine Schuld erkennen, da es nichts auf der Welt gibt, was der Mensch mit sich (ins Jenseits) führt außer guten Taten, welche vor allen anderen Dingen in der Welt bleiben werden. Es gebührt sich auch, daß ein jeder weise Mann die Frauen als Schlangen betrachtet, und er soll Gold und Silber wie Steine werten und (das) lieben, was für die Nächsten gut ist und (das) hassen, was für sie schlecht ist.‹ Als sie von ihr diese Worte hörten, glaubten sie ihr und näherten sich ihr. Da ergriff sie die Katze und verschlang sie.

Nun aber habe ich euch dieses Beispiel vorgeführt, damit ihr wißt, daß die Stare listig und betrügerisch sind. Sie sind die Wölfe unter den Vögeln, die die Vögel ergreifen. Daher sollen wir ihnen weder vertrauen noch einen von ihnen zum König wählen.«

Ostermärlein von dem Hund und der Katz

Da fallet mir bey jenes sitten-reiche Gedicht von dem Hund und der Katz, so da dienen soll statt eines Ostermärlein. Es ware ein gewiser Schuster, der hatte ein kohlschwartzen Budel-Hund und schneeweiße Hauß-Katz: Beyde waren dem Maister lieb, der Hund wegen der Wachtsamkeit, die Katz wegen deß Mausen. Je beliebter die Katz war bei dem Schuster, desto verhaßter war sie bey dem Hund, als der ihr nit vergonte manchen faisten Brocken, den ihr der Maister bey dem Tisch zuwarffe. Der Budel und das Mudel konten sich nit vertragen, doch därffte der Hund der Katzen nichts leyds thun. Dann der Maister Schuster warff gleich auff ihn den nächsten besten Laist. Absonderlich wurde die Katz angefeindet von dem gesamten Mauß-Geschlecht, als denen sie großen und mercklichen Schaden zugefügt, wie dann die arme Mäuß nicht ohne große Lebens-Gefahr auß denen Mäuß-Löchern ihre Köpff därfften hervorröcken oder gucken, stracks ware die Katz vorhanden, die sie immerdar mit der Bratzen bloquiert hielte. Diser so großen Niderlag ferners vorzubiegen hielten die Mäuß und Ratzen einen geheimen Rath und berathschlagten sich, wie man doch könte der Katzen die Spitz weisen. Die meiste kamen übereins, man solte mit dem Hauß-Budel ein Alliantz treffen und einen Fridens-Bund auffrichten, daß er die Katz entweders gar auß dem Weeg raume oder doch in besserer Zucht und Forcht halten möchte, damit also denen Mäusen und Ratzen größere Freyheit gestattet werde, solchergestalten sicher ihr Stücklein Brod zu suchen. Wird hiemit der Spitz-Mauß auffgetragen diese Gesandtschafft auff sich zu nehmen und dem Hauß-Hund bestermaßen das Anligen der gantzen Mäuß- und Ratzen-Gemeinde vorzutragen, werden ihr auch ein Pill-Mauß und Scher-Mauß als zwey innere Rathsverwandte zugegeben, da sie nun durch einen unbekanten heimlichen Weeg unter der Erden nicht ohne große Mühe zu den Hauß-Budel angelangt, ihre unterthänige Reverentz gemacht, und als Gevollmächtigte das Credidic überreicht, wurden sie von dem Hauß-Hund freundlich empfangen mit Neigung deß Haubts; und weil er schon längsten ein heimliche Feindschafft auff die Katz gesetzt, gedachte es ihme die schönste Gelegenheit zu seyn, seinen Zorn außzulassen und unter dem schönen Vorwand, denen armen Mäusen als seinen nunmehro lieben Freunden und Bunds-Genossen zu helffen, der Katz den Garaus zu machen: Unterreden sich miteinander, wo es am füglichsten geschehen könne, ohne daß der Hauß-Herr dessen gewahr solte werden. Die Spitz-Mauß mit ihrem spitzigen Züngel verbitterte und verhetzte noch mehr den Hund wider die Katz und zeigt ihm das Orth, wo sich die Katz bei dunckler Nacht pflegte zu lageren. Nach so glücklich verbrachter Gesandtschafft begleitete sie der Hund, damit sie sicher konten zuruck reysen biß an ihre Gränitz, allwo unter den Stuben-Boden ein Loch ware, und entließe sie also in Gnaden. Die Katz hatte die Mäuß zwitseren gehört, wartete demnach daraußen im Fletz ganz begierig auff die Gesandte und hoffte, sie wurden in der Ruckreyß, wo nicht alle drey, doch gewißlich eine erwischen: Da sie aber sahe, daß der Hund die Mäuß begleitete und mit feurigen Augen sie anblickte, nahme sie behend die Flucht, und sprang voller Schröcken in ein Schaff, welches mit Schuster-Schwärtz angefüllet war, worauß dann erfolgte, daß ihr weißer Katzen-Balg kohlschwartz gefärbet wurde, welches dem Budel sowol gefallen, daß er ihm den Buckel also voll angelacht, daß sich seine Ohren geschittlet, kaum aber hat sich der Hund in die Werckstatt hineinbegeben, gutzet die Katz mit dem Kopff hervor auß dem Schaff, um zu sehen, ob es sicher seye, und als sie vermerckete, daß der Budel in die Stuben sich schon verschloffen, marschieret sie herauß, aber nit mehr schneeweiß, sondern kohlschwartz, mäußlet hinnacht gantz still zu dem Loch, wo unlängst die abgeordnete Mäuß hindurch geschlupffet. Die Spitz-Mauß merckte, daß der Eingang in ihre unterirdische Wohnstatt verfinsteret, gehet zuruck, will sehen, was es bedeute? Merckte aber nit ohne sonderbare Freud und Trost, daß es zwar die Hauß-Katz, aber in der Klag in einem Buß-Sack seye, weil sie einen schwartzen Balg angezogen, erzehlt demnach mit günnendem Maul voll deß Jubels dises alles denen anderen noch im Rath beysammen sitzenden Mäusen und erkläret ihnen, wie trefflich wohl ihre Gesandtschafft von statten gangen, indem sich nit allein der Hund zu einer Defensiv- und Offensiv-Allianz mit denen Mäusen habe würcklich erkläret, sondern die Katze seye schon würcklich also gedemüthiget, daß sie in einer schwartzen Kutten daher ziehe, zweiffels ohne Buß zu würcken für die so vilfältige an denen armen Mäußlen vollbrachten Mordthaten, worauff dan in dem gesamten Rath ein allgemeines Jubelfest angestellet und die Spitz-Mäuß in dem Ambt eines außerordentlichen Envoie bestättiget worden. Sagten also ihren Götteren schuldigisten Danck, und weil sie glaubten, nunmehro seyen sie ihres Lebens sicher, spatzierten sie schaarweiß auß ihren Löchern hervor, giengen im Hauß hin und her nach eigenen Belieben und fanden sich sonderlich bey dem Ayr-Käß ein. Als aber die weiße Katz im schwartzen Auffzug die Freyheit der Mäusen vermercket, wischte sie über dieselbe her, erwürget vil, sprenget die übrige in die Flucht, jaget allen anderen neue Forcht ein, und entstunde also unter denen Mäusen ein großes Heulen und Weheklagen. Ich merck wohl, sprache die Spitz-Mauß, die Katz lasse das Mausen nit, das beklagte die Scher-Mauß, das beweinte die Pill-Mauß, das bejammerten die Feld- und Garten-Mäuß. Das Geschrey war endlich so groß und hell, daß der Haus-Budel vernahme, der dann in Krafft deß auffgerichteten Bunds der Katzen nachgejaget, weil der Maister nit anheim ware, und als sie würcklich ein Mauß in denen Bratzen und mit selber schertzte, bey der Gurgel ergriffen, geschüttlet und erwürget.

Die Bremer Stadtmusikanten

Es hatte ein Mann einen Esel, der schon lange Jahre die Säcke unverdrossen zur Mühle getragen hatte, dessen Kräfte aber nun zu Ende gingen, so daß er zur Arbeit immer untauglicher ward. Da dachte der Herr daran, ihn aus dem Futter zu schaffen, aber der Esel merkte, daß kein guter Wind wehte, lief fort und machte sich auf den Weg nach Bremen: dort, meinte er, könnte er ja Stadtmusikant werden.

Als er ein Weilchen fortgegangen war, fand er einen Jagdhund auf dem Wege liegen, der jappte wie einer, der sich müde gelaufen hat. »Nun, was jappst du so, Packan?« fragte der Esel.

»Ach«, sagte der Hund, »weil ich alt bin und jeden Tag schwächer werde, auch auf der Jagd nicht mehr fort kann, hat mich mein Herr wollen totschlagen, da hab ich Reißaus genommen; aber womit soll ich nun mein Brot verdienen?«

»Weißt du was«, sprach der Esel, »ich gehe nach Bremen und werde dort Stadtmusikant, geh mit und laß dich auch bei der Musik annehmen. Ich spiele die Laute, und du schlägst die Pauken.«

Der Hund war's zufrieden, und sie gingen weiter. Es dauerte nicht lange, so saß da eine Katze an dem Weg und machte ein Gesicht wie drei Tage Regenwetter. »Nun, was ist dir in die Quere gekommen, alter Bartputzer?« sprach der Esel. »Wer kann da lustig sein, wenn's einem an den Kragen geht«, antwortete die Katze, »weil ich nun zu Jahren komme, meine Zähne stumpf werden und ich lieber hinter dem Ofen sitze und spinne als nach Mäusen herumjage, hat mich meine Frau ersäufen wollen; ich habe mich zwar noch fortgemacht, aber nun ist guter Rat teuer: wo soll ich hin?«

»Geh mit uns nach Bremen, du verstehst dich doch auf die Nachtmusik, da kannst du ein Stadtmusikant werden.« Die Katze hielt das für gut und ging mit. Darauf kamen die drei Landesflüchtigen an einem Hof vorbei, da saß auf dem Tor der Haushahn und schrie aus Leibeskräften. »Du schreist einem durch Mark und Bein«, sprach der Esel, »was hast du vor?«

»Da hab ich gut Wetter prophezeit«, sprach der Hahn, »weil unserer lieben Frauen Tag ist, wo sie dem Christkindlein die Hemdchen gewaschen hat und sie trocknen will; aber weil morgen zum Sonntag Gäste kommen, so hat die Hausfrau doch kein Erbarmen und hat der Köchin gesagt, sie wollte mich morgen in der Suppe essen, und da soll ich mir heut abend den Kopf abschneiden lassen. Nun schrei ich aus vollem Hals, solang ich noch kann.«

»Ei was, du Rotkopf«, sagte der Esel, »zieh lieber mit uns fort, wir gehen nach Bremen, etwas Besseres als den Tod findest du überall; du hast eine gute Stimme, und wenn wir zusammen musizieren, so muß es eine Art haben.« Der Hahn ließ sich den Vorschlag gefallen, und sie gingen alle viere zusammen fort.

Sie konnten aber die Stadt Bremen in einem Tag nicht erreichen und kamen abends in einen Wald, wo sie übernachten wollten. Der Esel und der Hund legten sich unter einen großen Baum, die Katze und der Hahn machten sich in die Äste, der Hahn aber flog bis in die Spitze, wo es am sichersten für ihn war. Ehe er einschlief, sah er sich noch einmal nach allen vier Winden um, da däuchte ihn, er sähe in der Ferne ein Fünkchen brennen, und rief seinen Gesellen zu, es müßte nicht gar weit ein Haus sein, denn es scheine ein Licht. Sprach der Esel: »So müssen wir uns aufmachen und noch hingehen, denn hier ist die Herberge schlecht.« Der Hund meinte, ein paar Knochen und etwas Fleisch dran täten ihm auch gut.

Also machten sie sich auf den Weg nach der Gegend, wo das Licht war, und sahen es bald heller schimmern, und es ward immer größer, bis sie vor ein hell erleuchtetes Räuberhaus kamen. Der Esel, als der größte, näherte sich dem Fenster und schaute hinein. »Was siehst du, Grauschimmel?« fragte der Hahn. »Was ich sehe?« antwortete der Esel. »Einen gedeckten Tisch mit schönem Essen und Trinken, und Räuber sitzen daran und lassen's sich wohl sein.«

»Das wäre was für uns«, sprach der Hahn. »Ja, ja, ach, wären wir da!« sagte der Esel. Da ratschlagten die Tiere, wie sie es anfangen müßten, um die Räuber hinauszujagen, und fanden endlich ein Mittel. Der Esel mußte sich mit den Vorderfüßen auf das Fenster stellen, der Hund auf des Esels Rücken springen, die Katze auf den Hund klettern, und endlich flog der Hahn hinauf und setzte sich der Katze auf den Kopf. Wie das geschehen war, fingen sie auf ein Zeichen insgesamt an, ihre Musik zu machen: der Esel schrie, der Hund bellte, die Katze miaute, und der Hahn krähte; dann stürzten sie durch das Fenster in die Stube hinein, daß die Scheiben klirrten. Die Räuber fuhren bei dem entsetzlichen Geschrei in die Höhe, meinten nicht anders, als ein Gespenst käme herein, und flohen in größter Furcht in den Wald hinaus.

Nun setzten sich die vier Gesellen an den Tisch, nahmen mit dem vorlieb, was übriggeblieben war, und aßen, als wenn sie vier Wochen hungern sollten.

Wie die vier Spielleute fertig waren, löschten sie das Licht aus und suchten sich eine Schlafstätte, jeder nach seiner Natur und Bequemlichkeit. Der Esel legte sich auf den Mist, der Hund hinter die Türe, die Katze auf den Herd bei der warmen Asche, und der Hahn setzte sich auf den Hahnenbalken; und weil sie müde waren von ihrem langen Weg, schliefen sie auch bald ein.

Als Mitternacht vorbei war und die Räuber von weitem sahen, daß kein Licht mehr im Haus brannte, auch alles ruhig schien, sprach der Hauptmann: »Wir hätten uns doch nicht sollen ins Bockshorn jagen lassen«, und hieß einen hingehen und das Haus untersuchen. Der Abgeschickte fand alles still, ging in die Küche, ein Licht anzuzünden, und weil er die glühenden, feurigen Augen der Katze für lebendige Kohlen ansah, hielt er ein Schwefelhölzchen daran, daß es Feuer fangen sollte. Aber die Katze verstand keinen Spaß, sprang ihm ins Gesicht, spie und kratzte. Da erschrak er gewaltig, lief und wollte zur Hintertüre hinaus, aber der Hund, der da lag, sprang auf und biß ihn ins Bein; und als er über den Hof an dem Miste vorbeirannte, gab ihm der Esel noch einen tüchtigen Schlag mit dem Hinterfuß; der Hahn aber, der vom Lärmen aus dem Schlaf geweckt und munter geworden war, rief vom Balken herab: »Kikeriki!«

Da lief der Räuber, was er konnte, zu seinem Hauptmann zurück und sprach: »Ach, in dem Haus sitzt eine greuliche Hexe, die hat mich angehaucht und mit ihren langen Fingern mir das Gesicht zerkratzt; und vor der Türe steht ein Mann mit einem Messer, der hat mich ins Bein gestochen; und auf dem Hof liegt ein schwarzes Ungetüm, das hat mit einer Holzkeule auf mich losgeschlagen; und oben auf dem Dache, da sitzt der Richter, der rief: ›Bringt mir den Schelm her.‹ Da machte ich, daß ich fortkam.«

Von nun an getrauten sich die Räuber nicht weiter in das Haus, den vier Bremer Musikanten gefiel's aber so wohl darin, daß sie nicht wieder heraus wollten. Und der das zuletzt erzählt hat, dem ist der Mund noch warm.

Fuchs und Katze

Der Fuchs fragte einst die Katze: »Willst du meine Frau werden?«

»Kurrnaun! Jawohl!« war die Antwort. Sie vermählten sich. Der Fuchs ging der jungen Gattin Essen suchen. Ihm begegnete der Wolf, welcher ihn fragt, wohin er gehe. Der Fuchs erzählt. Der Wolf will seine junge Frau sehen. Der Fuchs stellt eine Bedingung, unter welcher er seine Frau sehen könne: er müsse ein Lamm vor das Haus des Fuchses tragen.

Der Fuchs geht weiter. Ein Bär kommt. Ihm erzählt er dasselbe und verlangt von dem Bär, er solle seiner Frau eine Kuh als Geschenk bringen, dann könne er sie sehen.

Der Fuchs streicht durch den Wald. Als er nach Hause kommt, sind Wolf und Bär mit dem Schaf und der Kuh schon da. Der Wolf versteckt sich unter einem Busch, und der Bär kriecht auf eine Fichte, um von dort aus die Gattin des Fuchses zu sehen. Die Katze kam auch und fing an, die Kuh zu fressen, wobei sie immer schnurrte: »Närrnärr, närrnärr, weidu-weidu, weidu-weidu!« (»weidu« heißt »zuwider«) Der Fuchs aß ruhig sein Lamm. Wolf und Bär wunderten sich über die Katze, daß sie mit der großen Kuh unzufrieden war, wie sie glaubten. Zuweilen blickte die Katze auf und blickte zum Busch, worunter der Wolf lag, welcher jedesmal dann freudig mit dem Schwanz wedelte. Die Katze aber glaubte, daß da eine Maus sei und sprang auf den Schwanz des Wolfs. Dieser lief vor Schreck in den Wald. Die Katze erschrak auch und kletterte auf die Fichte und sprang dem Bären ins Gesicht. Dieser lief auch, was er konnte, davon.

Am anderen Tag, als Wolf und Bär den Fuchs trafen, sagten sie, er habe eine böse Frau. Er aber lobte seine Frau und war stolz auf sie. Als der Fuchs dann nach Hause kam, fand er seine Frau nicht mehr vor. Der Katze wurde es dort unheimlich, und sie lief fort. Das verzieh der Fuchs ihr nie, daß sie ihm untreu geworden, und deswegen ist er ihr bis heute feind.

Vom Mojsele und vom Kezele

Es war einmal ein Mojsele, das wohnte in einem Loch, gleich unter dem Pripetschik, wo es immer schön warm ist. In der Nacht, wenn der Bauer und die Bäuerin schliefen, huschte es oft geschwind zum Tisch, wo meist Brotkrumen am Boden lagen, und aß sich satt. Manchmal fand es auch ein Stückchen Käse, das dem Bauern aus dem Mund gefallen war, weil er beim Essen gern redete, und dann freute sich das arme Mojsele ganz besonders, denn Brot und Käse, das war schon beinahe ein Festschmaus.

Doch eines Tages wurde unser Mojsele krank, vielleicht hatte es etwas gegessen, was verdorben war, oder es hatte von einer vergifteten Speise genascht; na, wer kann das wissen? So lag es nun im Bett und jammerte ojojoj; dann wartete es ein bißchen, ob vielleicht die Bauchschmerzen nachgelassen hatten. Als ihm aber wieder alles weh tat, klagte es von neuem: »Ojojoj ...« (Früher hieß es bei uns: »Ojoj, Bosche moj, klogt der Jud und klogt der Goj«, weil die einen und die andern das gleiche Leid zu tragen hatten.)

Es klagte so lange, bis das Kätzchen, das Kezele, das sonst immer oben auf dem Pripetschik lag und vor sich hindöste, aufmerksam wurde, heruntersprang und fragte: »Wer klogt durtn?«

»Ich hob asoj a groißn Schmarz!« jammerte das Mojsele. »Ich brauch hobn a Leak!«

»Werd ich bringn a Leak far dich!«, sagte das Kezele und vergaß dabei, daß es sich oft über die Frechheit des kleinen Mojsele geärgert hatte und es bisher nie fangen konnte. Das

Kezele war eben ein gutes Kezele (siehst, so eines hatten auch wir, die Mitzuschka, die konnte keine Mäuse fangen, und so taugte sie eigentlich zu nichts, denn Katzen sind dazu da, daß sie Mäuse fangen; aber ein liebes Tier war unsere Mitzuschka, das muß ich auch noch sagen, so eine hatten wir nachher nicht mehr gehabt; der Hund, den du draußen bellen hörst, na ja, ein guter Hund, er wacht, daß kein umherziehender Zigeuner übers Tor steigt und vielleicht eine von den Gänsen mitnimmt, aber sonst – anhänglich wie das Kezele, die Mitzuschka, einst war, ist er nicht; meine Frau hat jeden Abend Strümpfe gestopft, alte Kleider ausgebessert, und die Mitzuschka ist auf ihrem Schoß gesessen und hat geschnurrt wie ein Spinnradl; ja, es gibt Haustiere, die sind asoj, und Haustiere, die sind asoj).

Das Kezele ist also hujhuj zum Potikar, wie man früher sagte, zum Aptejker gelaufen und hat gesagt: »Ich mecht brauchn a Leak, soll das Mojsele werdn gesund.«

Der Aptejker aber fragte das Kezele, ob es auch genug Geld hat, den Leak zu bezahlen. Natürlich hat das Kezele kein Geld. Woher sollte es auch so etwas haben? Und so sprach der Aptejker: »Wunn du host kejn Geld nischt, wirst mir bringn a grojße Bulke.«

Nun lief das Kezele geschwind zu einer Gwirte, die wohnt gleich ums Eck, drei Häuser weiter, und die hatte eine Bäckerei, wo herrliche Brote und Semmeln gebacken wurden.

»Gite Frau, bitte gjebt mir a Bulke,
Soll ich sie gebn far Aptejker,
Soll er mir gebn Leak,

Soll ich gebn Leak far das Mojsele,
Wos hot a Krenk und meglich kann sterbn!«

Die Gwirte aber antwortete: »Wunn du willst hobn a Bulke, mußt bringen a schajnes Tichl vun Gewelb.«

So lief das Kezele nun zum Gewelb, doch das war gerade geschlossen, und der Kaufmann war im Klejsl. Das Kezele setzte sich vor die Tür und wartete. Es war bereits dunkel, als der Kaufmann schließlich zurückkehrte. Nun sagte das Kezele sein Sprichele auf:

»Gitr Kojfmann, bitte gjebt a Tichl,
Soll ich es gebn far Gwirte,
Soll sie gebn a Bulke,
Soll ich sie gebn far Aptejker,
Soll er mir gebn a Leak,
soll ich gebn Leak far das Mojsele,
Wos hot a Krenk und meglich kann sterbn!«

Der Kaufmann war ein ganz spitziger Neguster, wie man früher sagte, und darum antwortete er dem guten Kezele: »Wunn du mechtest hobn a Tichl, mußt bringn vun Kotschma a Flasch gitn Bronfn!«

So lief das Kezele nun zur Kotschma, wo alle ruthenischen und polackischen Holzfäller und Saufhansl beisammensaßen und miteinander über irgendwelche Dinge laut stritten. Ängstlich schlich sich das Kezele unbemerkt bis zum Wirten, der ein Jud war, und sagte:

»Gitr Wirt, bitte gjebt a Flasch Bronfn,
Soll ich gebn far Kojfmann,
Soll er gebn a Tichl,
Soll ich es gebn der Gwirte,
Soll sie gebn a Bulke,
Soll ich sie gebn far Aptejker,
Soll er mir gebn a Leak,
Soll ich gebn Leak far das Mojsele,
Wos hot a Krenk und meglich kann sterbn!«

Der Wirt, der immer nur ans Geldverdienen dachte, meinte: »Wenn du mechtest hobn Bronfn, mußt bringen drei Lej.« Na, ihr Lieben, jetzt war das Kezele ratlos: Woher sollte es das Geld beschaffen? So etwas ist ja noch schwerer zu bekommen als eine Bulke!

Wo es nun so dasaß und nachdachte, kam Jossele vorbei, der Klesmer, ein Mann, der nicht reich war, aber auch nicht arm, denn er spielte oft in der Kotschma auf seinem Fiedele zum Tanz auf. An ihn wandte sich das Kezele und sagte geschwind sein Sprichele auf:

»Giter Jossele, bitte gjeb drei Lej,
Soll ich sie gebn far Wirt,
Soll er gebn Bronfn,
Soll ich gebn far Kojfmann,
Soll er gebn a Tichl,
Soll ich es gebn der Gwirte,
Soll sie gebn a Bulke,
Soll ich sie gebn far Aptejker,
soll er mir gebn a Leak,

Soll ich gebn Leak far das Mojsele,
Wos hot a Krenk und meglich kann sterbn!«

»Kezele«, antwortete Jossele, »bin ich a Oreminker, hob ich nur a Leu, mehr is nischt«, und dann zeigte er seine leeren, geflickten Hosentaschen, und da war wirklich nichts drin.

Das Kezele nahm also den einen Leu, bedankte sich und lief, so rasch es konnte, davon. (Vielleicht hast es bemerkt: Der Jossele, ein Oreminker, hatte als einziger nichts verlangt, er hatte den Leu dem Kezele einfach so geschenkt; ja, das sind eben die ganz armen Menschen, Juden oder Gojim, da gibt es keinen Unterschied; die Armen, wie jener Jossele, der Klesmer, die haben meist ein weiches Herz, und von den Armen kannst du eher etwas geschenkt bekommen als von einem Reichen; das sollte man eigentlich wissen, bevor man zu jemandem geht, um etwas zu verlangen; man spart dann eine Menge Zeit und viele Wege.)

Das Kezele eilte nun zum Wirten, und der ließ mit sich handeln. So bekam es die Flasche Bronfn und lief damit zum Kaufmann. Der nahm erst einen langen Schluck aus der Flasche, um festzustellen, ob der Schnaps sauber und aus Pflaumen gebrannt wurde, dann erst gab er dem Kezele das Tichl. Mit dem Tichl eilte das Kezele nun zur Gwirte und erhielt dafür eine Bulke. Mit der Bulke lief es zum Aptejker und bekam dafür den Leak. Mit dem Leak aber lief es nun zum Loch unter dem Pripetschik, wo das Mojsele immer noch herzzerbrechend klagte: »Ojojoj.«

Das Kezele schob mit der Pfote vorsichtig den Leak durch das Loch, und das Mojsele schluckte gleich zwei Kigele davon und trank ein Glas Tee. Danach fühlte es sich gleich schon etwas besser.

»Bist a gites Kezele«, sagte es leise.

»Muß es auch gebn a gites Kezele«, lautete die Antwort, ein bißchen selbstgefällig und vielleicht nicht ohne Hintergedanken.

Es vergingen einige Tage, und da huschte eines Morgens das Mojsele unter den Tisch, um nach Brotkrumen zu suchen, und es merkte nicht, daß ausgerechnet das Kezele auf der Lauer lag; huj, hatte es das leichtsinnige Mojsele gefangen. Das aber schrie, was es konnte: »Ojojoj! Ojojoj!«

Das machte jedoch keinen Eindruck mehr auf das Kezele. Dann aber überlegte es hin und her, ob es nun das Mojsele fressen soll, nachdem es noch vor kurzem einen geschlagenen Tag lang unterwegs war, um sein Leben zu retten? Und man sollte es nicht für möglich halten, doch das Kezele verspürte plötzlich wieder großes Mitleid mit dem kleinen jammernden Mojsele, und darum sagte es: »Sei still, abr kimm mir nischt noch einmal in meine Gaß, weil noch einmal mein Harz wird nischt sein weich! Bin ich auch nur a Katz!«

Das merkte sich das Mojsele, denn so leichtsinnig war es nun auch nicht; und es lebte vorsichtig und wurde alt und älter.

Meine Maise ist aus,
Dort läuft eine Maus,
Denn die Katz ist nicht zu Haus.

Vom Kätzchen und Hündchen

Es war eine Mutter, und die hatte zwei Töchter. Die eine hieß Kašenka, das war ihre eigentliche Tochter, die andere, ihre Stieftochter, nannte sich Andulka. Die Mutter war der Andulka nicht wohlgesonnen, und sie trachtete ständig danach, sie aus dem Hause zu kriegen. Am Ende gelang es ihr auch.

Andulka merkte, daß sie ihrer Stiefmutter zur Last war, und sie sagte, sie werde irgendwo in den Dienst treten.

Die Mutter schickte sie natürlich mit Freuden auf den Weg. Sie buk ihr eine Buchtel und ließ Andulka in die weite, weite Welt ziehen. So ging Andulka, bis sie auf einmal zu einem Kreuzweg kam. Da sie nicht wußte, wohin, nahm sie die Buchtel aus ihrem Bündel und rollte sie vor sich hin:

»Rolle, rolle, ruchtelchen,
Wo rollst du hin, mein Buchtelchen?«

Sie dachte, daß sie dahin gehen wollte, wohin die Buchtel rollte. Die Buchtel rollte zu einem Zwetschenbaum, der voller Raupen und Fliegen war. Als Andulka herbeisprang, um die Buchtel zu holen, bewegte sich der Zwetschenbaum leise und bat Andulka, sie möchte doch die garstigen Insekten von ihm ablesen und ihn befreien. Andulka zog sich Schuhchen und Strümpfchen aus, kletterte auf den guten Zwetschenbaum, und nach einer kleinen Weile hatte sie ihn ganz gesäubert.

Der Zwetschenbaum dankte ihr und sagte: »Wenn du

mich einmal brauchst, Andulka, so denke an mich, und ich werde es dir reichlich vergelten.«

Andulka kletterte vom Baum herunter, nahm ihre Strümpfchen, zog sich die Schuhchen an und ging weiter. Wieder nahm sie die Buchtel und rollte sie vor sich hin:

»Rolle, rolle, ruchtelchen,
Wo rollst du hin, mein Buchtelchen?«

Die Buchtel rollte zu einem Apfelbaum, der ganz mit Moos bewachsen war. Er bat sie ebenfalls, sie möchte ihn von dem Moos befreien. Andulka zögerte nicht, und bald war das Moos weg.

Der Apfelbaum dankte ihr vielmals und sagte: »Wenn du mich einmal brauchst, Andulka, so denke an mich, und ich werde es dir reichlich vergelten.«

Andulka entfernte sich von dem Apfelbaum, wieder nahm sie ihre Buchtel und rollte sie vor sich hin:

»Rolle, rolle, ruchtelchen,
Wo rollst du hin, mein Buchtelchen?«

Die Buchtel rollte lange, lange, bis sie an einer Waldquelle haltmachte. Die Quelle war voller Schlamm, und das Wasser sprudelte nicht so fröhlich wie anderswo. Als nun Andulka neben ihr stand, begann die Quelle zu bitten, Andulka möge sie doch saubermachen. Andulka zog rasch ihre Schuhchen und Strümpfchen aus, und es dauerte nicht lange, da schaukelten fröhlich die kleinen Wellen.

Die Quelle war wieder sauber und rief ihrer Befreierin zu: »Wenn du mich einmal brauchst, Andulka, so denke an mich, und ich werde es dir reichlich vergelten.«

Andulka zog sich wieder Strümpfe und Schuhe an, nahm die Buchtel und rollte sie vor sich hin:

»Rolle, rolle, ruchtelchen,
Wo rollst du hin, mein Buchtelchen?«

Die Buchtel rollte durch den ganzen Wald, bis sie an einem Backhaus haltmachte. Das war aber voller Asche und Erde und bat Andulka, sie möchte es doch säubern. Andulka machte sich wieder an die Arbeit, und nach einem kleinen Weilchen konnte man wieder Brot backen.

Als Andulka fortging, dankte ihr das Backhaus und sagte: »Wenn du mich einmal brauchst, Andulka, so denke an mich, und ich werde es dir reichlich vergelten.«

Wieder warf Andulka ihre Buchtel und rollte sie vor sich hin:

»Rolle, rolle, ruchtelchen,
Wo rollst du hin, mein Buchtelchen?«

Die Buchtel rollte weiter und weiter, über ein paar hohe Berge, bis sie tief im Tal zu einem Wiesengrund kam. Dort stand ein schwarzes Pferdchen und konnte nicht weiter, denn es war ganz beschmutzt und bestaubt. Sowie Andulka das Pferdchen sah, das sie mit seinen großen Augen flehentlich anblickte, sprang sie hinzu, säuberte es, nahm es bei seinen goldenen Zügeln und führte es ein Stück beiseite.

Das Pferdchen wieherte freudig und sagte: »Ich danke dir, Andulka, daß du mich befreit hast. Ich werde mich dir dafür dankbar zeigen. Wenn du mich einmal brauchst, so denke nur an mich!«

Andulka warf wieder ihre Buchtel, und diese kollerte bis zu einer Hütte. Andulka klopfte leise an die Tür, und nach einer Weile kam ein altes Weiblein heraus: »Was suchst du denn hier, Mädchen, und woher bist du gekommen?«

Andulka erzählte der Großmutter, woher sie kam und daß sie einen Dienst suchte.

»Dann bleib doch bei uns«, schlug die Alte ihr vor.

Andulka blieb herzlich gern, die Alte gefiel ihr auf den ersten Blick. Bald darauf übergab die alte Frau den ganzen Haushalt ihrer Pflege, besonders aber legte sie ihr ein Hündchen und ein Kätzchen ans Herz.

Die junge Hausfrau kümmerte sich gewissenhaft um alles und teilte mit dem Hündchen und dem Kätzchen jeden Bissen. Deshalb gewannen die Tiere sie sehr lieb, und als die Großmutter nach einiger Zeit zurückkam, berichteten sie ihr alles.

Wie die Großmutter nun dachte, daß Andulka wieder nach Hause zurückkehren könnte, führte sie sie auf den Boden. Da war eine Menge verschiedener Truhen, schön bemalte waren darunter und ganz gewöhnliche. Die Großmutter überließ ihr die Auswahl, aber sie sagte, daß sie die ausgewählte Truhe nicht öffnen dürfe, ehe sie daheim angelangt sei. Da schmeichelten sich das Hündchen und das Kätzchen an sie heran und rieten ihr, sie solle die häßlichste Truhe nehmen. Andulka nahm sich also die häßlichste Truhe, die ganz ohne Bemalung war, packte sie sich auf die Schulter, verabschiedete sich von dem Kätzchen, dem Hündchen und der Großmutter und richtete ihren Schritt heimwärts. Kaum war sie ein Stück Wegs gegangen, da konnte sie nicht mehr weiter, die Truhe war sehr schwer. Da bleibt sie stehen und denkt bei sich: »Wenn mein schwarzes Pferdchen hier wäre, das könnte mir helfen, die Truhe nach Hause zu bringen.«

Da kommt das Pferdchen wie der Sturm herbeigelaufen und sagt zu ihr, sie möge ihm nur die Truhe aufladen und sich selbst dazusetzen. Sie saß also auf, und in kurzer Zeit hatten sie ein hübsches Stück Weg zurückgelegt. Bei ihrem schnellen Ritt waren sie jedoch sehr müde geworden und hatten Hunger bekommen.

Andulka erinnerte sich des Backhauses und sagte: »Wenn jetzt das Backhaus hier wäre, das käme uns gelegen.«

Da sieht sie ein kleines Stückchen von da entfernt das Backhaus voll vom schönsten Backwerk. Sie aß sich satt, gab auch dem Pferdchen etwas, und sie ritten weiter. Es war aber fürchterlich heiß. Sie bekamen Durst, und nirgends war ein Brunnen zu sehen.

»Wenn jetzt meine Quelle hier wäre oder der Apfelbaum oder der Zwetschenbaum, die würden uns erfrischen.«

Da sieht sie ein kleines Stück von da entfernt den Apfelbaum und den Zwetschenbaum, voll der lieblichsten Früchte, und unter ihnen die reine Quelle. Sie trank sich an dem kühlen Wasser satt, aß von den schmackhaften Früchten, tränkte und fütterte das Pferdchen, und sie ritten der Heimat zu.

Als sie zu Hause ankamen, flog der Hahn auf das Dach und krähte:

»Kikeriki!
Da reitet unser Töchterlein,
Bringt Silber und Gold in der Truhe heim!«

Andulka nahm die Truhe herunter und bedankte sich schön bei dem Pferdchen, das sprang mit freudigem Wiehern davon. Welche Freude war das aber für Andulka und welcher Verdruß für Kašenka, als sie die Truhe öffneten und lauter Gold und Edelsteine darin fanden! Andulka war nicht geizig, sie wollte allen wohl und hätte alles mit jedem geteilt. Auch jetzt gab sie der Stiefmutter und Kašenka viel ab, und sie erzählte alles, was ihr zugestoßen war und was sie gesehen hatte.

Zum Schein hörten die ihr freudig zu, aber sie beneideten Andulka. Deshalb wollte die Stiefmutter auch gleich, daß ihre Lieblingstochter, die Kašenka, ebenfalls auf die Wanderschaft gehen sollte. Sie buk ihr den besten Napfkuchen, den sie backen konnte, und schickte sie in die weite Welt.

Kašenka ging den Weg, den Andulka ihr beschrieben hatte. Sie kam zu dem Kreuzweg, da nahm sie die Buchtel heraus und rollte sie vor sich hin:

»Rolle, rolle, ruchtelchen,
Wo rollst du hin, mein Buchtelchen?«

Die Buchtel rollte wieder zu dem Zwetschenbaum, der war voller Raupen und schädlicher Fliegen und bat Kašenka, sie möchte ihn doch säubern. Aber Kašenka fürchtete sehr um ihr Kleidchen, und sie war ungemein faul. So zog sie ein finsteres Gesicht, wandte sich ab, nahm die Buchtel und rollte sie vor sich hin:

»Rolle, rolle, ruchtelchen,
Wo rollst du hin, mein Buchtelchen?«

Die Buchtel rollte zu dem Apfelbaum, der war von Moos ganz bewachsen und bat Kašenka, sie möchte ihn säubern. Aber die zog eine bitterböse Miene, wandte sich ab, nahm die Buchtel, warf sie und rollte sie vor sich hin:

»Rolle, rolle, ruchtelchen,
Wo rollst du hin, mein Buchtelchen?«

Die Buchtel machte bei der Quelle halt, beim Backhaus und bei dem Pferdchen, aber das hoffärtige Mädchen wandte sich überall ab, als ob sie taub wäre, und wollte keinem helfen. Schließlich kam sie zu der Hütte, in der auch die brave Andulka gedient hatte, und pochte an die Tür. Nach einer kleinen Weile zeigte sich in der Tür die Großmutter und fragte sie, was sie wünsche. Kašenka: daß sie einen Dienst suche und ob sie sie nehmen könne.

»Nun, das versteht sich! Komm nur, du wirst mich das ganze Frühjahr hindurch in der Wirtschaft vertreten, und wenn du brav und gewissenhaft bist, so werde ich dich gut entlohnen.«

Dann führte die Großmutter Kašenka in die Stube, zeigte ihr, wo alles steht und liegt. Besonders legte sie ihr das Kätzchen und das Hündchen ans Herz, und dann ging sie weg.

Jetzt hatte Kašenka volle Freiheit, und sie dachte, daß sie nun auch alles tun könne, was sie wollte. Sie kochte sich selbst die besten Speisen, doch dem Kätzchen und dem Hündchen gab sie nur die Reste.

Frühjahr und Sommer gingen vorbei, und eines Morgens kam die Großmutter zurück. Sie sah gleich den schlechten Zustand der Wirtschaft, führte aber trotzdem Kašenka auf den Boden, wo sie die vielen Truhen hatte, und sagte ihr, sie solle sich eine aussuchen.

Kašenka fragte das Kätzchen und das Hündchen um Rat, aber die sprachen zu ihr:

»Du nahmst allein dir Wein und Kuchen,
Sollst nun allein auch Rat dir suchen!«

Sie wählte sich allein eine schönbemalte Truhe aus, packte sie sich selbst auf die Schulter, verabschiedete sich weder von der Großmutter noch vom Kätzchen und Hündchen und richtete ihren Schritt heimwärts. Unterwegs dachte sie bei sich: »Ätsch, Andulka, ich werde doch etwas Hübscheres haben als du!«

Und so ging sie nach Hause, aber die Truhe war schwer, die Sonne brannte vom Himmel, so daß sie jeden Augenblick haltmachen und verschnaufen mußte. Sie kam am Backhaus vorbei, aber das war kalt, an der Quelle, am Apfelbaum und am Zwetschenbaum, doch nirgends eine Erfrischung. Als sie sich ihrem Haus näherte, kam ihr schon die Mutter entgegen, und das war eine Freude, vor allem darüber, daß sie in einer solchen Truhe doch etwas Besseres haben würde als Andulka in ihrer häßlichen.

Der Hahn flog wieder auf den Dachfirst und krähte:

»Kikeriki!
Unsere Tochter reitet 'rein,
Bringt Schlangen, Skorpione in der Truhe heim.«

Als die beiden ins Haus kamen, zerrten sie mit Mühe die blumenbemalte Truhe auf den Boden, und als dann Andulka das Haus verlassen hatte, gingen sie hinauf, um die Edelsteine und seidenen Gewänder zu besichtigen.

Aber sie hatten sich gewaltig geirrt! Als sie nämlich die Truhe öffneten, erblickten sie keinen einzigen Edelstein, dafür aber lauter Schlangen und Skorpione, die krochen aus der Truhe und stachen die böse Stiefmutter und ihre Tochter zu Tode.

Andulka bedauerte sie sehr und richtete ihnen ein prächtiges Begräbnis aus.

Katze und Hund

In alten Zeiten waren Katze und Hund die besten Freunde. Sie wohnten beisammen, gingen gemeinsam auf Jagd, und was sie fingen, teilten sie brüderlich. So vergingen die Jahre, und eines schönen Tages merkten die beiden, daß sie älter wurden und das Jagen nicht mehr so Spaß machte, ja, es bereitete ihnen sogar Schwierigkeiten, denn die Katze konnte nicht mehr so gut laufen und springen, und der Hund hatte nicht mehr so scharfe Zähne.

Da sagte die Katze, die schlauer war als der Hund: »Mein Freund, ich werde dich morgen verlassen und mir einen Herrn suchen, der mich im Alter füttern wird. Du mußt mir aber versprechen, daß du nicht vielleicht eines Tages auch zu meinem Herrn kommen wirst.«

Der Hund, dem es leid tat, daß er nun allein blieb, versprach ihr selbstverständlich, nicht auch beim gleichen Herrn sein Glück zu versuchen, und so umarmten sich die beiden, nahmen Abschied voneinander, und die Katze zog fort.

Sie mußte aber nicht weit laufen, denn gleich ums Eck wohnte der Mensch Adam, und in seinem Haus gab es viele Mäuse, die ihm ständig das Essen wegnaschten. Hier klopfte die Katze an, und Adam, der sich ein bißchen einsam fühlte, nahm die Katze bei sich auf. Nun, da war es auch mit der Herrschaft der Mäuse zu Ende. Denn die begann sogleich eine wilde Jagd auf alle Mäuschen, und bald konnte Adam das Essen ruhig auf dem Tisch stehenlassen, niemand nahm es ihm weg.

Die Katze aber führte ein Leben wie eine große Dame. Adam brachte ihr immer frische Milch, und manchmal bekam sie auch ein Stück von den feinen Kigele, die er am Schabbat zu essen pflegte. Was aber tat der Hund?

Zuerst war er sehr traurig, daß ihn seine Gefährtin verlassen hatte, dann aber lief auch er los und suchte sich einen Herrn. Wem sollte er aber dienen? Das mußte jemand sein, der klug und gerecht ist. Doch jene Art von Herren waren auch damals sehr selten, und so kam der Hund zur Ziege, die auch einsam war.

»Kann ich bei dir wohnen?« fragte er.

»Ja, du kannst hierbleiben«, erwiderte sie verschämt und blickte ihn zärtlich mit ihren Schlitzaugen an. So blieb der Hund bei der Ziege. »Ist zwar nicht die Richtige«, dachte er sich, »aber wohin soll ich gehen, wenn ich sonst niemanden kenne.«

Eines Nachts, als beide schliefen, hörte der Hund (die

Hunde hören auch im Schlaf), wie sich jemand ihrer Hütte näherte. Sogleich sprang er auf und lief bellend zur Tür, und der Räuber suchte das Weite.

Die Ziege aber meckerte: »Du hast mich aus dem schönsten Schlaf geweckt. Ich hatte gerade einen wunderbaren Traum. Schau, verschwind aus meinem Haus, ich möchte dich nicht mehr sehen!«

Der Hund zog den Schwanz ein und lief davon. Bald danach kam er zur Kuh, und auch die war einsam und wohnte allein. »Kann ich bei dir bleiben, liebe Kuh?« fragte der Hund.

»Ach, gern«, antwortete sie und blickte ihn wohlgefällig mit ihren großen runden Augen an. So blieb der Hund bei der Kuh.

Eines Nachts hörte er wieder, wie sich Räuber heranschlichen. Rasch sprang er auf, bellte und verjagte die Räuber. »Was ist los?« fragte verschlafen die Kuh. »Warum benimmst du dich so unmöglich? Was soll das heißen? Bitte verlaß sofort mein Haus!«

Was sollte der Hund darauf erwidern? Er zog den Schwanz ein und lief davon.

Nun irrte er durch die Gegend, und eines schönen Tages kam er zum Wolf. »Lieber Wolf, wir beide sind uns doch so ähnlich, wir könnten gut zusammenwohnen.«

»Meinetwegen«, sprach der Wolf, »zu zweit läßt es sich besser jagen.«

Und am nächsten Morgen gingen sie auch schon beide auf die Jagd. Sie liefen durch die Wälder, aber die Tiere hatten sich alle versteckt, und niemand ließ sich blicken.

Am nächsten Morgen zogen sie wieder los, diesmal mit

knurrendem Magen, denn sie hatten seit zwei Tagen nichts mehr gegessen. Wieder hatten sie kein Glück. Nichts ließ sich blicken. Erst gegen Abend sah der Hund ein kleines Reh, bellte laut und wollte es jagen. Doch der Wolf war flinker als er, schnappte sich das Rehlein und biß es tot.

»Was bist du für ein schlechter Jäger«, spottete der Wolf, »so einen wie dich brauch ich nicht als Kameraden. Iß dich satt, aber dann verschwind!«

Der Hund fraß ein wenig, obwohl ihm das rohe Fleisch nicht recht schmeckte, und dann lief er davon.

»Ich finde keinen Freund und keinen Herrn«, dachte der Hund, »soll ich immer allein leben? Das will ich nicht.« Und so lief er einfach zum Adam und fragte den, ob er bei ihm bleiben dürfe.

»Einen Hund habe ich nicht«, sagte Adam, »nur eine Katze, die Mäuse fangen kann.«

Doch schon am nächsten Tag fauchte ihn die Katze an: »Wir hatten abgemacht, daß du nicht auch zum Adam kommen wirst, und jetzt bist du plötzlich hier! Was soll das heißen? Für uns beide ist da kein Platz!«

So suchte sich der Hund eine Stelle im Hof, wo er sich wohnlich einrichtete. Die Katze aber blieb weiterhin unter dem warmen Herd im Haus.

Eines Nachts schlichen sich nun einige Räuber heran und wollten den Adam ausrauben. Der Hund aber hörte schon von weitem ihre leisen Schritte. Als sie ganz nahe waren, sprang er hoch und bellte sie wütend an. Adam nahm sein Schwert und stürzte aus dem Haus, während sich die Katze tief unter dem Ofen verkroch.

»Wo sind die Räuber?« fragte Adam.

Der Hund aber lief bellend in die Richtung, wo sich etwas bewegte. Und der Adam lief hinter ihm und prügelte auf den letzten Räuber ein, weil der nicht so rasch laufen konnte.

»Das hast du gut gemacht, lieber Hund«, sagte nachher der Adam, »du wirst von nun an der Hüter meines Hauses sein!«

Das ärgerte die Katze, und sie zeigte dem Hund ihre Krallen. Der aber zeigte seine Zähne, und so wurden die beiden spinnefeind. Da war nichts mehr zu machen. Obwohl sie demselben Herrn dienten, versäumten sie keine Gelegenheit, miteinander zu raufen.

Und das ist auch heute noch so.

Der Kater, der Mönch und Hadschi wurde

Ein Kater, der ein großer Räuber war, hatte alle Mäuse in der Umgebung, in der er lebte, ausgerottet und vertilgt. Als die Ratten sahen, daß der Kater das ganze Geschlecht der Mäuse ausrotten würde, gingen sie alle zu dem Rattenhauptmann und fragten ihn, was sie tun sollten, um sich vor dem Kater zu retten. »Was sollen wir, verehrter Herrscher, mit so einem Teufel von Kater machen, der das ganze Geschlecht der Mäuse ausgerottet hat und sich jetzt auch über uns Ratten hermacht, um uns zu vertilgen? Täglich kämpfen wir mit ihm in den Kornkammern, aber keine von uns hat ihn bisher besiegen können. Immer siegte er. Der

Kater sei verflucht, seine scharfen Krallen sollen verdorren!« sagten die Ratten zu dem Rattenhauptmann.

»Ach, Brüder, ihr seid doch alle dumm und unerfahren! Kann denn eine Ameise mit einem Bären kämpfen oder ihr mit einem Kater? Fragt den Weisen und nicht den Wahrsager! Für euch, Freunde, gibt es keinen anderen Ausweg, als schön in euren Löchern zu bleiben: versteckt euch dort, bis eure Kinder sich vermehren, und wenn dann der Kater einen eurer Söhne auffrißt, weil dieser nicht auf euch gehört hat und aus dem Loch herausgekrochen ist, so macht das fast gar nichts, denn einer von zehn – das macht fast nichts. Wenn ihr also meinen Rat wollt, so kann ich euch nur diesen geben und nichts weiter.«

Da bedankten sich die Ratten für den Rat, den ihnen der Rattenhauptmann gegeben hatte, und eine jede ging in ihre Wohnung zurück und sagte ihren Verwandten und Freunden, daß sie nicht aus ihren Löchern kommen sollten für ich weiß nicht wie lange Zeit. Der Kater wartete, daß irgendeine Maus oder Ratte ihr Loch verlassen würde; er wartete heute – nichts; er wartete am nächsten Tag – nichts, am übernächsten Tag – wieder nichts.

Eines Tages lauerte der Kater gerade vor einem Loch, als plötzlich eine kleine Maus aus dem Loch hervorlugte. Kaum aber hatte das Mäuschen den Kater bemerkt, kroch es schnell in das Loch zurück, damit der Kater es nicht zu fressen kriegte.

»Warte du nur vor dem Loch, Kater, und wenn du willst, sogar eine ganze Woche lang. Die Ratten haben uns gesagt, daß wir auf keinen Fall die Löcher verlassen sollen, damit du uns nicht zu fassen kriegst. Nun, hast du das verstanden,

Kater, oder nicht? Du wirst von jetzt an keine Maus mehr fressen; ist das klar?«

Als der Kater, der schon seit Tagen hungerte, das erfuhr, dachte er sich einen Plan aus, mit dem er die Mäuse überlisten konnte. Er fand eine Mönchskappe und eine Mönchskutte, besorgte sich einen schwarzen Rosenkranz, der länger als er selbst war, und ging in die Kirche, die sich neben der Kornkammer befand, in der man den Kirchenweizen aufbewahrte, stellte sich genau gegenüber den Mauselöchern auf und begann sich zu bekreuzigen und zu verneigen, betete den Rosenkranz der Reihe nach herunter und sang aus voller Kehle: »Herr, erbarme Dich unser! Vergib mir, Herr! Vergib mir, Herr, denn ich habe gesündigt!«

Das Gebet und die Bitten des Katers hörten viele Mäuse, und sie eilten zu ihren Löchern, um besser hören zu können, was der Kater da sagte. Als der Kater die Mäuse in den Löchern sah, lief ihm das Wasser im Munde zusammen, und er leckte sich und schmatzte, als hätte er schon alle gefressen. Dann fiel er auf die Knie nieder, verneigte sich ein paarmal, hob die Arme in die Höhe, richtete die Augen zum Himmel, als ob er zu Gott beten würde, und begann wieder den Rosenkranz herunterzubeten und zu rufen: »Herr, erbarme Dich unser!«

Als die Mäuse sahen, daß der Kater ein Heiliger werden wollte, eilten sie davon und erzählten es auch den alten Mäusen. Diese aber sagten zu den jungen: »Paßt auf, Kinder, verlaßt ja nicht eure Löcher, denn einem Kater darf man nicht trauen! Macht, was ihr wollt, aber bleibt in euren Löchern!«

Da blieben alle Mäuse in ihren Löchern. Sie schauten zu,

was der Kater machte, um ein Heiliger zu werden, und wunderten sich über seine Frömmigkeit. Schließlich setzte eine von ihnen ihr Leben aufs Spiel und ging zu dem Kater, um zu sehen, ob er sie fressen würde. »Guten Morgen, Mönch«, sagte sie zu dem Kater und ging noch näher auf ihn zu.

»Gott sei mit dir, mein Kind«, antwortete ihr der Kater in der Mönchskutte. »Komm her, mein Kind, komm her und küsse dem Hadschi die rechte Hand und vergib mir, denn ich war auf Pilgerschaft und möchte jetzt gern ein Heiliger werden; dort, mein Kind, habe ich gebeichtet, auf daß mir die Sünden vergeben werden; und man legte mir dort eine große Buße auf, mein Kind: Solange ich lebe, darf ich kein Fleisch mehr essen; und ... und ich soll mich ständig verneigen und ... und ständig den Rosenkranz beten und dazu singen: ›Herr, erbarme Dich unser!‹ Aber zuerst soll ich alle Mäuse und Ratten um Vergebung bitten und mit ihnen Frieden schließen, denn erst dann kann ich ein Heiliger werden. Sieh, mein Kindchen, mein Schäfchen, das sage allen Mäusen und Ratten. Sag ihnen, sie mögen zu mir kommen und mir die Hand küssen, auf daß wir Frieden schließen, und sie mögen mir auch vergeben, daß ich sie belästigt habe und daß ich sie nicht in Ruhe ihren Weizen in den Kornkammern habe fressen lassen. Nun, mein Kind, komm her und küß mir noch einmal die rechte Hand, und dann geh mit Gott, aber zuerst iß dich noch richtig satt an dem Weizen, dann geh und grüß auch die anderen alle. Sie mögen kommen und mir vergeben, damit ich nicht mit meinen Sünden sterbe und in die Hölle komme. Wenn sie aber nicht kommen, Bruder, dann soll die Sünde auf sie übergehen. Ich wasche dann meine Hände in Unschuld, die Sünden aber überlasse ich ihnen.«

Da lief die Maus, die dem Hadschi-Kater und Mönch die rechte Hand geküßt hatte, zusammen mit den anderen Mäusen, die sich alles mit angesehen hatten, davon, und sie erzählten allen übrigen, daß der Kater ein Mönch geworden sei und daß er sie zu sich rufe und um Vergebung bitte.

Daraufhin versammelten sich alle Mäuse und Ratten und beratschlagten, ob sie die Löcher verlassen sollten, um etwas Weizen zu fressen und dem Hadschi zu vergeben, oder ob sie in den Löchern bleiben sollten. Die einen meinten dies, die anderen das, aber die Mehrheit beschloß, daß noch einmal drei oder vier Mäuse und Ratten ihr Leben wagen und zu dem Kater gehen sollten, um nachzusehen, ob er auch in Wahrheit bereut hatte.

Da verließen einige Mäuse ihre Löcher und gingen zu dem Hadschi-Kater und küßten ihm die rechte Hand.

»Vergebt mir, meine lieben Kinder«, sprach er zu ihnen, »denn ich habe mich oft an euch versündigt. Herr, erbarme Dich unser!« sang er zwischendurch und verneigte sich, betete den Rosenkranz, so schnell er konnte, und rollte mit den Augen.

»Kommt nur aus euren Löchern, dann werde ich euch die Knochen brechen und euch auffressen«, sprach der Kater zu sich selbst, »dann werdet ihr sehen, wie der Hadschi-Kater fastet. Ich muß ja fasten, ob ich will oder nicht, weil ich nichts zu fressen habe!«

Nachdem die Mäuse ihm die rechte Hand geküßt und ihm vergeben hatten, knabberten sie noch etwas am Weizen und gingen dann zurück und berichteten allen, daß der Kater tatsächlich faste und kein Fleisch mehr esse. Da beratschlagten sie noch einmal und kamen schließlich überein, daß alle Mäuse und Ratten zu dem Hadschi-Kater gehen sollten, um ihm zu vergeben. Jede Maus sollte außerdem noch eine Fastenspeise zubereiten und sie dem Kater zum Geschenk machen, um ihn damit zu seiner Pilgerschaft zu beglückwünschen.

So taten es alle: Sie gingen zu dem Hadschi-Kater, stellten die Geschenke vor ihm auf und küßten ihm die rechte Hand. Als der Kater die ganzen Fastengeschenke sah, sprach er zu ihnen: »Nun, meine Schäfchen, habt ihr mir denn kein gebratenes Fleisch als Geschenk mitgebracht?«

»Aber du fastest doch, Hadschi-Kater, deshalb haben wir dir keins mitgebracht«, antworteten sie ihm.

»Nun, wenn es so ist, dann kommt her und tanzt einen Reigentanz«, sprach er zu ihnen, »und vergebt mir, daß ich mich an euch versündigt habe.«

Da faßten sich alle bei den Händen und tanzten einen Reigentanz um den Hadschi-Kater. Eine alte Ratte aber flüsterte ihnen ganz leise zu: »Tanzt nur den Reigentanz, Brüder, aber verliert eure Löcher nicht aus den Augen!«

Aber noch während sie den Reigentanz tanzten, konnte es der Kater nicht mehr aushalten: Er stürzte auf sie los und erwürgte sie alle.

Der Häuslerssohn und seine Katze

Es waren einmal ein alter Mann und eine alte Frau in ihrer ärmlichen Hütte und ein König und eine Königin in ihrem Reiche. Der alte Mann war so geizig, daß er viel Geld zusammengescharrt hatte. Die Leute sagten, er bekomme immer für ein Geldstück zweie. Da wurde er krank und starb. Die beiden Alten hatten zusammen nur einen einzigen Sohn. Er träumte in der ersten Nacht nach seines Vaters Tod von einem Fremden, der zu ihm kam und sprach: »Hier liegst du, dein Vater ist tot, und all sein Reichtum gehört nun dir, denn deine Mutter wird auch bald sterben. Die Hälfte des Geldes aber ist unrechtmäßig erworben. Deshalb sollst du die Hälfte unter die Armen verteilen und die andere Hälfte ins Meer werfen. Was aber im Meer schwimmt, nachdem alles andere versunken ist, ob es nun ein Stück Papier oder sonst etwas ist, das sollst du auffischen und gut aufbewahren.«

Dann verschwand der Fremde, und der Sohn wurde wach. Er war nun ganz traurig über diesen Traum und bedachte in seinem Sinn, was er wohl tun solle, denn er wollte doch nicht gern sein Vermögen fortwerfen. Aber endlich kam er zu dem Entschluß, die eine Hälfte den Armen zu geben und die andere Hälfte ins Meer zu werfen, und da kam es auch so, wie es der Fremde gesagt hatte: Obenauf schwamm etwas. Er holt es und sieht, daß es ein Stück Papier ist, in das sechs Schillinge eingewickelt waren.

Da dachte er nun bei sich: »Was soll ich wohl mit den

sechs Schillingen machen, nachdem ich mein großes Vermögen fortgeworfen habe?« Trotzdem steckte er sie zu sich.

Er wurde traurig und bekümmert über seinen Verlust, legte sich zu Bett, stand aber bald wieder auf.

Seine Mutter hatte er nun auch beerdigt und ging traurig fort. Er ging in den Wald hinaus, wanderte lange umher und kam schließlich zu einer ärmlich Hütte. Er klopfte an, und ein altes Weib machte auf. Er bat darum, ob er denn hierbleiben könne zur Nacht, aber Geld habe er keins.

Das Weib sagte, deshalb möge er ruhig hereinkommen. Er kam auch, und man gab ihm zu essen. Es waren nur zwei Frauen und drei Männer im Hause, sie sprachen wenig und schienen ruhige Leute zu sein. Er sah auch ein graues, nicht sehr großes Tier drinnen. Er hatte noch nie solch ein Lebewesen gesehen und fragte, wie man denn das Tier nenne. Sie sagten, es heiße »Katze«.

Dann fragte er, ob sie die Katze verkaufen wollten und was sie denn koste. Sie sagten, für sechs Schillinge könne er sie haben. Er kaufte sie auch für seine Schillinge und legte sich dann schlafen. Am andern Morgen nahm er Abschied von den Leuten und steckte die Katze unter seinen Mantel.

Er zog nun den ganzen Tag durch unwegsame Wälder und kam abends zu einem Hof. Er klopfte an, und ein alter Mann kam heraus. Es war der Hausherr, und der Bursche bat ihn um ein Nachtlager, sagte aber auch da wieder, daß er kein Geld habe.

»Dann gibt man dir's umsonst«, sagte der Mann und führte ihn in die Stube. Dort waren noch zwei Frauen und zwei Männer. Es waren die Frau und die Tochter des Hausherrn.

Die Katze ließ er unter seinem Mantel herausspringen, und alle waren erstaunt über das seltsame Tier, wie sie noch nie zuvor eins gesehen hatten. Er blieb die Nacht hier.

Am andern Morgen sagte man, er solle doch zum König gehen, seine Halle sei nicht weit von hier entfernt. Der König sei gut und sei gewiß freundlich zu ihm. Das tat er auch.

Er schickte dem König die Botschaft, er möchte ihn gern aufsuchen, und der König bat ihn hereinzukommen in seine Halle. Und er kam auch.

Als er hereinkam, saßen alle Leute bei Tisch. Er begrüßte den König und seine Hofleute, war aber sehr verwundert, als er eine endlose Anzahl kleiner Tiere in der Halle herumlaufen sah. Die kamen so nahe zum König und seinen Hofleuten, daß sie auf Tisch und Teller herumsprangen und alles wegnahmen, ja sie bissen den König sogar in die Hände, und er hatte keine Ruhe vor ihnen. Die Hände des Königs waren ganz blutig, und sie wußten sich keinen Rat, sich gegen diese bösen Tiere zu wehren.

Der Bursche fragte, was das denn sei und wie die Tiere heißen. Der König sagte, sie hießen »Ratten« und quälten ihn schon viele Jahre, er wisse sich nicht zu helfen gegen sie.

Da sprang die Katze aus dem Mantel heraus und ging auf die Ratten los. Etliche biß sie tot, und die übrigen jagte sie fort aus der Halle.

Da waren der König und seine Hofleute ganz erstaunt und fragten, was denn das für ein Tier sei. Der Bursche sagte, es sei eine »Katze«. Und er habe sie für sechs Schillinge gekauft.

Da sagte der König: »Weil du gekommen bist und du ein Glück gebracht hast, sollst du wählen dürfen, was du lieber willst: Ob du mein erster Minister sein willst oder aber ob du meine Tochter heiraten und mein Erbe sein willst.«

Der Bursche sagte, er wolle lieber die Tochter und das Reich. Da wurde Hochzeit gehalten, und als alles vorbei war, schickte er Boten zu den Bauern, bei denen er übernachtet hatte, und sie wurden seine Minister, als er selbst König geworden war.

Die Katze, die so viel fressen konnte

Es war einmal ein Mann, der hatte eine Katze, und die konnte so furchtbar viel fressen, daß er sie nicht mehr behalten wollte. Da wollte er ihr einen Stein um den Hals binden und sie in den Fluß werfen, aber zuvor sollte sie noch zu fressen bekommen. Die Frau setzte ihr eine Schüssel Grütze und ein kleines Töpfchen mit Fett vor. Das schlang sie hinunter und sprang zum Fenster hinaus. Da stand der Mann auf der Tenne zum Dreschen.

»Guten Tag, Mann im Haus«, sagte die Katze.

»Guten Tag, Katze«, sagte der Mann, »hast du heute schon gefressen?«

»Ach, ein bißchen, aber ich bin fast noch nüchtern«, sagte die Katze, »es war nur eine Schüssel Grütze und ein Töpfchen mit Fett, und ich besinne mich, ob ich dich nicht auch fressen soll«, sagte sie und packte den Mann und fraß ihn auf.

Dann ging sie in den Stall; da saß die Frau und melkte.

»Guten Tag, Frau im Stall«, sagte die Katze.

»Guten Tag, Katze, bist du es«, sagte die Frau. »Hast du dein Futter gefressen?« sagte sie.

»Ach, ein bißchen habe ich heute gefressen, aber ich bin fast nüchtern«, sagte die Katze. »Es war nur eine Schüssel Grütze und ein Töpfchen mit Fett und der Mann im Hause, und ich besinne mich, ob ich dich nicht auch fressen soll«, sagte sie, und da packte sie die Frau und fraß sie auf.

»Guten Tag, du Kuh an der Krippe«, sagte die Katze zu der Leitkuh.

»Guten Tag, Katze«, sagte die Leitkuh, »hast du heute schon gefressen?«

»Ach, ein bißchen, aber ich bin fast nüchtern«, sagte die Katze, »es war nur eine Schüssel voll Grütze und ein Töpfchen mit Fett und der Mann im Hause und die Frau im Stall, und ich besinne mich, ob ich dich nicht auch fressen soll«, sagte die Katze und packte die Leitkuh und fraß sie auf. Dann ging sie hinauf in den Obstgarten; da stand ein Mann und kehrte das Laub zusammen.

»Guten Tag, du Laubmann im Garten«, sagte die Katze.

»Guten Tag, Katze«, sagte der Mann, »hast du heute schon gefressen?«

»Ach, ich habe so wenig bekommen, ich bin fast nüchtern«, sagte die Katze, »es war nur eine Schüssel voll Grütze und ein Töpfchen mit Fett und der Mann im Hause und die Frau im Stall und die Leitkuh an der Krippe, und ich besinne mich, ob ich dich nicht auch fressen soll«, sagte sie und packte den Laubmann und fraß ihn auch auf.

Da kam sie an einen Steinhaufen; da stand das Wiesel und hielt Umschau.

»Guten Tag, Wiesel auf dem Steinhaufen«, sagte die Katze.

»Guten Tag, Katze«, sagte das Wiesel, »hast du heute schon gefressen?«

»Ach, nur ein bißchen, ich bin fast nüchtern«, sagte die Katze, »es war nur eine Schüssel voll Grütze und ein Töpfchen mit Fett und der Mann im Hause und die Frau im Stall und die Kuh an der Krippe und der Laubmann im Garten, und ich besinne mich, ob ich dich nicht auch fressen soll«, sagte die Katze und packte das Wiesel und fraß es auch auf.

Als sie eine Weile gegangen war, kam sie an einen Haselstrauch. Da saß das Eichhörnchen und sammelte Nüsse.

»Guten Tag, Eichhörnchen im Busch«, sagte die Katze.

»Guten Tag, Katze; hast du heute schon etwas gefressen?« sagte das Eichhörnchen.

»Ach, nur ein bißchen, ich bin fast nüchtern«, sagte die Katze. »Es war nur eine Schüssel voll Grütze und ein Töpfchen voll Fett und der Mann im Hause und die Frau im Stall und die Kuh an der Krippe und der Laubmann im Garten und das Wiesel auf dem Steinhaufen, und ich besinne mich, ob ich dich nicht auch fressen soll«, sagte sie und packte das Eichhörnchen und fraß es auf.

Als sie noch ein Weilchen gegangen war, begegnete sie Reineke Fuchs, der am Waldrand hervorlauschte.

»Guten Tag, Fuchs, du Schlauer«, sagte die Katze.

»Guten Tag, Katze, hast du heute schon gefressen?« sagte der Fuchs.

»Ach, nur ein bißchen, ich bin fast nüchtern«, sagte die Katze, »es war nur eine Schüssel voll Grütze und ein Töpfchen voll Fett und der Mann im Hause und die Frau im Stall und die Leitkuh an der Krippe und der Laubmann im Garten und das Wiesel auf dem Steinhaufen und das Eichhörnchen im Haselbusch, und ich besinne mich, ob ich dich nicht auch fressen soll«, sagte sie und packte den Fuchs und fraß ihn ebenfalls auf.

Als sie noch ein Stück weit gegangen war, traf sie einen Hasen.

»Guten Tag, hopsender Hase«, sagte die Katze.

»Guten Tag, Katze, hast du schon gefressen?« sagte der Hase.

»Ach, nur ein bißchen, ich bin fast nüchtern«, sagte die Katze, »es war nur eine Schüssel voll Grütze und ein Töpfchen mit Fett und der Mann im Hause und die Frau im Stall und die Kuh an der Krippe und der Laubmann im Garten und das Wiesel auf dem Steinhaufen und das Eichhörnchen im Haselbusch und der Fuchs der Schlaue, und ich besinne mich, ob ich dich nicht auch fressen soll«, sagte sie und packte den Hasen und fraß ihn auch.

Als sie ein Stück weit gegangen war, traf sie einen Wolf.

»Guten Tag, du wilder Wolf«, sagte die Katze.

»Guten Tag, Katze, hast du heute schon etwas gefressen?« sagte der Wolf.

»Ach, nur ein bißchen, ich bin fast nüchtern«, sagte die Katze, »es war nur eine Schüssel voll Grütze und ein Töpfchen mit Fett und der Mann im Hause und die Frau im Stall und die Leitkuh an der Krippe und der Laubmann im Garten und das Wiesel auf dem Steinhaufen und das Eichhörnchen im Haselbusch und der Fuchs der Schlaue und der hopsende Hase, und ich besinne mich, ob ich nicht dich auch fressen soll«, sagte sie und packte den Wolf und fraß ihn auch.

Nun ging sie in den Wald, und als sie lang und länger als lang gegangen war, über Berg und tiefes Tal, da traf sie einen jungen Bären.

»Guten Tag, Bärchen Braunrock«, sagte die Katze.

»Guten Tag, Katze. Hast du heute schon etwas gefressen?« sagte der Bär.

»Ach, nur ein bißchen, ich bin fast nüchtern«, sagte die Katze, »es war nur eine Schüssel voll Grütze und ein Töpfchen mit Fett und der Mann im Hause und die Frau im Stall und die Leitkuh an der Krippe und der Laubmann im Garten und das Wiesel auf dem Steinhaufen und das Eichhörnchen im Haselbusch und der Fuchs der Schlaue und der hopsende Hase und der Wolf der Wilde, und ich besinne mich, ob ich dich nicht auch fressen soll«, sagte sie und packte den kleinen Bären und fraß ihn auch.

Als die Katze ein Stück weiter gegangen war, traf sie die Bärin, die riß an den Baumstämmen, daß die Rinde flog, so zornig war sie, weil sie ihr Junges verloren hatte.

»Guten Tag, du bissige Bärin«, sagte die Katze.

»Guten Tag, Katze; hast du heute schon etwas gefressen?« sagte die Bärin.

»Ach, nur ein wenig, ich bin fast nüchtern«, sagte die Katze. »Es war nur eine Schüssel voll Grütze und ein Töpfchen mit Fett und der Mann im Hause und die Frau im Stall und die Leitkuh an der Krippe und der Laubmann im Garten und das Wiesel auf dem Steinhaufen und das Eichhörnchen im Haselbusch und der Fuchs der Schlaue und der hopsende Hase und der Wolf der Wilde und Bärchen Braunrock, und ich besinne mich, ob ich dich nicht auch fressen soll«, sagte sie und packte die Bärin und fraß sie auch.

Als die Katze ein wenig weiter gegangen war, traf sie den Bären selber.

»Guten Tag, Bär Biedermann«, sagte sie.

»Guten Tag, Katze; hast du heute schon etwas gefressen?« fragte der Bär.

»Ach, nur ein bißchen, ich bin fast nüchtern«, sagte die Katze, »es war nur eine Schüssel voll Grütze und ein Töpfchen voll Fett und der Mann im Hause und die Frau im Stall und die Leitkuh an der Krippe und der Laubmann im Garten und das Wiesel auf dem Steinhaufen und das Eichhörnchen im Haselbusch und der Fuchs der Schlaue und der hopsende Hase und der Wolf der Wilde und Bärchen Braunrock und die Bärin Bissig, und ich besinne mich, ob ich dich nicht auch fressen soll«, sagte sie und packte den Bären und fraß ihn auch.

Nun ging die Katze lang und länger als lang, bis sie wieder ins Kirchspiel kam. Da traf sie einen Brautzug auf dem Weg.

»Guten Tag, du Brautzug auf dem Weg«, sagte die Katze.

»Guten Tag, Katze; hast du heute schon etwas gefressen?« fragte der Brautzug.

»Ach, nur ein bißchen, ich bin fast nüchtern«, sagte die Katze. »Es war nur eine Schüssel voll Grütze und ein Töpfchen mit Fett und der Mann im Hause und die Frau im Stall und die Leitkuh an der Krippe und der Laubmann im Garten und das Wiesel auf dem Steinhaufen und das Eichhörnchen im Haselbusch und der Fuchs der Schlaue und der hopsende Hase und der Wolf der Wilde und Bärchen Braunrock und die Bärin Bissig und Bär Biedermann, und nun besinne ich mich, ob ich dich nicht auch fressen soll«, sagte sie und fuhr auf den Brautzug los und fraß Braut und Bräutigam und den ganzen Brautzug mit Küchenmeister und Musikanten und Pferden und allem.

Als sie nun ein Stück weiter gegangen war, kam sie an die Kirche. Da traf sie einen Leichenzug.

»Guten Tag, du Leichenzug bei der Kirche«, sagte die Katze.

»Guten Tag, Katze, hast du heute schon gefressen?« sagte der Leichenzug.

»Ach, nur ein bißchen, ich bin fast nüchtern«, sagte die Katze. »Es war nur eine Schüssel voll Grütze und ein Töpfchen mit Fett und der Mann im Hause und die Frau im Stall und die Leitkuh an der Krippe und der Laubmann im Garten und das Wiesel auf dem Steinhaufen und das Eichhörnchen im Haselbusch und der Fuchs der Schlaue und der hopsende Hase und der Wolf der Wilde und Bärchen Braunrock und die Bärin Bissig und der Bär Biedermann und der Brautzug auf dem Wege, und nun besinne ich mich, ob ich nicht dich auch fressen soll«, sagte sie und fuhr auf den Leichenzug los und fraß die Leiche und den Zug.

Als die Katze das alles verschlungen hatte, ging sie geraden Wegs zum Himmel hinauf, und als sie lang und länger als lang gegangen war, traf sie den Mond in der Wolke.

»Guten Tag, Mond in der Wolke«, sagte die Katze.

»Guten Tag, Katze, hast du heute schon etwas gefressen?« sagte der Mond.

»Ach, nur ein bißchen, aber ich bin fast nüchtern«, sagte die Katze. »Es war nur eine Schüssel voll Grütze und ein Töpfchen mit Fett und der Mann im Hause und die Frau im Stall und die Leitkuh an der Krippe und der Laubmann im Garten und das Wiesel auf dem Steinhaufen und das Eichhörnchen im Haselbusch und der Fuchs der Schlaue und der hopsende Hase und der Wolf der Wilde und Bärchen Braunrock und die Bärin Bissig und der Bär Biedermann und der Brautzug auf dem Wege und der Leichenzug bei der Kirche, und nun besinne ich mich, ob ich dich nicht auch fressen soll«, sagte die Katze und fuhr auf den Mond los und fraß ihn auf mit Sichel und Vollmond.

Nun ging die Katze lang und länger als lang, und dann traf sie die Sonne.

»Guten Tag, du Sonne am Himmel«, sagte die Katze.

»Guten Tag, Katze, hast du heute schon etwas gefressen?« sagte die Sonne.

»Ach, nur ein bißchen«, sagte die Katze, »es war nur eine Schüssel voll Grütze und ein Töpfchen mit Fett und der Mann im Hause und die Frau im Stall und die Leitkuh an der Krippe und der Laubmann im Garten und das Wiesel auf dem Steinhaufen und das Eichhörnchen im Haselbusch und der Fuchs der Schlaue und der hopsende Hase und der Wolf der Wilde und Bärchen Braunrock und die Bärin Bissig und der Bär Biedermann und der Brautzug auf dem Wege und der Leichenzug bei der Kirche und der Mond in der Wolke, und nun besinne ich mich, ob ich dich nicht auch fressen soll«, sagte die Katze und fuhr auf die Sonne am Himmel los und fraß sie auf.

Dann ging die Katze lang und länger als lang, bis sie an eine Brücke kam, da begegnete sie einem großen Geißbock.

»Guten Tag, du Bock auf der Brücke, der breiten«, sagte die Katze.

»Guten Tag, Katze, hast du heute schon etwas gefressen?« sagte der Bock.

»Ach, nur ein bißchen, ich bin fast nüchtern«, sagte die Katze, »es war nur eine Schüssel voll Grütze und ein Töpfchen mit Fett und der Mann im Hause und die Frau im Stall und die Leitkuh an der Krippe und der Laubmann im Garten und das Wiesel auf dem Steinhaufen und das Eichhörnchen im Haselbusch und der Fuchs der Schlaue und der hopsende Hase und der Wolf der Wilde und Bärchen Braunrock und die Bärin Bissig und der Bär Biedermann und der Brautzug auf dem Wege und der Leichenzug bei der Kirche und der Mond in der Wolke und die Sonne am Himmel, und nun besinne ich mich, ob ich nicht dich auch fressen soll«, sagte die Katze.

»Darum wollen wir uns erst streiten«, sagte der Bock und stieß mit den Hörnern nach der Katze, daß sie über die Brücke hinunterrollte und ins Wasser fiel, und da zersprang sie.

Nun krochen sie alle heraus, und jedes ging an seinen Ort, und sie waren alle, alle so munter wie zuvor, die die Katze gefressen hatte, der Mann im Hause und die Frau im Stall und die Leitkuh an der Krippe und der Laubmann im Garten und das Wiesel auf dem Steinhaufen und das Eichhörnchen im Haselbusch und der Fuchs der Schlaue und der hopsende Hase und der Wolf der Wilde und Bärchen Braunrock und die Bärin Bissig und der Bär Biedermann und der Brautzug auf dem Wege und der Leichenzug bei der Kirche und der Mond in der Wolke und die Sonne am Himmel.

Hund und Katze, die guten Helfer

Ein Alter lebte und eine Alte. Die Alte drehte Elchsehnenfäden. »Mann, geh sie verkaufen!« sagt sie. Der Mann sah: Ein Diener und eine Dienerin fahren eine Katze; die schlief auf der Decke des Kaisers, sie fahren sie zum brennenden See. Der Mann fragt: »Wohin fahrt ihr?« Der Diener sagt: »Wir fahren sie zum brennenden See, um sie hineinzuwerfen.« Der Alte sagt: »Verkaufe sie mir!« Er kauft sie. Der Diener und die Dienerin gingen fort, der Alte kehrt heim. Die Alte schimpft: »Wozu hast du eine Katze gekauft?« Der Alte band (die Katze) an den Rauchfang.

Am Morgen darauf drehte die Alte abermals Elchsehnenfäden. Der Alte ging wieder fort, traf wieder den Diener, der da ankam und eine Hündin fuhr. Der Diener sagte: »Kauf mir die auch ab!« Der Alte kaufte auch die. Der Alte kam nach Hause, die Alte schimpfte: »Wozu hast du das gekauft?«

Am nächsten Morgen drehte die Alte wiederum Elchsehnenfäden, abermals ging der Alte fort. Er traf einen, der einen arg zugerichteten Drachen fuhr. Wieder kaufte er den, wälzt ihn nach Hause. Der Alte gelang zu einem Eisloch. Der Drache (schlüpft hinein und) kommt nicht mehr heraus. Dann spricht der Drache: »Mein Herr, wie sollte ich herauskommen, ich bin das Kind von Wassermenschen. Ich bin gegangen, um die Leute der mittleren Welt (ilu) anzuschauen, dann habe ich auf dem Bett des Menschenkaisers gelegen. Vor den Leuten, die mich zum Töten fortschafften, hast du mich gerettet. Mein Vater wird dich dafür belohnen. Nun, Alter, laß uns gehen. Steck deinen Kopf in das Eisloch!« Der Alte sagt: »Wie soll man im Wasser gehen?«

»Schon gut, lege deinen Kopf hierher!« Da legte sich der Alte an den Rand des Eislochs. Dann kam er wieder zu sich: Er geht mitten im Wasser; wie auf dem Lande, so auch im Wasser. Der Wasser-Mensch geht mit, sagt zu dem Alten: »Genug, wir sind angelangt.« Angelangt, verneigt er sich bei der äußeren Tür, dann wieder verneigt er sich bei der inneren Tür, dann verneigt er sich vor dem Kaiser. Da sagt der Kaiser: »Warum verneigst du dich?«

»Vater, ich bin hingegangen, mir die Leute der mittleren Welt zu betrachten, dann habe ich auf dem Bett des Menschenkaisers geschlafen, ein Mensch hat mich (schließlich) vorm Tode gerettet. Wirst du ihn belohnen?« Der Kaiser fragt: »Wessen bedarfst du? Möchtest du Gold? Wieviel Wagen voll möchtest du?«

Der Alte sagt: »Gold mag ich nicht, gib mir den Beutel, den du oben aufgehängt hast!«

Der Kaiser ließ seinen Kopf traurig sinken. »Wie sollte ich den geben?« Da sprach des Kaisers Kind: »Wenn du den nicht gibst, werde ich hingehen, diesen Alten zu ernähren. Vater, gibst du ihn wirklich nicht her?«

»Einverstanden, nimm ihn immerhin!«

»Gib (auch) eine Ente!« Der Kaiser sagt: »Nimm sie immerhin!«

Da nahm der Mann die mit, trug sie mit sich fort. Der Mann kam bei dem Schneeloch, wo er eingeschlafen war, wieder zu sich. Dann erhob er sich …

Die Alte schimpft: »Warum schleppst du dauernd die Katze und die Hündin mit dir herum?« Der Alte band seine Ente an den Rauchfang an, seinen kostbaren Beutel hing er oben auf.

Dann wachte der Alte am nächsten Morgen auf: Sein Haus war taghell. Er ging nach draußen: Die Sterne glitzern. Warum war es im Haus taghell? Er kehrte ins Haus zurück, legte die Ente hin – sie wurde ein Mensch. Dann blickte der Alte hin: In seinem Hause waren viele Menschenkleider, auch viele Truhen, auch ein Gewand aus Seide für den Alten. Da denkt der Alte: »Woher ist das gekommen?« Es war taghell, in seinem Hause war lauter Gold und Silber. Da freute sich der Alte. Nun kam aber ein Diener, mit Rangabzeichen (dschingdsche) auf der Schulter und einem Federstutz (pongala) über dem Scheitel.

Der Diener sagt: »Alter, gib den Beutel heraus!« Der Alte sagt: »Ich gebe ihn nicht her.« Es kam noch ein Diener. Jener Diener sagt: »Freund, pack ihn!« Der eine packte den Alten, der andere nahm den Beutel, dann gingen sie fort. Der Alte wachte am nächsten Morgen auf – er war wieder arm geworden.

Da ließ der Mann die Katze frei, ließ auch die Hündin frei. Hündin und Katze sprechen miteinander: »Wir sollten den Beutel des Alten suchen gehen.« Dann setzte sich die Katze auf die Hündin. Sie schwammen über den Amur, kamen zu einem Menschendorf. »Freundin, geh du flußabwärts, ich gehe flußaufwärts.« Die Katze ging voran, in der Mitte des Dorfes hielt sie an, die Hündin war noch nicht gekommen. Die Katze geht wieder in der Mitte des Dorfes suchen. Sie kroch durch das Fenster eines Menschen, schaut hin: Auf der Pritsche sitzt eine Schöne. Da sträubt die Katze ihr Fell –

die Schöne schlief ein. Die Katze nahm den Beutel des Alten zwischen die Zähne, trug ihn fort. Die Hündin kam. Die Katze sagt: »Freundin, warum bist du ausgeblieben?« Die Hündin sagt: »Ich habe mich lange beim Suchen aufgehalten.«

Dann setzte sich die Katze abermals auf die Hündin. Sie kamen zur Mitte des Amur – die Katze ließ den Beutel fallen. Dann stiegen sie an Land.

Die Hündin sagt: »Warum hast du ihn fallen lassen?« Die Katze sagt: »Als ich schaukelte, habe ich ihn fallen lassen.« Katze und Hündin stritten sich. Die Katze ging flußabwärts, die Hündin ging flußaufwärts. Die Hündin sieht: Im Wasser ist ein Karpfen. Die Hündin packt ihn mit den Zähnen. Die Hündin sieht: Seine eine Hälfte ist aus Silber, seine andere Hälfte ist aus Gold. Die Hündin biß dem Karpfen in den Bauch, zog ihn heraus – im Bauch des Karpfens fand sie den Beutel wieder.

Dann kam sie daher. – Die Katze kam nicht daher, die Hündin kam zuerst, die Katze kam hinterher. – Sie freuten sich, kehrten zurück, kamen wieder in ihr Haus, hängten ihren Beutel oben auf. Der Alte schläft, auch die Alte schläft. Nachts wachte der Alte auf: Sein Haus ist wunderschön geworden. Danach wurde der Alte reich, bis zum Tode ging ihm das Essen nicht aus.

Der gestiefelte Kater

Ein Müller hatte drei Söhne, seine Mühle, einen Esel und einen Kater; die Söhne mußten mahlen, der Esel Getreide holen und Mehl forttragen und die Katz die Mäuse wegfangen. Als der Müller starb, teilten sich die drei Söhne in die Erbschaft, der älteste bekam die Mühle, der zweite den Esel, der dritte den Kater, weiter blieb nichts für ihn übrig. Darüber war er traurig und sprach zu sich selbst: »Ich hab es doch am allerschlimmsten kriegt, mein ältester Bruder kann mahlen, mein zweiter kann auf seinem Esel reiten, was kann ich mit dem Kater anfangen? Laß ich mir ein Paar Pelzhandschuhe aus seinem Fell machen, so ist's vorbei.«

»Hör«, fing der Kater an, der alles verstanden hatte, was er gesagt. »Du brauchst mich nicht zu töten, um ein Paar schlechte Handschuh aus meinem Pelz zu kriegen, laß mir nur ein Paar Stiefel machen, daß ich ausgehen kann und mich unter den Leuten sehen lassen, dann soll dir bald geholfen sein.«

»Was, ein Paar ordentliche Stiefel willst du, wie andere Leut auch?«

»Das sollt ich meinen«, sprach der Kater.

Der Müllerssohn verwunderte sich, daß der Kater so sprach, weil aber eben der Schuster vorbeiging, rief er ihn herein und ließ ihm ein Paar Stiefel anmessen. Als sie fertig waren, zog sie der Kater an, nahm einen Sack, machte den Boden desselben voll Korn, oben aber eine Schnur daran, womit man ihn zuziehen konnte, dann warf er ihn über den Rücken und ging auf zwei Beinen, wie ein Mensch, zur Tür hinaus, klinkte sie auf, und mir nichts, dir nichts, durch die Gassen zum Tor hinaus.

Dazumal regierte ein König in dem Land, der aß die Rebhühner so gern; es war aber eine Not, daß keine zu kriegen waren. Der ganze Wald war voll, aber sie waren so scheu, daß kein Jäger sie erreichen konnte. Das wußte der Kater und gedacht, seine Sache besser zu machen; als er in den Wald kam, tat er den Sack auf, breitete das Korn auseinander, die Schnur aber legte er ins Gras und leitete sie hinter eine Hecke. Da versteckte er sich selber, schlich auf und ab, schaute und lauerte. Die Rebhühner kamen bald gelaufen, fanden das Korn, und eins nach dem andern hüpfte in den Sack hinein. Der Kater fing an zu spinnen vor Vergnügen, daß alles so wohl ging, doch hielt er sich, bis eine gute Anzahl darin war, da zog er den Strick zu, lief heran und drehte ihnen den Hals um; dann warf er den Sack auf den Rücken, war guter Dinge und ging geradeswegs nach des Königs Schloß. Die Wache rief: »Halt! Wohin?«

»Zu dem König«, antwortete der Kater kurzweg.

»Bist du toll, ein Kater zum König?«

»Laß ihn nur gehen«, sagte ein anderer, »der König hat doch oft Langeweil, vielleicht macht ihm der Kater mit seinem Brummen und Spinnen Vergnügen.« Der Kater zog den Schwanz auf den Rücken und trat ein. Als er vor den König kam, machte er eine Reverenz und sagte: »Mein Herr, der Graf«, dabei nannte er einen langen und vornehmen Namen, »läßt sich dem Herrn König empfehlen und schickt ihm hier Rebhühner, die er eben in Schlingen gefangen hat.«

»Daß dich«! sagte der König erstaunt, als er die schönen

Rebhühner sah, blies daran und fühlte, ob sie auch recht fett wären, wußte sich vor Freude nicht zu lassen und befahl dem Kater, soviel Gold aus der Schatzkammer in den Sack zu tun, als er tragen könne. »Das bring deinem Herrn und dank ihm noch vielmal für sein Geschenk.«

Der arme Müllerssohn aber saß zu Haus am Fenster, stützte den Kopf auf die Hand und dachte, daß er nun sein Letztes für die Stiefel des Katers weggegeben, und was werde ihm der Großes dafür bringen können. Da trat der Kater herein, warf den Sack vom Rücken, schnürte ihn auf und schüttete das Gold vor den Müller hin. »Da hast du etwas für die Stiefel, der König läßt dich auch grüßen und dir viel Dank sagen.«

Der Müller war froh über den Reichtum, ohne daß er noch recht begreifen konnte, wie es zugegangen war. Der Kater aber, während er seine Stiefel auszog, erzählte ihm alles, dann sagte er: »Du hast zwar jetzt Geld genug, aber dabei soll es nicht bleiben, morgen zieh ich meine Stiefel wieder an und geh aus, du sollst noch reicher werden, dem König hab ich auch gesagt, daß du ein Graf bist.«

Am andern Tag ging der Kater, wie er gesagt hatte, wohl gestiefelt wieder auf die Jagd und brachte dem König einen reichen Fang. So ging es alle Tage, und der Kater brachte alle Tage Gold heim und ward so beliebt wie einer bei dem König, daß er aus und ein gehen durfte und im Schloß herumstreichen, wo er wollte.

Einmal stand der Kater in der Küche des Königs beim Herd und wärmte sich, da kam der Kutscher und fluchte: »Ich wünsch, der König mit der Prinzessin wär' beim Henker! Die plagt wieder die Langeweile! Ich wollt ins Wirtshaus gehen und einmal trinken und Karte spielen, da soll ich sie spazierenfahren an den See.« Wie der Kater das hörte, schlich er nach Haus und sagte zu seinem Herrn: »Wenn du willst ein Graf und reich werden, so komm mit mir hinaus an den See und bad dich darin.« Der Müller wußte nicht, was er dazu sagen sollte, doch folgte er dem Kater, ging mit ihm, zog sich splinternackend aus und sprang ins Wasser. Der Kater aber nahm seine Kleider, trug sie fort und versteckte sie.

Kaum war er damit fertig, da kam der König dahergefahren; der Kater fing sogleich an, erbärmlich zu lamentieren: »Ach, allergnädigster König! Mein Herr, der hat sich hier im See gebadet, da ist ein Dieb gekommen und hat ihm die Kleider gestohlen, die am Ufer lagen, nun ist der Herr Graf im Wasser und kann nicht heraus, und wenn er länger darin bleibt, wird er sich erkälten und sterben.«

Wie der König das hörte, ließ er haltmachen, und einer von seinen Leuten mußte zurückjagen und von des Königs Kleidern holen. Der Herr Graf zog die prächtigsten Kleider an, und weil ihm ohnehin der König wegen der Rebhühner, die er meinte, von ihm empfangen zu haben, gewogen war, so mußte er sich zu ihm in die Kutsche setzen. Die Prinzessin war auch nicht bös darüber, denn der Graf war jung und schön, und er gefiel ihr recht gut. Der Kater aber war vorausgegangen und zu einer großen Wiese gekommen, wo über hundert Leute waren und Heu machten. »Wem ist die Wiese, ihr Leute?« fragte der Kater.

»Dem großen Zauberer.«

»Hört, jetzt wird der König bald vorbeifahren, wenn der fragt, wem die Wiese gehört, so antwortet: dem Grafen; und wenn ihr das nicht tut, so werdet ihr alle totgeschlagen.« Darauf ging der Kater weiter und kam an ein Kornfeld, so groß, daß es niemand übersehen konnte, da standen mehr als zweihundert Leute und schnitten das Korn. »Wem ist das Korn, ihr Leute?«

»Dem Zauberer.«

»Hört, jetzt wird der König vorbeifahren, wenn er frägt, wem das Korn gehört, so antwortet: dem Grafen; und wenn ihr das nicht tut, so werdet ihr alle totgeschlagen.«

Endlich kam der Kater an einen prächtigen Wald, da standen mehr als dreihundert Leute, fällten die großen Eichen und machten Holz. »Wem ist der Wald, ihr Leute?«

»Dem Zauberer.«

»Hört, jetzt wird der König vorbeifahren, wenn er frägt, wem der Wald gehört, so antwortet: dem Grafen; und wenn ihr das nicht tut, so werdet ihr alle umgebracht.«

Der Kater ging noch weiter, die Leute sahen ihm alle nach, und weil er so wunderlich aussah und wie ein Mensch in Stiefeln daherging, fürchteten sie sich vor ihm. Er kam bald an des Zauberers Schloß, trat kecklich hinein und vor ihn hin. Der Zauberer sah ihn verächtlich an und fragte ihn, was er wolle. Der Kater machte eine Reverenz und sagte: »Ich habe gehört, daß du in jedes Tier nach deinem Gefallen dich verwandeln könntest; was einen Hund, Fuchs oder auch Wolf betrifft, da will ich es wohl glauben, aber von einem Elefant, das scheint mir ganz unmöglich, und deshalb bin ich gekommen, um mich selbst zu überzeugen.« Der Zauberer sagte stolz: »Das ist mir eine Kleinigkeit«, und in dem Augenblick verwandelte er sich in einen Elefant. »Das ist viel, aber auch in einen Löwen?«

»Das ist auch nichts«, sagte der Zauberer und stand als ein Löwe vor dem Kater. Der Kater stellte sich erschrocken, kroch in eine Ecke und rief: »Das ist unglaublich und unerhört, dergleichen hätt ich mir nicht im Traume in die Gedanken kommen lassen; aber noch mehr als alles andere wäre es, wenn du dich auch in ein so kleines Tier, wie eine Maus ist, verwandeln könntest, du bist gewiß geschickter als irgendein Zauberer auf der Welt, aber das wird dir doch zu hoch sein.« Der Zauberer ward ganz freundlich von den süßen Worten und sagte: »O ja, liebes Kätzchen, das kann ich auch«, und sprang als eine Maus im Zimmer herum. Der Kater war hinter ihm her, fing die Maus mit einem Sprung und fraß sie auf.

Der König aber war mit dem Grafen und der Prinzessin weiter spazierengefahren und kam zu der großen Wiese. »Wem gehört das Heu?« fragte der König. »Dem Herrn Grafen«, riefen alle, wie der Kater ihnen befohlen hatte. »Ihr habt da ein schön Stück Land, Herr Graf«, sagte er. Danach kamen sie an das große Kornfeld. »Wem gehört das Korn, ihr Leute?«

»Dem Herrn Grafen.«

»Ei! Herr Graf! Große, schöne Ländereien!« Darauf zu dem Wald: »Wem gehört das Holz, ihr Leute?«

»Dem Herrn Grafen.« Der König verwunderte sich noch mehr und sagte: »Ihr müßt ein reicher Mann sein, Herr Graf, ich glaube nicht, daß ich einen so prächtigen Wald in meinem ganzen Reiche habe.« Endlich kamen sie an das Schloß, der Kater stand oben an der Treppe, und als der Wagen unten hielt, sprang er herab, machte die Türe auf und sagte: »Herr König, Ihr gelangt hier in das Schloß meines Herrn, des Herrn Grafen, den diese Ehre für sein Lebtag glücklich machen wird.« Der König stieg aus und verwunderte sich über das prächtige Gebäude, das fast größer und schöner war als sein Schloß; der Graf aber führte die Prinzessin die Treppe hinauf in den Saal, der ganz von Gold und Edelsteinen flimmerte. Da ward die Prinzessin mit dem Grafen versprochen, und als der König starb, ward er König, der gestiefelte Kater aber erster Minister.

Die Maus und ihre Tochter

Eine Maus hatte eine Tochter, die sie für das schönste von allen Geschöpfen hielt, und sie dachte bei sich nach, wer ihr an Rang und Stand gleich sei, um diesen mit ihrer Tochter ebenbürtig zu verheiraten. Da sah sie in der Nacht den Mond in seinem hellen Scheine. Sie grüßte ihn und sagte: »Gegrüßt seist du, Mond.« Darauf der Mond: »Wohl ergehe es dir, Frau Maus.« Nun sagte die Maus: »Weil du allmächtig, herrlich schön und tüchtig an Kräften und Tugenden bist, möchte ich, daß du meine Tochter zur Frau nimmst, die ich ehrenvollerweise keinem andern als dem Mächtigsten, für den ich dich halte, vermählen kann oder will.«

»Keineswegs«, entgegnete der Mond, »bin ich der, noch habe ich solche Macht, wie du mir zuschreibst. Denn ich habe keinen eigenen Glanz, sondern empfange ihn von meinem Herrn, der Sonne. Sie bestellt mich während ihrer Abwesenheit, wenn sie sich ausruht, zu ihrem Stellvertreter im Spenden von Licht. Wenn du daher deine Tochter nur dem höchsten Herrn zur Ehe geben willst, so suche meinen Herrn, die Sonne, auf, der durch seine Tugend und Kraft in der ganzen Welt herrscht.«

Und die Maus fragte: »Wo ist dein Herr, die Sonne?«

»Nun warte, Frau«, erwiderte der Mond, »morgen in aller Frühe wirst du ihn hier finden.« Da sagte die Maus dem Monde Lebewohl und schied mit ihrer Tochter von hinnen. Am Morgen ging sie zur Sonne, grüßte und sagte: »Ich komme, Herr Sonne, mit meiner vieledlen Tochter zu dir, damit du sie zur Frau nimmst, weil es einem so mächtigen Herrn wohl ansteht, sie als Ehefrau heimzuführen. Du, Herr, erleuchtest ja die Welt mit den Strahlen des Glanzes, vertreibst die Finsternis, läßt alle Pflanzen und Bäume wachsen und grünen und übertriffst in wunderbarer Schönheit jegliches Geschöpf.« Darauf die Sonne: »Wenn du deine Tochter mir, wie du sagst, als dem Mächtigsten vermählen willst, so wisse, daß es wahrlich einen Mächtigeren gibt als mich, der gar oft meinen Glanz, meine Wärme und meine andern Kräfte behindert und zunichte macht.«

»Und wer ist der«, fragte die Maus, »der dich irgendwie übertreffen kann?«

»Sicherlich«, sagte die Sonne, »ist es mein Herr, die Wolke, der, sooft er will, den Glanz meines Lichtes beschattet und alles, was ich durch Wärme getrocknet habe, durch Regen und Tau befeuchtet.« Als dies die Maus gehört hatte, ging sie zur Wolke und sagte grüßend: »Erhabenster Herr, deswegen, weil du alle andern an Herrschaft und Macht übertriffst, will ich, daß du meine Tochter zur Frau nimmst.« Darauf dieser:

»Wahrlich, Frau, mag sein, daß ich einige Macht habe, so ist doch ein mächtiger und prächtiger Herr, der mich immer verfolgt, heftig bedrängt und vernichtet, der nicht aufhört, mich von Ort zu Ort zu jagen, vor dem ich furchtsam durch das All fliehend eile und der mich, wenn er mich fängt, zur Erde niederschlägt und im Meere untertaucht.«

»Und wie ist sein Name?« fragte die Maus. Die Wolke antwortete: »Der Wind, der die Welt von vier Seiten beherrscht.« Die Maus schied und kam zum Winde, grüßte ihn und sagte: »Furchtbarer Herr, der du über alles herrschest und vor dem alles zittert, sieh, ich führe dir meine Tochter zu und gebe sie dir, dem stärksten Fürsten, zur ehelichen Verbindung, weil deiner Gewalt nichts zu widerstehen vermag.«

Darauf der Wind: »Wenn ich auch stark bin an Kraft und Häuser, Bäume und andres Großes niederwerfen und viel Wunderbares bewirken kann, so ist doch hier in der Nähe ein Schloß auf dem Felsen des Gesteins fest gegründet, das ich mit allen meinen Kräften in dreihundert Jahren nicht habe brechen und stürzen können. Ich gestehe daher, daß es stärker ist als ich.«

Nach diesen Worten begab sich die Maus mit ihrer Tochter zum Schloß und sagte: »Unbesieglicher Herr, dir, den niemand besiegen kann, bringe ich meine Tochter, damit du sie zur Gattin nimmst.«

Das Schloß aber antwortete: »Zwar bin ich gewiß stark und scheine schier unüberwindbar, aber da gibt es ein kleines Tier, das mich arg angreift, meine Mauern untergräbt und gegen meinen Willen durch Löcher aus und ein geht. Es ißt und verzehrt meine Speisevorräte, und, was das schlimmste ist, es tritt mich mit Füßen und entleert seinen Mist auf mein Haupt. Keine Tür, kein Fenster, kein anderer noch so fester Verschluß kann ihm widerstehen oder es abhalten, und so beansprucht es eine unweigerliche Herrschaft über mich.«

»Wahrlich«, sagte die Maus, »das ist der Mächtigste! Und wie ist sein Name?« Das Schloß: »Herrin, Maus wird es genannt.«

»Eya«, sagt die Maus zu ihrer Tochter, »sieh, nun ist es an den Tag gekommen, daß unserer Art nichts gleichwertig ist, darum gehen wir nach Hause und feiern Hochzeit innerhalb der eigenen Art!«

Als sie nun mit allen Mäusen das Hochzeitsmahl feierten, da kam aus einem Winkel eine schwarze Katze angesprungen. Mit ihren Krallen packte sie die Braut und den Bräutigam, fraß sie und verjagte die ganze Gesellschaft. Und so wurde die Hochzeitslust in Trauer und Wehklagen verkehrt.

DIE KATZE UND DIE MAUS

Es war einmal ein Mann, dem taten die Mäuse in seiner Speisekammer vielen Schaden, da nahm er eine Katze an, damit sie die Mäuse vertreibe und vertilge. Nun war unter den Mäusen eine recht große und war auch stärker wie die andern, und wie sie wahrnahm, was geschehen war, da suchte sie eine Gelegenheit, wo sie von einem sichern Ort aus mit der Katze sprechen konnte, und sagte zu dieser: »Ich weiß, daß dein Herr dich bestellt hat, mich und meine Freunde zu vertreiben und zu töten. Nun freut es mich, deine Bekanntschaft zu machen, und ich möchte mich deiner Gunst empfehlen und guten Frieden mit dir halten.« Sprach die Katze: »Es freut mich ausnehmend, dich kennenzulernen, und es wird mir äußerst schätzbar sein, wenn du mich mit deiner Freundschaft beehren willst. Auch wäre dein Umgang mir der erwünschteste, allein ich darf dir nichts versprechen, was ich dir nicht zu halten vermag. Siehe, verehrteste Maus, mein Herr hat mich zum Bewahrer seines Hauses gesetzt, daß du und deine Sippschaft ihm nicht länger Schaden zufügst, schonte ich nun deiner, so würde es heißen: Das ist eine schlechte Katze! Darum meide entweder, meinem Herrn zu schaden, oder meide das Haus und suche dir einen andern dir genehmen Aufenthalt, außerdem gib mir keine Schuld, wenn du Schaden hast.« Die Maus sprach: »Ich habe dich höflich gebeten, und so bitte ich nur noch, verzeihe mir meine Freiheit und schenke mir deine Freundschaft.«

»Ja«, sprach die Katze, »du bist mir lieb und wert, wie soll ich aber die Freundschaft zu dir vereinigen mit meiner Pflicht bei dem Schaden, den deine Gesellen meinem Herrn zufügen? Lasse ich euch leben, so tötet er mich, das ist billig. Darum, so gewähre ich dir drei Tage Frist, in welcher Zeit du dich nach einer andern Wohnung umtun magst.«

Die Maus erwiderte: »Sehr schwer und ungern trenne ich mich von dieser Wohnung; ich werde mich hüten, dir zu nahe zu kommen, und hier bleiben, solange es mir gefällt.« Die Katze schonte die Maus, ihrem Wort getreu, drei Tage lang, da wurde diese ganz sicher und tat nun gar nicht mehr, als sei eine Katze im Hause vorhanden; als die drei Tage herum waren und die Maus wieder ganz unbesorgt aus ihrem Löchlein lief, da lag die Katze im Winkel der Speisekammer und lauerte, sprang zu und fing und fraß die Maus mit Haut und Haaren.

Das Gruseln

Es waren einmal zwei Brüder, von denen war der eine, der älteste, nicht auf den Kopf gefallen, vielmehr anstellig und pfiffig über alle Maßen; der jüngere aber hatte, wie man so sagt, ein Brett vor dem Kopf. Das machte dem Vater große Sorge, ihm aber keine, denn er lebte ganz sorglos und arglos in die Welt hinein, wie die Dummen leben, und er mochte wohl, ohne daß er's wußte, das Sprüchlein im Kopfe haben: Hänschen, lerne nicht zuviel, du mußt sonst zuviel tun. Wenn der Vater etwas verrichtet haben wollte, so mußte er's allemal dem ältern, dem Matthes sagen, denn der andre, das Hänschen, richtete alles verkehrt aus, zerbrach den Ölkrug und die Branntweinflasche oder blieb eine Ewigkeit aus. Matthes dagegen machte alles gut, nur einen Fehler hatte er, er war furchtsamer Natur, es gruselte ihn gar zu sehr. Wenn er abends am Kirchhof vorbeiging, so gruselte ihn, und wenn er eine Gespenstergeschichte erzählen hörte, so bekam er vom eitel Gruseln eine Gänsehaut wie ein Reibeisen und klagte: »Ach, ach, ach, es gruselt mich gar zu sehr.« Sein Bruder aber, das dumme Hänschen, lachte ihn oft deshalb aus und sagte:

»Hä, hä, wie kann es einen nur gruseln? Die Kunst möcht ich können, mich gruselt's all mein Lebtage nicht – möchte wahrlich das Gruseln lernen!«

»Du siehst aus wie einer, der was lernen möcht!« schalt der Vater auf Hänschen. »Zeit wär's freilich, du wirst ein großer starker Lümmel – aber mit dem Gruselnlernen, du Hansdampf, da ist's nichts, das ist keine Kunst, damit verdienst du kein Körnlein Salz zum lieben Brote. Und weißt du denn auch, wie man das Gruseln lernt? Was gilt die Wette, daß du auch dazu zu dumm bist?«

Während der Vater und der Bruder noch das dumme Hänschen auslachten, kam der Nachbar Küster und Schulmeister herüber zum Besuch und hörte noch, wie das Hänschen verlacht wurde, und bekam erzählt, daß der Bube gern das Gruseln lernen wolle. »Das kann er bei mir prächtig lernen!« sprach der Küster. »Mein Schulhaus ist das allerelendeste Nest von einem Hause im ganzen Orte, mich gruselt's den ganzen Tag, daß mir's über dem Kopf zusammenfällt und einmal die hoffnungsvollen Rangen miteinander erschlägt. Gebt mir das Hänschen herüber, ich muß ja so manchem Dummbart Wissenschaften beibringen, werd ihm doch wohl auch das Gruseln anlehren können!« Der Vater war den Vorschlag zufrieden, und das Hänschen folgte dem Küster hinüber in das alte, wackelige Schulhaus. Ihn gruselte das aber mitnichten, es war ihm gerade so einerlei, daß dem Haus der Einsturz drohte, wie es dem Schulzen und der ehrsamen Gemeinde einerlei war.

Nun sann der Küster auf ein andres Stücklein, das dem Hänschen auf alle Fälle das Gruseln beibringen sollte. Er hieß ihn die Abendglocke läuten, schlüpfte aber noch vor ihm heimlich hinauf in die Glockenstube, und als Hänschen zur Treppe hinauf war und den Strang zur Abendglocke faßte, hörte er von der Treppe her einen dumpfen stöhnenden Laut. Wie er sich umsah, stand dort eine große weiße Schleiergestalt starr und unbeweglich. »Wer bist du? Was willst du?« fragte Hänschen, ohne daß ihn nur im mindesten gegruselt hätte. Keine Antwort. »Ich frage dich, wer du bist?« rief Hänschen mit stärkerer Stimme. Keine Antwort. »Hast du kein Maul, Schneemann? Noch einmal: Was willst du?« Keine Antwort.

Mein Hänschen, nicht faul, springt mit einem Satz auf die Gestalt los, wie der Kasper im Puppenspiel auf den Teufel, und rennt sie, die sich solcher Herzhaftigkeit nicht versah, pardauz! über den Haufen, daß sie ein ganz Stück die Stiegen hinunterkollert, und was für Stiegen? Stiegen von so einziger Art, wie sie nur auf alten Dorfkirchtürmen anzutreffen sind, ausgetreten, verrottet, eng, voll jahrhundertalten Staubes. Drunten lag das Gespenst und ächzte und krächzte, Hänschen aber läutete zum Abendgebet und schwang gar wacker den Glockenstrang, als wäre eben nichts vorgefallen; dann kletterte er wohlgemut die Stiege hinab und ging aus dem Turme, dessen Türe er hinter sich zuschloß. Die Küsterin wußte gar nicht, wo ihr Mann blieb. »Wo ist denn Er?« fragte sie Hänschen. »Wer?« fragte Hänschen. »Er!« sagte die Küsterin. »Er ist ja vor dir hinüber auf den Turm.«

»So!« sagte Hänschen, »ist er das gewesen? Es stand ein weißer Labutzel an der Treppe, der wollte mir nicht Red und Antwort geben, da hab ich ihn die Treppe hinabgestoßen, er liegt noch drüben und krächzt.«

»Galgenstrick!« schrie die Küsterin, riß Hänschen den

Schlüssel aus der Hand und sprang auf den Turm, da lag ihr Mann in seinem Bettuch und hatte ein Bein gebrochen.

Jetzt erging es Hänschen gar nicht gut; die Küsterin verklagte ihn bei seinem Vater, und der wurde ganz wild und schrie: »Ein Taugenichts ist der Junge, aus den Augen soll er mir! Fort, marsch! Hier ist Geld. Geh, laß dich henken, wo du willst, mir kommst du nimmermehr vor die Augen. Schimpf und Schande und Schaden hat man von dir, du Nichtsnutz!«

»Geh mit Gott, Hänschen!« spottete Matthes. »Sorge fein, daß du das Gruseln lernest, das Gruseln soll jetzt Mode sein, und den Menschen draußen in der Welt gruselt's vor allerhand, da wirst du schon vom Gruseln auch deinen Teil bekommen!«

Hänschen ging, er hatte Geld, und wenn einer Geld hat, braucht's ihn erst recht nicht zu gruseln. Unterwegs sprach er öfter vor sich hin: »Wenn mich doch nur gruselte, wenn mich doch nur gruselte!« Das hörte ein Mann, der hinter Hänschen kam, und sprach zu ihm: »Schau dorthin – dort steht der Dreibein, da hängt eine schöne Gesellschaft dran – gerade ihrer sieben, was man so sagt: ein Galgen voll. Dort nimm unter den sieben dein Nachtlager, da lernst du das Gruseln.«

»Wenn das wahr wäre«, sprach Hänschen, »so wollt ich dir morgen früh all mein Geld geben. Kannst zu mir kommen und es holen, oder du kannst ja auch gleich bei mir bleiben!«

»Daß ich ein Narr wäre und unterm lichten Galgen bei dir bliebe!« antwortete jener. »Nein, mein guter Gesell, das Gruseln lernt sich viel besser, wenn einer allein, als wenn er zu zweien ist. Gute Nacht! – auf Wiedersehen morgen in der Frühe!«

Hänschen setzte sich unter den Galgen, machte sich, weil es kalt war, ein Feuerchen an, das schien hübsch hell hinauf zu den Gehenkten, und der scharfe Nachtwind bewegte ihre schlotternden Körper hin und her, hin und her.

»Ei, ihr gar armen Teufel!« rief Hänschen hinauf. »Euch friert ja, daß ihr schnappert und klappert. Wartet, ich will euch herunterholen, sollt euch wärmen an meinem Feuer.« Und Hänschen, nicht faul, fand eine Galgenleiter, stieg hinauf, knüpfte die Gehenkten los und setzte sie an sein Feuer, das er nun stärker und größer machte. Jene aber schauten gottserbärmlich aus, grün, gelb und jämmerlich, blitzblau, abscheulich, wie das Sprichwort sagt, und regten und rührten sich nicht; das Feuer fraß um sich und begann die Lumpen und Fetzen anzukohlen, welche um die toten Leichname herumhingen. »Na?« sagte Hänschen, »laßt ihr ja eure Kleider verbrennen! Da heißt's recht bei euch: gleiche Lumpen, gleiche Lappen! Wartet – ich will euch helfen, so unachtsam [zu] sein!« Nahm sie, einen nach dem andern, und hing sie wieder hinauf, hüllte sich in seinen Mantel, streckte sich an sein Feuer und schlief ein. So fand ihn der Mann, mit dem er gestern gegangen, und der heute kam, das Geld zu holen. Da er aber Hänschen so ruhig schlafen sah, wuchs ihm wenig Hoffnung, daß es das Gruseln über Nacht gelernt haben möchte, und als Hänschen nun aufwachte und ihm erzählte, was er vorgenommen habe, da wandte sich der Mann zum Gehen und sprach: »Dein Geld hab ich dasmal nicht verdient, du lernst das Gruseln nimmermehr.«

Wie Hänschen nun auch weiter und seines Weges ging,

sprach er vor sich hin: »'s ist doch alleweil schade, daß ich das Gruseln nicht erlernen kann, muß wohl zu dumm dazu sein. Ei, ei – wenn ich doch nur das Gruseln könnte.«

Das hörte ein Fuhrmann, der desselben Weges daherschritt, der sprach zu Hänschen: »Ei, kannst du das Gruseln nicht? Da kehre nur dort in dem Wirtshaus am Weg ein, wenn du nämlich Geld hast, der Wirt macht hautschaudrige Zechen, mich hat's noch jedesmal überlaufen, wenn ich hab in dessen Haus einkehren müssen.«

»Das wollen wir sehen!« sprach Hänschen, dankte dem Fuhrmann und schritt auf dasselbige Wirtshaus zu.

»Was schaffens?« fragte der Wirt. »Möcht's Gruseln lernen«, antwortete Hänschen. »Die Leute auf der Landstraße sagen, bei Euch wär's leicht zu lernen, Ihr machtet so grusliche Rechnungen und führt eine so grusliche Kreide!«

»Warte, Lecker!« dachte der Wirt. »Dir will ich wohl was lehren, daß dich das Gruseln ankommt.« Und zu Hänschen sprach er: »Mein lieber Wandergesell, Ihr seid mit Unwahrheit berichtet worden; in meinem Hause kann man das Gruseln keineswegs lernen, und ich bediene meine Gäste nicht so, wie Euch irgendein Schalksnarr erzählt und vorgelogen hat. Ist's Euch um Gruseln zu tun, so geht dort hinauf auf das alte verwünschte Schloß da droben und seht zu, daß Ihr die Königstochter zur Frau bekommt, die ihr Vater dem versprochen hat, der das Schloß von seinen Poltergeistern befreit; da gibt's was zu gruseln und reich zu werden.«

»Ich will so tun, wie Ihr mir ratet«, sagte Hänschen, und der Wirt sprach wieder: »Damit, daß Ihr hinaufgeht, ist's noch nicht getan. Erst müßt Ihr beim König um Erlaubnis bitten und müßt drei Nächte lang droben bleiben.

Kommt Ihr mit dem Leben davon, so ist die Prinzessin Eure Frau.«

»Und wenn ich nicht mit dem Leben davonkomme, was dann?« fragte Hänschen – und der Wirt lachte ihm ins Gesicht und sprach: »Ich merke schon, Ihr seid ein Schlaukopf, Ihr hättet sicher das Pulver erfunden, wenn's noch nicht erfunden wär!«

Und Hänschen ging eilend zu dem König, bat um die Erlaubnis und erhielt sie, auch sprach der König: »Mein Sohn, du darfst dir auch dreierlei mitnehmen, aber nur nichts Lebendiges.« Nun hatte Hänschen schon in seiner Jugend immer gar zu gern Feuer angemacht, an der Schnitzelbank gesessen und auch bisweilen an der Drehbank und verstand, mit solchen Dingen umzugehen. Darum begehrte er weiter nichts mit auf das Schloß zu nehmen als ein gutes Feuerzeug, eine Schnitzelbank und eine Drehbank, »damit mich nicht friert«, sagte er, »und ich mir die Zeit vertreiben kann.«

Das ward dem Hänschen gern gegeben, und er schlug seinen Sitz in einem hübschen Zimmer mit großem Kamin im alten Schloß auf. Als es Nacht wurde, machte Hänschen ein helles Feuer an, das wärmte und leuchtete sehr schön. Auf einmal kamen zwei kohlschwarze Katzen, die hatten Augen wie von grünem Feuer, und schrien: »Miau, miau, uns friert!«

»Ei, wenn euch friert, so wärmt euch doch; hier ist ein Feuer!« sprach Hänschen. Das taten die Katzen auch, dann sagten sie, »die Zeit wird uns zu lang, wir wollen zu dritt Karten spielen, Dreiblatt oder Pochens.«

»Meinetwegen Pochens«, sagte Hänschen, »wenn ihr

Karten mitgebracht habt.« Die Katzen hatten wirklich ein Kartenspiel und zeigten es Hänschen, und da sah Hänschen, daß sie fürchterliche Krallen an ihren schwarzen Pfoten hatten, und sagte: »Mit Verlaub, eure Frau Mutter hat euch die Nägel recht lange nicht geschnitten, schämt euch was, kommt, ich will sie euch putzen!« und packte die Katzen und klemmte ihnen die Pfoten in die Drehbank. Da bissen sie nach ihm, und so nahm er sein Schnitzmesser und schnitzte ihnen die Köpfe ab und warf Katzenköpfe und Leiber aus dem Fenster in den Schloßgraben. Als er wieder zum Feuer kam, saß ein großer Hund dort und bleckte ihm die Zähne und hatte eine feurige Zunge armslang zum Halse heraushängen. Dies gefiel Hänschen wieder nicht, er nahm abermals sein Schnitzmesser und hieb damit dem Hund gerade zwischen die Zähne in den Rachen, da fiel die Zunge herunter und der obere Kopf nahm Abschied von seinem Unterteil. Nun meinte Hänschen Ruhe zu haben und wollte sie auch genießen; in der Ecke stand ein Bett, da legte er sich hinein und deckte sich zu. Er war aber noch nicht eingeschlafen, da fing das Bett an zu fahren wie ein Dampfwagen und fuhr im ganzen Schloß herum, treppauf, treppab, durch Säle und Zimmer – aber Hänschen sagte: »Schau, nun spür ich doch, wie's tut, wenn die großen Herren fahren. Fahre du nur immer zu.«

Endlich mochte das Bett des Fahrens müde sein, es rollte wieder in Hänschens Zimmer, wo das Feuer noch lustig brannte, da stand es still, und Hänschen schlief ein und schlief wie ein Toter.

Am andern Morgen stand der König an seinem Bett und sagte: »Na, das heiß ich einen gesunden Schlaf, wenn ich den hätte! So gut schläft kein König. Freut mich, daß der Junge noch lebt und schnarcht. Heda! Hänschen!«

»Schön guten Morgen, Herr König! Schon so frühe?« fragte Hänschen. »Wünsche wohl geruht zu haben!« sprach der König. »Danke, gleichfalls!« sprach Hänschen. »Kannst auf meine Rechnung drunten beim Wirt frühstücken und zu Mittag essen, aber abends bist du wieder hier oben, magst du?« sprach und fragte der König.

»Ei, freilich wohl«, sagte Hänschen, »drei Nächte müssen's sein.«

Wie Hänschen zum Wirte kam, wunderte der sich sehr und fragte: »Nun? Noch lebendig? – Aber das Gruseln wird man doch gelernt haben in heutiger Nacht?«

»Nicht rühran!« erwiderte Hänschen.

Da fing es dem Wirt selber an, vor Hänschen über und über zu gruseln. Hänschen ließ sich's wohl sein auf des Königs Rechnung und sorgte sich nicht um diese, und als es Abend wurde, war er schon wieder oben im Spukschloß und machte sich sein Feuer an. Auf einmal prasselte es droben im Schornstein, als breche alles in tausend Trümmer, und da kam ein Kerl heruntergefahren, der war aber nur halb. »Na«, sagte Hänschen, »was soll denn das sein? Da fehlt ja noch eine Halbschied, anderthalb Mann sind doch noch keine Gesellschaft.« Kaum hatte Hänschen das gesagt, bautz! kam die andre Hälfte nachgefallen, mitten in das Feuer. Hänschen nahm die beiden Hälften, warf sie aus dem Kamin in die Stube und brachte sein Feuer wieder in Ordnung. Wie er damit zustande war und umschaute, war aus den beiden Hälften ein einziger Kerl geworden, aber kein schöner, der saß auf Hänschens Stuhl.

»Platz da!« schrie Hänschen, »hier sitze ich, marsch, oder ich halbier dich mit dem Schnitzelmesser!«

Auf einmal polterte es wieder im Schornstein, Totenbeine und Schädel prasselten herab und noch einige Männer vom greulichsten Aussehen. »Guten Abend, meine Herren!« sagte Hänschen. »Sie sind doch ganze Männer, das lass' ich mir gefallen. Gehören vielleicht in die Familie Schön? Ach wie schade, daß kein Spiegel im Zimmer hängt. Womit könnt ich Ihnen denn eigentlich dienen?«

Die Männer sahen Hänschen mit furchtbaren Blicken an, einer nahm die Totenbeine, es waren gerade neun, und stellte sie als Kegel auf, die andern nahmen die Schädel und rollten sie nach den Kegeln.

»Kegelschieben tu ich für mein Leben gern!« sagte Hänschen: »Erlauben Sie nicht, daß ich auch mitspiele? Spielen Sie Brettspiel oder Partens? Ums Partiegeld, wie?«

»Hast du Geld?« fragten die Männer grimmig.

»Oui!« sagte Hänschen, und fuhr in die Tasche und klimperte.

»Nun, so schieb an!« schrie einer der Männer und reichte ihm einen Totenschädel dar.

»Mit Verlaub, das ist eine eckige Kugel. Gebt her, da hab ich eine Drehbank stehen, wollen sie hübsch rund drehen, damit wir gut alle neun treffen.« Sprach's und setzte sich und drehte die Schädel rund. Dann ging das Spiel an, Hänschen schob gut, aber die Männer schoben noch besser, Hänschen verlor etwas, und das Spiel fing wieder an, Hänschen schob und rief freudig: »Alle neun!«

»Nein, zwölf!« riefen die Männer mit dumpfem Ton und verschwanden mit Knochen und Schädeln, und die alte

Uhr auf dem Schloßturm schlug zwölf. »Nun so was!« rief Hänschen. »Ist das auch eine Manier? Erst locken sie mir mein bißchen Geld ab, und nun ich gut schiebe, machen sie sich aus dem Staube.« Darauf legte er sich wieder in das Bett, das heute ganz ruhig blieb, und schlief bis an den hellen Morgen.

»Heute wird er wohl nicht mehr am Leben sein«, sprach der König, als er auf Hänschens Zimmer zuging, »ich höre ihn nicht wie gestern schnarchen, wird wohl aus sein mit ihm.« Aber Hänschen ermunterte sich sehr schnell und sprach: »Wünsche wohl geruht zu haben, Majestät!«

»Gleichfalls, danke schön!« antwortete der König. »Wie ging es diese Nacht?«

»Recht hübsch, danke der gütigen Nachfrage, Herr König!« antwortete Hänschen. »Es war eine Sorte Schlotfeger da, sie kamen zum Schornstein heruntergefahren, und wir haben mit Totenbeinen gekegelt.«

Dem König schauerte die Haut, und er sagte: »Aber das ist ja ganz gruselig!«

»Was denn, Herr König?« fragte Hänschen. »Das eben!« erwiderte der König. »Nun Glück zu, zur dritten Nacht!«

»'s ist doch recht fatal, daß ich nimmermehr das Gruseln lerne!« sprach Hänschen zu sich selbst, als die dritte Nacht herbeikam. Auf einmal entstand ein großer Rumor, sechs Männer traten in das Zimmer, die trugen eine Totenlade auf der Bahre, stellten sie vor Hänschen hin und verschwanden. Hänschen dachte: Wer mag da drinnen liegen? und öffnete den Sarg. Da lag einer drin, der war steif und eiskalt.

»Ach, den friert, er ist ganz steif vor Frost«, sagte Hänschen, »den muß ich wärmen!« Hob den Toten aus dem Sarge und trug ihn an sein Feuer, aber er blieb kalt. »Der muß ins Bette, da wird er schon erwärmen« – und nahm ihn und legte ihn ins Bette und sich dazu. Nach einer Weile wurde der Tote warm und wachte auf und machte sich breit und sagte: »Wer hat dir geheißen, mich in meiner Ruhe stören? Jetzt sollst du sterben!«

»Ist das eilig?« fragte Hänschen, packte jenen rasch an, warf ihn in die Totenlade, den Deckel darauf und schraubte denselben schnell zu. Da kamen gleich die sechs Männer wieder, die hoben den Sargkasten auf und trugen ihn fort.

Bald darauf trat ein greulicher Riese herein, mit großem langem Bart, der schrie: »Wurm! Jetzt mußt du sterben! Du mußt mit mir!«

»Ich gehe nicht mit dir!« sagte Hänschen. »Es pressiert mir nicht. Ich habe noch zu tun, wie du siehst!« Und setzte sich an die Drehbank und trat das Rad und drehte die Spindel und hielt den Meißel an das Werkholz. Der Riese bog sich über das Rad her und wollte Hänschen fassen. Mit einem Male schrie er aber laut: »Au! au! mein Bart, mein Bart!« Es war das Ende des Bartes zwischen die Darmsaite, die das Rad umschwingen half, gekommen und hatte sich durch das schnelle Drehen fest gewickelt und zog nun den ganzen Kopf nach sich, und Hänschen trat frisch darauf los und sagte: »Kerl, hab acht, jetzt drehe ich dir deine große Nase ab und drehe dir die Augen aus und drehe aus deinem dicken Kopf eine Kegelkugel, so wahr ich Hänschen heiße!« Da gab der Riese die besten Worte, Hänschen solle ihn gehen lassen, er wolle ihm auch die drei Kisten voll Gold zeigen, eine sei dem König, die zweite sei den Armen bestimmt, die dritte wolle er ihm schenken. »Nun wohl«, sagte Hänschen, »gib das Ding her, aber bis ich's habe, bleibst du in den Bock gespannt und trägst die Drehbank auf den Schultern.«

Das war ein sehr unbequemes Tragen, die Bank auf den Schultern und den Bart ins Rad verflochten, das zog. Der Riese ging nun in ein andres Zimmer voran und zeigte Hänschen die Kisten voll Gold. Indem schlug es zwölfe, und da verschwand er, und die Drehbank stand ohne Träger. Hänschen war es, als ob die Kisten auch Miene machten zu verschwinden, da rief er: »Halt, halt!« und faßte sie und hielt sie fest und zog sie hinüber in sein Zimmer, worauf er sich schlafen legte, wieder ohne Gruseln.

Am andern Morgen kam der König und fragte: »Nun, diese Nacht war dir's doch ganz gewiß recht gruselig?«

»Wieso denn, Herr König?« fragte Hänschen. »Ich habe eine Kiste voll Gold geschenkt bekommen, auch eine für Euch und eine für die Armen. Muß es einem gruselig werden, wenn man Gold geschenkt bekommt?«

»Du hast Großes vollbracht!« sprach der König. »Durch deine Furchtlosigkeit hast du das Schloß von den Poltergeistern befreit und den verzauberten Schatz an das Licht gezwungen. Du sollst auch deinen Lohn haben und meine Tochter heiraten!«

»Obligiert, Herr König!« sagte Hänschen, »es ist aber doch schade, daß ich heiraten soll und bin noch so dumm, daß ich noch nicht das Gruseln gelernt habe.«

»O mein lieber Sohn und Schwiegersohn!« erwiderte der König. »Heirate du nur, da wird sich alles finden. Es hat schon mancher das auch nicht gekonnt und hat geheiratet, und da ist er außerordentlich gruselig geworden und hat die Gänsehaut nicht wieder loswerden können.«

»Selbige Hoffnung freut mich, Herr König!« rief Hänschen vergnügt aus.

Bald war herrliche Hochzeit, Hänschen war sehr glücklich, sehr reich und hatte eine wunderschöne Frau, doch sagte er: »Weiß nicht, wie lange es noch dauern soll, bis ich's Gruseln lerne.«

»Nun warte, Hänschen! Dich soll es doch noch gruseln«, sprach zu sich selbst die junge Königin, Hänschens Gemahlin, ließ einen Eimer Wasser mit kleinen Gründlingen und Elritzen herbeischaffen, und da Hänschen schlief, nahm sie ihm die Bettdecke weg und schüttete den Eimer voll Wasser und Fischlein über Hänschen her. »Brrr!« fuhr er auf und schnapperte vor Kälte. »Mir träumte, ich wäre in den Fischteich gefallen – brrr! Es gruselt mich, es gruselt mich! Hab eine Gänsehaut, wie ein Reibeisen! Siehst du, liebe Frau? Endlich nun – nun kann ich das Gruseln, nun kann ich das Gruseln.«

Der Fuchs und der Kater

Es war einmal ein Mann, und der hatte zu Hause einen großen Kater. Der Mann sagte zu dem Kater: »Heute bleibst du zu Hause, ich aber gehe zu einer Gesellschaft.«

»Ich will nicht hierbleiben«, sagte der Kater, »auch ich gehe zu meinem Mädchen.«

Und der Mann sagt: »Wenn du ein größerer Herr bist als ich, dann geh weg und such dir eine Arbeit, ich brauche dich nicht.«

Der Kater geht weg und findet wieder bei einem Witwer Arbeit. Sie vereinbaren: Er solle ihm als Lohn ein buntes Kleid geben. Er bleibt drei Tage – das ist ein Jahr. Als das Jahr zu Ende ist, kauft der Herr einen Stoff, aus dem man bunte Vorhänge anfertigt, und näht ihm ein Kleid. Der Kater aber zieht es an und geht weg. Da kommt er in einen Wald und begegnet einer Füchsin. Er fragt sie: »Wohin gehst du, Tante?«

»Ich gehe einen Bräutigam suchen.«

»He, wenn du den suchst, dann bin ich es, nimm mich!«

Die Füchsin weiß nicht, wer er ist, und sagt: »Gut«, und sie führt ihn zu sich nach Hause in den Wald, in ihren Fuchsbau. Im Fuchsbau sind lauter Federn. Der Kater legt sich in das weiche Bett. Als am nächsten Morgen die Füchsin aufsteht und vor ihrem Bau fegt, kommt ein Bär vorbei und sagt: »Gelobt sei Jesus Christus, Tante!«

»Ich bin keine Tante, sondern eine Braut.«

Der Bär geht seines Weges. Da kommt ein Wolf vorbei und sagt: »Gelobt sei Jesus Christus, Tante!«

Und sie: »Ich bin keine Tante, sondern eine Braut.«

Auch er geht weiter. Da kommt ein wilder Keiler vorbei und sagt: »Gelobt sei Jesus Christus, Tante!«

»Ich bin keine Tante, sondern eine Braut.«

Da versammelten sich die drei, und der Bär sagt zu dem Wolf und dem Keiler, daß die Tante ihm geantwortet habe, sie sei keine Tante, sondern eine Braut. Und der Wolf und der Keiler sagen dasselbe. Der Wolf sagt: »Kommt, laßt uns gehen, wir wollen ihren Bräutigam sehen.«

Und der wilde Keiler sagt: »Bär, geh du los und schlage

Holz, und du, Onkel Wolf, geh los und fange ein Schwein. Ich aber werde ein Feuer anmachen. Dann werden wir das Schwein braten und vor den Fuchsbau tragen. Der Bräutigam wird zu dem Braten herauskommen, und wir werden sehen, was er für einer ist.«

Als sie es gebraten hatten, trugen sie den heißen Braten vor den Fuchsbau und versteckten sich dort. Der Bär klettert auf einen Baum, der Keiler gräbt sich im Laub ein, und der Wolf legt sich hinter einen Baumstumpf. Da kommen die Füchsin und ihr Bräutigam zu dem Braten heraus. Der Bär aber streckt sich da oben etwas, weil ihn ein Ast störte. Da bricht der trockene Ast ab, und der Bär fällt herunter. Der Bräutigam erschrickt und läuft weg. Der Bär aber erschrickt vor dem Kater noch mehr und flüchtet vom Baum ins Laub hinein. Das Wildschwein aber springt unter dem Laub hervor, und auch der Kater springt auf und will hinter den Baumstamm laufen. Dort aber ist der Wolf. Da faucht der Kater. Aus der Pfeife aber, die er immer im Maul hat, springt ein Funken heraus und dem Wolf ins Fell. Der Wolf erschrickt und läuft davon.

Sie treffen sich wieder an einem Ort im Wald, und der Bär beginnt zu erzählen, daß der Bräutigam direkt auf ihn losgesprungen und er deshalb hinuntergefallen sei.

Und das Wildschwein sagt: »Er wußte genau, daß ich im Laub war, und rannte auf mich zu.«

Und der Wolf antwortete: »Mir ging es am schlimmsten: Hinter mir hat er mit einem Gewehr gefeuert.«

Der Kater aber kehrte nicht mehr zur Tante zurück, sondern blieb im Wald und wurde ein wilder Kater.

PRINZ KATT

Ein Königspaar wünschte sich so sehr Kinder, bekam aber keine; und darüber herrschte schon allerlei Unruhe im Lande.

Eines Tages hatte sich ein angetrunkener Fischer an dem Aufruhr beteiligt; und als der König das hörte, wollte er den Fischer bestrafen lassen. Aber der lief auf der Stelle in den Wald, um sich aufzuhängen.

Unterwegs traf er ein altes Männchen, das ihn fragte, wohin er so eilig gehe. Der Fischer log in seiner Angst und sagte: »Meine Frau schickt mich nach trock'nem Holz.«

»Lüg nicht!« sagte das alte Männchen; »ich weiß alles, und ich will dir helfen, daß du wohl angesehen wirst. Laß dir vom König dreißig Klaft' neue Stränge geben und damit fahre mit drei Knechten auf den See und suche nach Fischen! Du darfst aber keinem einen Fisch geben! – sondern alle Fische, welche du fängst, bringest du der Königin, die sie aufessen soll!«

Das geschah nun auch so, und der Fischer fuhr mit seinen Knechten auf den See. Zuerst fingen sie nichts; und zum zweitenmal fingen sie auch nichts; aber zum drittenmal fingen sie drei Fischchen. Die Knechte wollten die gleich behalten; aber der Fischer gab sie nicht fort, sondern sputete sich und brachte sie in die königliche Küche. Da wurden sie geschippt und gekocht. Aber mit eins sprang eine Katze hinzu und fraß einen Fisch auf. Ach Gott, nun war ein großer Jammer! Die Katze wurde sofort in eine Stube eingesperrt und von nun an gut gefüttert und bewacht.

Als die zwei anderen Fischchen fertig waren, sollte das

Kammermädchen sie der Königin bringen; unterwegs aber verschluckte sie rasch das eine. Aber nun ein Geschrei und Gejammer! Ja, mein Gott, es war nicht mehr zu ändern, und das Kammermädchen wurde sofort in eine andere Stube eingesperrt, gut mit Essen und Trinken versorgt und bewacht.

Das dritte Fischchen wurde von der Königin verzehrt.

Nun dauerte es eine Weile, und dann wurden an demselben Tag drei Prinzen geboren. Zuerst bekam die Katze einen Sohn; der wurde Prinz Katt genannt. Dann bekam das Kammermädchen einen Sohn; der wurde Prinz Magda genannt. Zuletzt bekam die Königin einen Sohn; der wurde Prinz Karl genannt. Und alle drei Prinzen waren sehr schön und sehr klug, so daß jeder seine Freude daran hatte; und der König und die Königin liebten alle drei ganz gleich.

Als sie eingesegnet waren, sagte der Prinz Katt, der der Älteste und doch am End' der klügste von den dreien war: »Hört, Brüderchen! Wir kennen nun schon unser ganzes Land. Laßt uns mal wandern und nachsehen, wie's anderwärts aussieht! Die Welt ist groß, und wir wollen doch unser Teil erleben!«

Gesagt, getan! Die drei Prinzen ritten in die Welt. Nachdem sie eine Weile geradeaus geritten waren, kamen sie an die Drewenz, über die hier eine Brücke gebaut war; und hier stand auch ein ganz nettes, kleines Häuschen. In dem Häuschen war alles, was sie sich nur wünschten; Essen und Trinken in Hüll' und Füll'; und sie aßen und tranken sich denn auch recht satt.

»Brüderchen, schlaft nur nicht ein!« sagte der Prinz Katt. »Wer weiß, ob uns nicht irgendein Leid geschieht!« Und damit ging er hinaus, versteckte sich unter der Brücke und lauerte darauf, ob nicht etwas kommen möchte.

Und richtig, es dauerte auch nicht lange, so kam ein Drache an, der zwölf Köpfe hatte. Der rief immer: »Heuraßchen, heu! Ich bin der Stärkste in der Welt, denn der Prinz Katt soll noch erst jung werden (geboren werden)!«

Da sprang mein Prinz Katt vor; und sie fochten miteinander. Und zuletzt schlug der Prinz dem Drachen alle Köpfe ab.

Dann ging er in die Stube und weckte seine Brüder, die ganz fest schliefen. »Ihr seid mir schlechte Brüder!« sagte er. »Seht, ich war in Todesgefahr!« Und er erzählte ihnen alles.

Am anderen Tag ritten sie weiter und dachten: sie kämen wer weiß wohin; aber als sie still hielten, waren sie wieder an der Drewenz und an jenem Häuschen. Dort aßen und tranken sie sich wieder recht satt.

»Brüderchen, schlaft nur nicht ein!« sagte der Prinz Katt. »Wer weiß, ob nicht wieder etwas geschieht!« Und damit ging er hinaus, versteckte sich unter der Brücke und lauerte darauf, ob nicht etwas kommen möchte.

Und richtig, es dauerte auch nicht lange, so kam ein Drache an, der fünfzehn Köpfe hatte. Der rief auch immer: »Heuraßchen, Heu! Ich hin der Stärkste in der Welt, denn der Prinz Katt soll noch erst jung werden!«

Auch diesen Drachen überwand der Prinz Katt; aber zuletzt halfen ihm die Brüder bei seiner Arbeit.

Am anderen Tag ritten die drei Prinzen weiter und dachten wieder: sie kämen wer weiß wohin; aber als sie still hielten, waren sie abermals an der Drewenz und an demselben Häuschen.

Alles war so wie die beiden anderen Male; bloß diesmal hatte der Drache zwanzig Köpfe; und es war ein Glück für den Prinz Katt, daß ihm zuletzt wieder seine Brüder halfen. Diese beiden legten sich daraufhin und schliefen sich gut aus. Der Prinz Katt aber, der alles mögliche verstand und wußte, verwandelte sich in eine Fliege und flog in das Haus, wo die alte Thiersch, das Drachenweib, nämlich die Schwiegermutter von den drei Drachen wohnte. Dort setzte er sich auf den Balken unter der Stubendecke und lauerte darauf, ob die Alte mit ihren Töchtern sprechen möchte.

Die drei Töchter saßen da und klagten. Und dann berieten sie mit der Mutter, wie die Prinzen doch zu verderben seien, besonders der Prinz Katt, der die Drachen getötet hatte.

»Verwandle dich in einen Apfelbaum!« sagte die Mutter der ältesten Tochter. »Auf die Art kannst du alle drei Prinzen locken und fangen!«

Die zweite Tochter wollte auch einen Rat haben; und so sagte ihr denn die Alte: »Verwandle dich in ein kühles Haus! Und du fängst sie alle drei!«

Und der dritten Tochter gab die Thiersch den Rat: »Verwandle dich in einen Sprind (Quelle)! Auf die Art kannst du die drei Prinzen locken und verderben!«

Ja – aber mein Prinz Katt war nicht faul. Er flog rasch zu seinen Brüdern, und alle drei ritten, die verwandelten Drachenschwestern suchen. Und als sie die ausfindig gemacht hatten, hauten sie so lange drauflos, bis die drei Schwestern zu Teer wurden.

Nun kam die Thiersch und lief längs der Drewenz. Aber der Prinz Katt jagte sie. So kamen sie an eine Schmiede, die einen eisernen Zaun hatte.

»Gnag' den eisernen Zaun durch!« sagte der Prinz Katt. Und sie gnagte drauflos. Wie sie aber noch den Kopf zwischen den Sprossen hielt, wurde sie verbrannt.

Nun war ungeheure Freude im Lande. Der König, der hier regierte, gab den Prinzen seine drei Töchter, und es wurde eine großartige Hochzeit gefeiert.

Ich war auch auf der Hochzeit. Ich hab' gegessen und getrunken und doch nichts davon im Mund gemerkt.

Nachwort

Überall ist die Tierart mit der lateinischen Bezeichnung felis silvestris forma domestica bekannt: Katzen und Kater sind die domestizierte Form der Wildkatzen, die wahrscheinlich von Ägypten aus im 4. Jahrtausend vor Christi Geburt ihren Weg in die Welt nahm und in der Antike sogar bis zu kultischer Verehrung der Tiere führte.

Katzen gehören neben Hunden zu den beliebtesten Haustieren. Sie sind nützlich als natürliche Feinde der Schädlinge, gelten als Einzelgänger, undressierbar und unabhängig. Ihre Faszination geht von ihren besonderen physiologischen Fähigkeiten aus, etwa im Dunkeln sehen zu können, von ihren nächtlichen Beutejagden und ihren charakteristischen Verhaltensweisen. Gerühmt wird der Jagdtrieb der Tiere. Schnell, überraschend und lautlos sind ihre Bewegungen; scheinbar aus dem Nichts infolge plötzlicher Aggressivität erfolgt der Zugriff auf die Beute. Katzen sind reinlich, besonders häuslich und anschmiegsam. Kurzum: diese Eigenschaften erklären die Popularität der Tiere bei den verschiedenen Völkern und über so lange Zeiträume hinweg.

Seit alters haben daher Geschichten über Katzen (und weniger über Kater) auch einen festen Platz im Erzählgut der Völker. Infolge der körperlichen und geistigen Fähigkeiten gilt das Tier als Inkarnation der List, Verschlagenheit und Tücke, gar Frevelhaftigkeit, doch fehlen auch positiv bewertete Eigenschaften und Fähigkeiten wie erfinderischer Geist, Fürsorge, Hilfsbereitschaft, Schnelligkeit und Vorsicht nicht: Signum der allen Tieren eigenen Ambivalenz. Ähnliche Charakterisierungen innerhalb von Tiererzählungen treffen vor allem auf den Fuchs, den Schakal und den Kojoten zu. Inhalte und einzelne Motive europäischer und europäisch beeinflußter Katzen-Erzählungen sind meistens durch Beschreibungen aus dem Mittelalter und der Fabelliteratur der Antike vorgegeben. Weit zurückverfolgen lassen sich auch asiatische Katzen-Erzählungen, die inhaltlich von den europäischen oft stark abweichen, aber die vielfältigen Fähigkeiten der Tiere in ähnlicher Weise schildern.

Die den Katzen zugeschriebenen Eigenschaften haben nicht zuletzt ihren Niederschlag in zahlreichen Sprichwörtern, sprichwörtlichen Redensarten und in Sagwörtern gefunden. Im Schwank vom Katzenkrämer bot der Nürnberger Poet Hans Sachs (1494–1576) verschiedene Katzen an: »Der hat fünf Katzen feil, eine Schmeichelkatze, eine nasse Katze, eine Haderkatze, eine Naschkatze und eine faule Katze.« In den Sprichwörtern dominieren die altbekannten Charakteristika Klugheit, aber auch Falschheit, List und Hinterlist, manches Sprichwort ist auch aus realer Naturbeobachtung abgeleitet. »Die Katze hat neun Leben.« Vor allem die räuberische und jagdgewandte Katze dient als sprichwörtlicher Vergleich: »Die Katze läßt das Mausen nicht«, »spielen wie die Katze mit der Maus« bzw. »mit jemandem Katz und Maus spielen«.

»Auf Katzenpfoten daherkommen« bedeutet, sich sehr vorsichtig und leise zu verhalten. »Die Katze am Schwanz haben« heißt soviel wie eine Sache fest im Griff haben. Ein unterwürfiger oder übertrieben dienstfertiger Mensch wird beschrieben als jemand, der katzbuckelt. Von falschen Freunden sagt man, daß sie »wie die Katzen vorn lecken und hinten kratzen«. Mit Katzenmusik ist mißtönende Musik gemeint, hergeleitet vom nächtlichen Geheule verliebter Katzen. Manche Fabel findet sich auch verkürzt als Sprichwort und Redensart wieder. Nach weitverbreiteter Ansicht können Hund und Katze sich nicht leiden: »Wie Hund und Katze zusammenleben« heißt daher soviel wie sich nicht leiden mögen, verfeindet sein. Auch hier gibt es eine alte Fabel, die eine Erklärung über ein Privileg der Hunde liefert, das die Katzen verlieren, aber zugleich davon spricht, daß ursprünglich ein gutes Einvernehmen zwischen den Tieren geherrscht habe. »Der Katze will niemand die Schelle umhängen« geht auf die Fabel zurück, wonach keine Maus den Beschluß ausführen will, der Katze eine Schelle umzuhängen, damit man sie rechtzeitig wahrnehmen kann. Eine andere Bedeutung liegt vor, daß ein Geheimnis dann kein Geheimnis mehr ist: »Die Katze hängt sich auch keine Schelle um, wenn sie auf Mäusejagd gehen will.«

Der breite Strom der Überlieferung ist undenkbar ohne die seit dem Mittelalter verstärkt einsetzenden Darstellungen in bildender Kunst und Architektur, die jeweils entscheidende Momente der Fabelhandlung in Bilder umsetzen und auf diese Weise literarische Strukturen stabilisieren helfen. Besonderes Gewicht kommt dabei auch den Fabelsammlungen aus dem Äsop-Zyklus zu.

Das Bild des Tieres ist wie eigentlich bei allen Tieren von Polarität bestimmt. Zum einen sind es negative Eigenschaften, die der Katze zugewiesen werden, und hier ist es besonders die schwarze Katze, die abergläubische und zaubrische Vorstellungen hervorgerufen hat und in Verbindung mit Schadenzauber den Menschen gefährlich erscheint. Dieser

Eindruck verstärkt sich dadurch, daß das Tier als Begleittier übelwollender Jenseitiger, nicht nur der Hexe, seit dem Mittelalter in literarischen Darstellungen fungiert, und erfährt eine weitere Ausprägung durch die Tatsache, daß negativ gezeichnete Figuren des Märchens und der Sage zur Strafe in Katzen verwandelt werden. Doch wäre das Bild des Tiers wahrhaft unvollständig, wenn man nicht die vielen Geschichten von dankbaren Katzen und Katern erwähnte, die zum andern als Helfertiere, mitunter unter Ausnützung gegnerischer Schwächen, den Helden und Heldinnen nutzen. Erinnert sei nur an das berühmte Märchen von dem gestiefelten Kater, das in vielen Versionen – in der ältesten italienischen Version auch mit einer Katze – seit dem 16. Jahrhundert bekannt ist. Die Welt erscheint in der französischen Fassung *Der gestiefelte Kater* (1697) von Charles Perrault für das Tier berechenbar, sie ist zwar »voller Tücken«, aber man müsse nur den rechten Moment abwarten, um sich sein Teil zu holen. Diese Haltung eines zielstrebigen und vom Verstand geleiteten Vorgehens verkörpert der Perraultsche Kater. Dieser Kater hält sich nicht mit langen Diskussionen auf, seiner Beute dreht er »ohne Erbarmen den Hals um«. Auch weiß er die ständischen Konventionen meisterhaft zu beherrschen, erweist dem König durch eine tiefe Verbeugung seine Reverenz und ist immer auf dem Quivive. Mit seinen scheinbar uneigennützigen Gaben an den König schafft er, getreu des Do-ut-des-Prinzips, die Voraussetzungen für den Erwerb von Gold. Eingedenk der Vorstellung, daß allein schon Kleider Leute machen, verwertet er Informationen wie die vom geplanten Ausflug des Königs entlang am Ufer des Flusses und beordert in schnellem Entschluß den Müllerssohn als vermeintlich Beraubten ohne Kleidung, also auch ohne Stand, zum und in den See und bewegt durch diesen Trick den Herrscher, seinem freundlichen Helfer zuliebe für neue und natürlich adelsgemäße Bekleidung zu sorgen. Dies alles inszeniert der Kater, nicht ohne eventuell aufkeimendem Argwohn von Anbeginn gleich entgegengetreten zu sein: So erzählt er beiläufig, der leichtsinnige Markgraf habe die Kleider ja auch nicht sorgfältiger versteckt als unter dem nächstbesten Stein. Doch der durchtriebene Tierhelfer beherrscht nicht nur meisterhaft seine Rolle als Jagdtier oder seinen Part als Diener, der den Herrschenden gegenüber stets den richtigen Ton anzuschlagen weiß. Weil er seine Umwelt richtig einschätzt, baut er auf die Leichtgläubigkeit der Menschen: »Die Welt betrügt und will betrogen sein.« Und so spannt er die Schnitter und alle, die er am Wege trifft, zielstrebig für seine Zwecke ein und schreckt auch vor Drohungen nicht zurück, falls sie es wagen sollten, die Wiesen nicht als Eigentum des Grafen von Carabas zu bestätigen: gewiß ein Vabanquespiel, aber eigentlich ohne größeres Risiko, weil der Kater auf die obrigkeitshörige Mentalität des Landvolks setzt.

Unsere Ausgabe möchte einen Überblick über vier besonders nachwirkende Themenkreise geben: Es geht (1) um Katzen und ihr Verhalten gegenüber anderen Tieren wie Hund oder Maus, (2) um Katzen und Menschen, (3) um die Vorstellung von Katzen als dämonischen Tieren und damit zusammenhängend das Phänomen, daß (4) Menschen in der Verwandlung als Katzen ihr Dasein fristen müssen.

Verzeichnis der Quellen

1. Die Tiere gehen zur Beichte. – Kallas, O.: Achtzig Märchen der Ljutziner Esten. Jurjew (Dorpat) 1900, Nr. 77 (Verhandlungen der Estnischen Gelehrten Gesellschaft 20,2).
2. Kätzchen und Katerchen auf Reisen (Überschrift geändert). – Lemke, Elisabeth: Volksthümliches in Ostpreußen 2. Mohrungen 1887, 40 f., Nr. 2.
3. »Der Himmel stürzt ein!« – Cappeller, C.: Litauische Märchen und Geschichten. Berlin 1924, 1–3.
4. Warum Hund und Katze einander feind sind. – Wilhelm, Richard: Chinesische Volksmärchen. Jena 1914, Nr. 14.
5. Der listige Holzhauer (Überschrift geändert). – Boehm, Max/Specht, F.: Lettisch-litauische Märchen. Jena 1924, Nr. 3 (lettisch).
6. Der Hahn, der Hund und die Katze. – Pino-Saavedra, Yolando: Chilenische Volksmärchen. Düsseldorf/Köln 1964, Nr. 14.
7. Móirín. – Müller-Lisowski, Käte: Irische Volksmärchen. Jena 1923, Nr. 20.
8. Die Katze, der Hahn und die Leiter. – Soupault, Ré: Bretonische Märchen. Düsseldorf/Köln 1979, Nr. 90.
9. Die Katze und der Löwe. – Spies, Otto: Türkische Volksmärchen. Düsseldorf/Köln 1978, Nr. 35.
10. Die Katze und der Tiger. – Spies, Otto: Türkische Volksmärchen. Düsseldorf/Köln 1978, Nr. 36.

11. Der heuchlerische Kater. – Hoffmann, Helmut: Märchen aus Tibet. Düsseldorf/Köln 1965, Nr. 26.
12. Die Katze, die Maus und der Spatz. – Reichl, Karl: Märchen aus Sinkiang. Überlieferungen der Turkvölker Chinas. Düsseldorf/Köln 1986, Nr. 44.
13. Die Hochzeit des Katers. – Eschker, Wolfgang: Serbische Märchen. München 1992, Nr. 48.
14. Zwei Katzen und ein Brot. – Sheikh-Dilthey, Helmtraut: Märchen aus dem Pandschab. Düsseldorf/Köln 1976, Nr. 31.
15. Maus und Katze. – Sheikh-Dilthey, Helmtraut: Märchen aus dem Pandschab. Düsseldorf/Köln 1976, Nr. 39.
16. Der Kater und seine Gesellen. – Bošković-Stulli, Maja: Kroatische Volksmärchen. Düsseldorf/Köln 1975, Nr. 61.
17. Die Ameise, die Maus und der Kater. – Camaj, Martin/Schier-Oberdorffer, Uta: Albanische Märchen. Düsseldorf/Köln 1974, Nr. 56.
18. Der Hund und die Katze. – Löwis of Menar, August von: Finnische und estnische Märchen. Jena 1922, Nr. 78 (estnisch).
19. Das Kätzchen auf Dovre. – Asbjörnsen, P./Moe, J.: Norwegische Volksmärchen. Berlin o. J., 136 f.
20. Die tüchtige Katze. – Schier, Kurt: Schwedische Volksmärchen. Düsseldorf/Köln 1978, Nr. 6.
21. Das Mädchen als Soldat. – Löwis of Menar, August von: Russische Volksmärchen. Jena 1921, Nr. 31.
22. Salomos Katze. – Schier, Kurt: Schwedische Volksmärchen. Düsseldorf/Köln 1974, Nr. 81.

23. Der Kater und sein Oheim. – Gulya, János: Sibirische Märchen. 1: Wogulen und Ostjaken. Düsseldorf/Köln 1968, Nr. 31.
24. Die weiße Katze. – Uffer, Leza: Rätoromanische Märchen. Düsseldorf/Köln 1973, Nr. 21.
25. Der Kater und der Dümmling. – Löwis of Menar, August von: Russische Volksmärchen. Jena 1921, Nr. 15.
26. Das Märchen von den Katzen und der Seife. – Todorović-Strähl, Pia: Märchen aus dem Tessin. Düsseldorf/ Köln 1984, Nr. 17.
27. Vom Alten, dem Kater und dem Hunde. – Hahn, J. G. von: Griechische und Albanesische Märchen 1–2. München/Berlin 1918, Nr. 88 (griech.).
28. Katze bleibt Katze. – Karow, Otto: Märchen aus Vietnam. Düsseldorf/Köln 1972, Nr. 144.
29. Der Hase, der Hund und die Katze. – Karow, Otto: Märchen aus Vietnam. Düsseldorf/ Köln 1972, Nr. 145.
30. Die Katze und die kluge Maus. – Karow, Otto: Märchen aus Vietnam. Düsseldorf/ Köln 1972, Nr. 146.
31. Die Mäuse und die Katze. – Karow, Otto: Märchen aus Vietnam. Düsseldorf/ Köln 1972, Nr. 147.
32. Der ehrliche Vierschilling. – Stroebe, Klara/Christiansen, Rheidar Th.: Norwegische Volksmärchen. Köln 1983, Nr. 16.
33. Der Kater als Gevatter. – Todorović-Strähl, Pia: Märchen aus dem Tessin. Düsseldorf/Köln 1984, Nr. 16.
34. Helge-Hal im blauen Berg. – Stroebe, Klara/Christiansen, Rheidar Th.: Norwegische Volksmärchen. Köln 1983, Nr. 42.
35. Seit wann der Kater Mäuse frißt. – Bošković-Stulli,

Maja: Kroatische Volksmärchen. Düsseldorf/Köln 1975, Nr. 16.

36. Der Federkönig. – Zaunert, Paul: Deutsche Märchen seit Grimm 1. Jena 1941, 297–301.

37. Caoilte Cosfhada. – Müller-Lisowski, Käte: Irische Volksmärchen. Jena 1923, Nr. 16.

38. Die Katze. – Aichele, Walther/Block, Martin: Zigeunermärchen. Düsseldorf/Köln 1962, Nr. 41.

39. Der hungrige Kater. – Heissig, Walther: Mongolische Märchen. Düsseldorf/Köln 1975, Nr. 33.

40. Die Nahrung der Katze (Überschrift geändert). – Cox-Leick, A. M. A./Cox, H. L.: Märchen der Niederlande. Düsseldorf/Köln 1977, Nr. 38.

41. Vom Hühnchen, Hähnchen, Hundchen und Kätzchen. – Arnim, Friedmund von: Hundert neue Mährchen im Gebirge gesammelt. Erstes Bändchen. Charlottenburg 1844, Nr. 3.

42. Die Macht der Veranlagung. – Weisweiler, Max: Arabische Märchen. Bd. 2. München 1990, Nr. 8.

43. Der Wolf und die Katzen. – Beispiele der Alten Weisen des Johann von Capua. Hrsg. von Friedmar Geißler. Berlin 1960, 380, 382.

44. Die Katze als Richterin. – Beispiele der Alten Weisen des Johann von Capua. Hrsg. von Friedmar Geißler. Berlin 1960, 221, 223.

45. Ostermärlein von dem Hund und der Katz. – Moser-Rath, Elfriede: Predigtmärlein der Barockzeit. Berlin 1964, Nr. 268 (Clemens von Burghausen).

46. Die Bremer Stadtmusikanten. – Brüder Grimm [d.i. Jacob und Wilhelm Grimm]: Kinder- und Hausmärchen.

Nach der Großen Ausgabe von 1857, textkritisch revidiert, kommentiert und durch Register erschlossen. Hrsg. von Hans-Jörg Uther. München 1996, Nr. 27.

47. Fuchs und Katze. – Dähnhardt, Oskar: Natursagen 4. Berlin 1912, 216.

48. Vom Mojsele und vom Kezele. – Stephani, Claus: Ostjüdische Märchen. München 1998, Nr. 19.

49. Vom Kätzchen und Hündchen. – Jech, Jaromír: Tschechische Volksmärchen. Berlin ^{2}1984, Nr. 27.

50. Katze und Hund. – Stephani, Claus: Ostjüdische Märchen. München 1998, Nr. 25.

51. Der Kater, der Mönch und Hadschi wurde. – Eschker, Wolfgang: Mazedonische Märchen. Düsseldorf/Köln 1972, Nr. 3.

52. Der Häuslerssohn und seine Katze. – Naumann, Hans und Ida: Isländische Märchen. Jena 1923, Nr. 63.

53. Die Katze, die so viel fressen konnte. – Stroebe, Klara/ Christiansen, Reidar Th.: Norwegische Volksmärchen. Köln 1983, Nr. 30.

54. Hund und Katze, die guten Helfer. – Doerfer, Gerhard: Sibirische Märchen. 2: Tungusen und Jakuten. Düsseldorf/Köln 1983, Nr. 51.

55. Der gestiefelte Kater. – Kinder- und Haus-Märchen 2. Gesammelt durch die Brüder Grimm [d. i. Jacob und Wilhelm Grimm]. Berlin 1812, Nr. 33.

56. Die Maus und ihre Tochter. – Wesselski, Albert: Mönchslatein. Leipzig 1909, Nr. 71 (nach Odo of Cheriton).

57. Die Katze und die Maus. – Ludwig Bechsteins Deutsches Märchenbuch. Hrsg. von Hans-Jörg Uther. München 1997, Nr. 78 (gekürzt).

58. Das Gruseln. – Ludwig Bechsteins Deutsches Märchenbuch. Hrsg. von. Hans-Jörg Uther. München 1997, Nr. 80.
59. Der Fuchs und der Kater. – Bošković-Stulli, Maja: Kroatische Volksmärchen. Düsseldorf/Köln 1975, Nr. 60.
60. Prinz Katt. – Lemke, Elisabeth: Volksthümliches in Ostpreußen 2. Mohrungen 1887, 147–150, Nr. 28.

Briggs, Katharine M.: Nine Lives. Cats in Folklore. London 1980.

Damjan, Mischa/Schilling, Rudolf: Mau mao miau. Die Katze durch die Jahrtausende. [Düsseldorf/Köln] ca. 1969.

Enzyklopädie des Märchens. Bd. 1 ff. Berlin/New York 1977 ff. (u.a. mit den Typenartikeln »Der gestiefelte Kater«; »Die gewogene Katze«; »Katze, Hahn und Füchsin«; »Katze und Kerze«; »Katze mit der Schelle«; »Katze als unbekanntes Tier«; »Katzenschloß«).

Héran, F.: Comme chiens et chats. Structures et genèse d'un conflict culturel. In: Ethnologie française 18 (1988) 325 bis 337.

Jahn, Samia al Azharia: Geisterkatzen im arabischen Volksmärchen. In: Fabula 12 (1971) 189–198.

Röhrich, Lutz: Mensch und Tier im Märchen. In: Schweizerisches Archiv für Volkskunde 49 (1953) 165–193.

Roschmann-Steltenkamp, Irmela: Katze. In: Enzyklopädie des Märchens. Bd. 7. Berlin/New York 1993, 1099 bis 1109.

Schenda, Rudolf: Das ABC der Tiere. Märchen, Mythen und Geschichten. München 1995.

Schimmel, Annemarie: Die orientalische Katze. München 1983 (erw. Neuausgabe München 1989).

Uther, Hans-Jörg: Der sympathische Betrüger. Das Beispiel des Gestiefelten Katers. In: Das Bild der Welt in der Volkserzählung. Berichte und Referate des dritten und vierten Symposions [...] Ed. Leander Petzoldt/ Siegfried de Rachewiltz. Frankfurt am Main u.a. 1992, 131–141.

Die schönsten Märchen aus aller Welt

Zusammengestellt und herausgegeben
von Hans-Jörg Uther

Die schönsten Weihnachtsmärchen

Die schönsten Märchen von Himmel und Hölle

Die schönsten Märchen vom Heilen

Die schönsten Märchen von Müttern und Töchtern

Die schönsten Märchen von Sonne, Mond und Sternen

Knaur

Die schönsten Märchen aus aller Welt

Zusammengestellt und herausgegeben
von Hans-Jörg Uther

Die schönsten Märchen von
Liebe und Sehnsucht

Die schönsten Märchen von
schlauen Katzen und listigen Katern

Grossmutters schönste Märchen

Die schönsten Märchen von
Elfen und Feen

Die schönsten Märchen vom
Essen und Trinken

Knaur